廣闊天地

丁曉禾 著

中国青年出版社

目录

1 人民广场

人民广场就是市中心的一个露天体育场，好像是古老城墙造化的一个天坑，开大会风景这边独好。革命时期大会很多，欢呼领袖最新指示的大会，庆祝文化大革命胜利的大会，批斗牛鬼蛇神的大会，宣判反革命分子的大会……数不胜数的大会中，我们最欢欣鼓舞的就是枪毙大会。人民广场就是人民战争的汪洋大海，万众瞩目的主席台上，站着一大排枪毙鬼，一个个五花大绑，胸前挂着大纸牌，名字打着大黑叉，脑袋被刽子手揪得七上八下，最后押上军用车，一人一辆，高高在上，好像首长的阅兵，接受大家的喝彩。我们记忆中最后的大会，就是 1968 年最后一天，上山下乡誓师大会——在我们出征之日，要向领袖表示忠心。我们忠心耿耿望去，一天坑的人头，一天坑的口号，一天坑的震耳欲聋——我们以小人之心度君子之腹，向领袖指天为誓，誓死都要下乡。我们当然精通迅雷不及掩耳，12 月 21 日晚上，领袖教导我们广阔天地大有作为知识青年到农村去接受贫下中农的再教育很有必要，12 月 31 日早晨，我们就在人民广场集中了，该集中的一个不漏地集中在人民广场了。广场后方，阶梯看台的上方，就是著名的新华街，本城红卫兵小将革命到底的绝食，就发生在这条全中国都有的大街上，三天不吃不喝，就唱一首歌，抬头望见北斗星，心中想念毛主席，泪水汪汪，感天动地。那天出发前那个小地保还在津津乐道——因果是要显灵地。从初中六六六七六八，到高中六六六七六八，老三届一刀切，几乎家家有人下乡，全城人民都出动了，送亲的送亲，送友的送友，送君送到马路上，开会开在笑脸上，我们就要告别人民广场了。街头通往广场那座高耸的塔碑，领袖的塑像和语录之下，平时济济一堂的甘蔗小摊，不知跑到什么地方去了。

那个我们迷恋的甘蔗小摊，成为大家心里的广场宝地，不是高大塔碑的显赫，是那个卖甘蔗的老瘸。绰号一刀行，人称死老瘸，我们都吃过他的甘蔗，大家都是老瘸的甘蔗迷。塔碑下的甘蔗整整一排，一辆独轮车靠在边上，老瘸每天坐在车上观看街景，一天到晚笑嘻嘻请大家挑选甘蔗。谁挑好一根甘蔗，他就给你一把菜刀，谁就可以劈甘蔗了。他不是卖甘蔗，他请你劈甘蔗。把甘蔗竖立起来，用菜刀背去平衡，摇摇欲坠之际，突然反手一劈，从上劈到下，从甘蔗头劈到甘蔗底，劈多少算多少，被劈的那一段，就是你的囊中物了，老瘸就分文不收。如果你劈空了，甘蔗歪斜倒地，你就得掏钱，甘蔗物归原主，等待下一位顾客。也可以这样玩，各自挑一根甘蔗，讲好一个价钱，你先劈，他后劈，你劈到底，甘蔗归你，他劈到底，你就付钱，谁劈得长，谁长谁赢，两根甘蔗就是赢者的战利品。老瘸发明的甘蔗游戏，看去又简单又公平，让我们都跃跃欲试，所以老瘸的甘蔗摊上，总是围满一大群甘蔗迷。老瘸的生意好得不得了，有时居然要排队，全都是不上学的，停课闹革命，混迹在这里，男生上阵，女生助威，摩拳擦掌试比高低。虽然结果往往是老瘸赢，但他那一刀冇—— 一口气从上端劈到底部，须根四下乱溅，甘蔗一分为二，菜刀在水泥地上砸出的星星点点，真是让我们百看不厌。一根平常甘蔗，在老瘸的手中，众目睽睽之下，好像魔杖一样，仿佛永远不会倒。永远会有人不服输，老瘸一腿长一腿短，按理没什么优势，难道他超人的平衡力，就在他残疾的瘸腿上？老瘸独门秘籍的甘蔗功，真让我们着迷不已。老瘸的甘蔗小摊，说起来是大家的，谁输了自认倒霉，谁赢了共产主义，赌过来赌过去，总有一方输赢。只要在场，就有你份，赢也吃，输也吃，吃才是好玩，吃才是开心，每天有甘蔗吃，那是我们的向往。老瘸比我们大几岁，看去是个残废病人，做人好像江湖好汉。我们每天都要喊，死老瘸，死老瘸，死老瘸哈死老瘸，他这么多，我这么少，他太多，我太少——那些日子我们都这样欢呼，欢呼我们难忘的甘蔗日子，人民广场简直就是我们的天下。

在我们迅雷不及掩耳手忙脚乱准备下乡的前五天，年底就是严打就是枪毙的日子，死老瘸被五花大绑到离甘蔗小摊百米之遥的主席台上去了。老瘸枪毙名气很大，全城人民都知道，罪行说起来，大得不得了——在革命大街上聚众赌博，一大罪；光天化日拿菜刀诈钱，罪上罪；在领袖的光辉形象下公然亵渎，罪无赦。死老瘸终于被大家咒死了，一刀冇变成了枪毙鬼。人民广场的甘蔗摊没有了，天下阴间的枪毙鬼诞生了，城里少了一道风景，我们多了一个传说。最让人耿耿于怀的是，按居委会给大家看的红头文件上的死杠杠，老瘸名副其实是一个知青，听他妹妹杜鹃花说，他下乡的铺盖都准备好了，再等个四五天，他和我们一样了。一个板上钉钉的知青，被提前斩首了，是不是杀鸡儆猴，是不是漏网之鱼，从此成为我们在人民广场的一个标志性念想。

2 潭头大队

　　那天在人民广场开完誓师大会，我们就一起上了军用卡车。我们和老瘸相熟，主要通过老瘸的妹妹杜鹃花，我们和杜鹃花相熟，主要通过老龅的姐姐野菊花，我们和野菊花相熟，主要是通过狐狸的姐姐丁香花。我们三个男的是同学，她们三女在同一个女中，大家开心得不得了，领袖一号召，地方一照办，军车一出动，我们一屁颠，就去广阔天地了。

　　只是那广阔天地，到底是什么地方，我们上车准备出发了都没搞懂——为什么城里不是，为什么乡下就是。枪毙犯人才能出现的军车，送我们到同一个区的就有三十三辆，隆重是隆重，好看也好看，只是有点受宠若惊，四面挥手八面玲珑九九八十一还在想那个广阔天地。我们半车铺盖半车人，至少有一半穿着军装，看来还真有点像军事行动。仔细一看，那些穿军装的男生女生，鼓鼓囊囊里面显然是棉袄，有几个甚至还带着红卫兵的红袖章，完全一派新任知青的时髦分子。

那个叫吴用的家伙，在学校就听说是红三司的司令，我们成分不好的不要说不能参加红卫兵连红司令都见不到。这家伙就是那次绝食的领导者，还指挥过几场出名的武斗，今天有幸相逢，果然司令派头，穿的军装都很正规，你不羡慕都不行，知青里藏龙卧虎啊。龙生龙凤生凤老鼠生儿打地洞，今天终于一律平等站在军车上，革命学生都叫知识青年。车队向城外蜿蜒驰去，视野浩荡，田野浩荡，我们无比浩荡，浩浩荡荡唱起歌来——我们走在大路上，意气风发斗志昂扬，毛主席领导革命队伍，披荆斩棘奔向前方，向前进，向前进……大家好像去革命的解放区，不是去乡下的一个什么区。

我们从县城坐军车到雅畈区政府——到区上再按公社分。我们由公社领导带队走到公社——到公社再按大队分。我们由大队领导带队走到大队——到大队就算安家落户了。从城里到乡下，从学生到知青，一天就到位，实际上又简单又方便。其间，当然，锣鼓喧天、鞭炮齐鸣，红旗飘飘，人山人海——我们在人民广场吃的早点大馒头，我们在区委礼堂吃的中餐大锅饭，我们在公社大院吃的下午大锅茶——我们在人民广场听县委书记讲话，我们在区委礼堂听区委书记讲话，我们在公社大院听公社书记讲话——县委书记讲话充满抑扬顿挫，区委书记讲话充满抑扬顿挫，公社书记讲话充满抑扬顿挫——我们在一路的抑扬顿挫之中，看见了远在天边的山，看见了近在眼前的水，看见了四面八方的田畈，看见了潭头大队大岩头上那棵孤独的松树。

区上到公社五里路，中间要横渡一条江。这条江名气很大，当年李清照同志离乡背井到这里，自作多情，有诗为证：只恐双溪舴艋舟，载不动许多愁——李诗人自作主张把我们这里一条很平常的小木船说成什么舴艋舟。自以为富有诗意，实际上欺世盗名，搞得我们不得不想起她，一公社二百多知青要过江，载不动许多人。一舟来，一舟去，慢慢吞吞，很费时间，幸亏我们根本没有一点愁。公社文书大肚黄跑来跑去，肚皮都颠破了，喉咙都喊哑了，汗都指挥出来了。我们东一堆西一堆，散坐在沙滩上，等候蚱蜢舟。吴用好像在宣传李清照，那个小地保又开始津津乐道，蚱蜢不就是蝗虫吗，那我们今天是不是坐蚱蜢舟的蝗虫大军啊。大家嘻嘻哈哈，我们看来看去，双溪就在眼前，江水就是江水，在冬日的阳光下平淡无奇，风光很一般，没有一点李清照国难当头的诗情画意。老龅同学的胡须比我们多，比我们成熟，就容易好色，趁机眼光乌溜溜，不停扫向女生堆，一惊一乍，好像有什么重大发现。我们顺着老龅指点，女生还真不少，有几个很不错的样子，不晓得是不是和我们一个村。只是一律短发羊角辫，有几个还戴着军帽，有几个也不顾天气，把军装袖子挽得很高，不爱红装爱武装，看去就没有一个像李清照。

从公社到潭头大队，据说不到三四里路。我们二十几个知青，一路东张西望前俯后仰。从公社带领我们到大队的那位潭头干部，光头一个，浓眉大眼，看上去有点凶。路上我们小心翼翼叫他书记，他笑眯眯——纠正我们说，他不是书记，他叫癞头富，书记叫癞头贵，他是潭头大队革命领导小组负责人，和从前的村长差不多，书记和贫下中农一起，都在村里等你们呢，准备热烈欢迎大家呢。我们一路走，一路看癞头富，看去也不完全是光头，有几根稀疏的头发，在天灵盖上一飘一飘。我们跟着癞头富一路前行，癞头富也不时回眸一笑，看看队伍的阵容，有没有拖拖拉拉掉队的。大家都觉得这个癞头富很厉害，身材高大，走路威风而且生风，一直走在前面，把我们搞得气喘吁吁。癞头富的浑身上下，已经有好几个女生的铺盖了，背后看去，整个人晃来晃去，东倒西歪。其实我们的行李都不多，除了双肩背着铺盖，有的一只旧皮箱，有的一只旅行袋，有的一只大网兜，日常用品一目了然。其实，从城里到潭头，不走县城去雅畈的公路，走小路直线距离也就十里路。开大会，军车送，从县上到村里，一级一级走，过程很重要，声势很关键。我们好像不谋而合，今天算是报个到，蚂蚁可以搬家，根本没有什么扎根准备，装备上乃至情绪上更像一个旅游团——恐怕没有一个人，会想到自己的户口和档案，已经不动声色从城里到了乡下，那些东西的迁移好像比人的迁动更重要，听说那些天公社大肚黄的主要工作就是在仔细翻看女生档案，不晓得在挑选什么优秀人才。

潭头大队说到就到了。

村外"大岩头"一棵松树，村口"门前洞"一棵樟树，村里就没法细看了，老房子挤挤挨挨，石子路绕来绕去。没有想象中的欢迎场面，女人和小孩，远远看着我们。鸡不飞，狗不跳，一只猪在不远处散步，村里很安静。

欢迎会兼村史教育会，在潭头的厅上举行。

这个程序，县委区委公社三级书记，都抑扬顿挫过一遍，所以，我们已经了然于胸，气喘吁吁之后，稀里哗啦之后，就态度端正，就充满希望，准备洗耳恭听最后一级书记的抑扬顿挫。

所谓厅上，就是从前大户人家的老宅大堂，现在村小几个年级一起学习的大教室，也算村里开会议事的场所，可谓潭头大队政治文化教育中心。两边的几间厢房当晚就成了女生宿舍，两人一间，让我们男生很眼红。我们男男女女知青，坐在厅上前边，后边黑压压一片，站也有，坐也有，走来走去也有，抽烟的占多数，一片劣质烟雾笼罩之下，应该都是贫下中农了。

不过看去都是男的，好像没什么女的，小孩子倒不少，穿来穿去捉迷藏。后来我们知道，大队开任何会，或者去任何地方开会，为吸引大家，不准不参加，都要补贴工分，叫误工——任何生产劳动之外的、不直接产生劳动价值的，都叫误工。城里都有开会的好处，乡下也有开会的妙处，今天就是误工，知青来了嘛，就要误工的，机会很难得，算一个不干活拿工分的好日子。所以就按劳分配，一家只能来一个，一般就主要劳力来，男劳力工分高，女的来就不合算，工分就是农民天天算计的命根子。这时癞头富端坐在黑板前的讲台上，笑容已然不见，就有了开会的气氛。

癞头富说：大家静一下，大家静一下。我先讲两句，我先讲两句。我讲完，再由支部癞头贵总结。

我们发现厅上光线有点暗，癞头富旁边的那位应该就是癞头贵，他好像戴着一顶呢帽，面目不是很清楚，胸口戴着抗美援朝纪念章，倒是异常清晰，领袖头像五角星，看来光芒四射。

癞头富说：大家来了，好的。大家来干革命了，好的。上面千条线，下面一根针。我们潭头大队，就是那个针眼。你们下放来革命，领袖教导我们说，革命不是请客吃饭，讲得真是好，革命就是你们自己吃饭，就是你们吃贫下中农的饭，就是贫下中农本来就吃不饱的饭，还要抠死抠活抠下来，抠出来给你们吃的饭，所以大家要好好吃饭啊！

一连串的吃饭，果然抑扬顿挫。不过听去和上级领导的抑扬顿挫，内容很不一样。后面响起一片笑声，气氛一下子热烈起来。

笑声中有人喊道：对喏对喏，天下三样恶，瘸脚白痢癞头壳。

都是潭头土话，我们也笑了，笑声里又有人喊：对喏对喏，兰溪癞头满船载，潭头癞头当宝贝。一个富，一个贵。富就是癞头富，贵就是癞头贵。

完全就是顺口溜，村民好像比干部更抑扬顿挫，这样生动活泼的欢迎会，让我们眼界大开。大家说起村里癞头，兴趣很大，情绪高涨，好像很值得作为教育内容，说给我们听。不过，关于村里为什么有这么多癞头，说法却前言不搭后语，各有各的道理。

有人指天说，土改那年闹蝗灾，田里庄稼统统吃光，漫天的蝗虫密密匝匝，几天几夜飞过潭头之后，很多人的头皮就开始发痒，奇痒无比，男也烂，女也烂，男男女女一起烂，床上都烂得一塌糊涂。头只要一烂，患者就很怪，似哭似笑，乱蹦乱跳，满头乱抓，满床打滚。浓水在头上积成黄壳，头发就一撮一撮掉光了，最后成为一个个耀眼的亮疤。

有人骂娘说，娘日的日本佬，飞机在潭头绕来绕去，炸倒没有炸，放出很多癞头细菌，癞头就风吹过一样，满地开花了。癞头开花，癞头开花，就是小日本来了以后叫出来的。

有人盘古说今，把癞头的历史一下子提前了几百年，说潭头朱姓是大姓，都是朱元璋后代，天朝一灭，大祸临头，逃亡到潭头，从此开始吃苦头。朱元璋就是天下有名的大癞头，大癞头生小癞头，大家都是癞头种。

有人一口咬定，说听老一辈讲，村上本来就叫癞头村，后来村上朱伯仲的爷爷中了清朝秀才，回来觉得秀才怎么可以出在癞头村呢，癞头村出秀才太不像话，这才改名潭头村。

有人就笑起来，朱伯仲快九十了，雅畈区上有名的老中医，他爷爷做秀才时候，你们都在别人裤裆里，弄都还没弄呢，怂都不晓得在哪里呢，大头天话，你们晓得屁！

癞头富好像在笑，癞头贵也好像在笑。我们都觉得潭头的村史很好听，大部分都在笑，有几个居然掏出笔记本，一脸严肃样子，表现非常虚心，很像标准的知识青年。记录的同学，一个男生，两个女生，男的就是吴用，女的后来知道，一个叫膨胀花，一个叫向阳花。癞头富看见下面有知青在做笔记，他自己也有一本只记数字没有文字也写不出几个字当干部之后觉得一定要用的笔记本，可能觉得会议主题有点豁边了，就捋了捋头上剩的几根毛发，目光如炬，大喝一声：

大家严肃点，这是对知识青年的再教育，他们来吃饭了，大家怎么办？

癞头富的目光如炬，好像很管用，场面忽然安静下来。吃饭的问题，有时很实在，有时很抽象，吃饭是个大问题，一时说不清楚的。大家也不笑了，你看我，我看你，最后都看支部，支部就是支书，大家把支书叫成支部。这时我们开始适应屋里的光线了，大家发现，癞头贵不戴呢帽，头毛还不错，看去好像戴着个呢帽，里面藏着个光头。癞头贵一甩头，头发绕了一下，就开始说话：

大家不要乱说癞头，癞头都是没饭吃的后遗症，营养不良嘛，缺少一种癞头素。加上大家又不讲卫生，一户人家，一个脸盆，一块毛巾，也不用肥皂，都是自己传染的，男的传女的，老的传小的，癞头一点不稀奇！继续开会，下面不准讲癞头，讲讲忆苦思甜，忆苦思甜就是解决吃饭的大问题。

于是话题顺着支部，大家叽里呱啦，数说潭头的今昔。潭头大队，三个生产队，三百多户人家，三千多人口，土改评成分，地主就那么几个，富农好像也不多。水洪那个老实人最倒霉，做死做活，省死省活，刚刚买了两亩好地，刚好够到富农标准，哭都没眼泪。得金那个赌博鬼运气最好，本来家里很体面，就应该是地主的，评成分那年田地刚好输光，名正言顺当贫农，笑都要笑死了。这些年村里都倒灶，分红年年都倒霉，十个工分不到三角钱，三个生产队半斤八两，吃不饱，饿不死。有村人还在津津乐道，当年给地主富农做长工时的日子，说每天都有酒肉饭，农忙时还有点心饭，干活时间也没有现在这么长，根本用不着每天都拼命一样，起早落夜，两头摸黑，到头来大家都吃苦。说得潭头大队不像我们被教育过的中国，再教育从下乡第一天起就让我们半信半疑，恍然想起领袖还有一句话——严重的问题是教育农民。

那天癞头富在最后时刻表现了真正的抑扬顿挫，让我们意想不到，癞头富眼看贫下中农口无遮拦，说话漫无边际，话题又收不住了，就笑起来说：

简单一点，三句两话。潭头人口，就两种人，男人癞头女人花。癞头大家都看见了，女人花呢，今天基本没到，潭头老歌《花嫁娘》里都有，大家都喜欢唱的，我随便唱几句，唱给你们知青听听，好不好？

村人开始起哄，好啊，好啊，欢迎就要唱起来，客人来了就要唱，唱起来才有欢迎的样子。不要谦虚啦，快点唱，快点唱啊！

我们互相看来看去，知青就是客人，这话我们爱听，不过，客人自己都不认识，所以老鲍主要在看女生，女生好像主要在看男生。

癞头富说：唱得不好，大家不要笑啊！

大家又说：唱吧，唱吧，烦死了，烦死了！

癞头富咳嗽两声，算是清了一下嗓子，目光如炬，就唱起来：

花嫁娘哟——
什么花的姐姐，什么花的郎，
什么花的布帐，什么花的床，
什么花的枕头，什么花的被，
什么花的褥子，什么花的褥子铺起床？

月月红的姐姐，粉头红的郎，
芙蓉花的布帐，玫瑰花的床，
绣球花的枕头，茉莉花的被，
牡丹花的褥子，牡丹花的褥子铺起象牙床。

花嫁娘哟——
什么花的墙壁，什么花的窗，
什么花的轿子，什么花的房，
什么花的凤冠，什么花的鞋，
什么花的丝线，什么花的丝线绣鸳鸯？

水仙花的墙壁，腊梅花的窗，
山茶花的轿子，喇叭花的房，
碧桃花的凤冠，油菜花的鞋，
迎春花的丝线，迎春花的丝线绣鸳鸯。

　　癞头富咿咿呀呀不男不女唱完《花嫁娘》，厅上笑声掀瓦，余音还在梁上缭绕，一只老鼠听不过去了，穿梁跑走了。

　　癞头贵就此一锤定音：好了，好了，癞头富刚才唱得好，女知青好比花嫁娘。我就简单说两句，知青的住宿安排。支部已经决定了，在知青屋没有造好之前，女的集中住厅上，男的根据自己分配的生产队，分开住贫下中农家。支部主要有两个考虑，一个是安全问题，另一个大家都知道，近红的就红，近黑的就黑，地富反坏家里不能住的。等下房东会把男的领走，具体哪家我就不说了。会就开到这里，下面大家去吃饭。

我们下乡第一天，从县里到村里，马不停蹄开了四个会，终于在男女顺利分居中胜利结束。女知青好比花嫁娘，住的就要比男生好，看来癞头富的歌唱，也是会议的安排呢，潭头支部很牛逼啊。我们发现，连大家的吃饭地方，都搞成男女有别，男的就在各自房东家吃，女的分三拨吃，一拨去癞头贵家，一拨去癞头富家，一拨去癞头奎家。我们一点搞不懂，怎么都会去癞头家。我们很快就知道，癞头奎是民兵连长，和癞头贵、癞头富是本家叔伯兄弟，癞头贵老大，癞头富老二，癞头奎老三。那个朱伯仲的孙子进仓同志，一看就喜欢和知青交往，我们称他是潭头哲学家。他最后对我们说，潭头好玩得很，有一句潭头老话—— 一个癞头三个桩，三个癞头一个帮，潭头就是癞头的天下。

癞头的天下，果然很好玩。女生们叽叽喳喳笑容满面，好像都在为支部认可的花嫁娘开心，男生们叽叽咕咕很不满意，支部的重色轻友很没劲。我们男知青的疑点很多啊，强调女知青的安全，忽视男知青的安全，支部是什么意思啊，女知青住贫下中农家，难道就会不安全吗，难道男知青就完全了吗。很快就知道原因很简单——谁家搭伙吃饭，就会产生利益。知青第一年，上面有补贴，每人每月六块钱，每年五百斤谷子，碾成大米算起来大约三百到三百五十斤，这些在我们潭头都直接补贴给搭伙的房东了。一根稻草都斤斤计较的潭头人，这一份补贴就很让人眼红，大家都想做知青房东，干部会都开了好几天，最后规定住在厅上两人一间的十二个女知青搭伙就在三个癞头家，男知青在三个名副其实房东家就一家四个，说起来大家都一样。比如我们三个同学，就加了一个今天刚认识好像很谈得来的红司令吴用。一家有四个知青搭伙，在潭头人眼里就是一笔飞来横财。

　　所以，去谁家吃饭，支部说了算。

3 梁上

我们四个在春牛家吃饭。

我，老鮑，狐狸，吴用。

春牛家的新屋在村边，大门朝东，面向畈上，我们放眼一望，喜看稻菽千重浪，遍地英雄下夕烟——大冬天的，当然没稻子，光秃秃一片，我们一天的豪情还在澎湃。不过，暮色还是苍茫的，乱云还是飞渡的，炊烟还是袅袅的，狗已经开始咬起来了。

春牛是我们初中同学，一个回乡知青，我们下来时，他参军去了。我们到潭头，就是靠春牛。春牛临走时，我们最后见了一面，大家都很羡慕他，城里的下乡去种田，乡下的上去吃皇粮，城乡差别怎么这么大啊。春牛看我们有点失落，就很客气邀请我们下去就住他们家，说他们家是村上干部，去干部家不会吃亏的，条件也过得去。说到部队是锻炼，到农村也是锻炼，大家都是锻炼锻炼，都是革命接班人嘛。

所以那天吃饭时，他哥哥小田对我们就很客气，菜肯定比平常好，还递烟敬酒。烟我们早已跟死老瘸学了，会偷偷地抽几根，酒好像都是破天荒。小田一个劲为我们添酒，一个劲为我们递烟，我抽着春牛他哥一角八分一包的雄狮牌，喝着春牛他哥大水缸里自酿的红曲酒，抽着抽着，喝着喝着，头就有点晕晕乎乎，看八仙桌对面的人影晃来晃去，这一天就变得很不真实了。

小田也喝开心了：我对你们说，我们潭头有句老话——不烟不酒半只狗。

我们又开始学习：为什么啊——不烟，不酒，半只狗？

小田教导我们说：不抽烟，不喝酒，做人还有什么意思呢，狗都不如了，也被人看不起。乡下烟酒是少不了的，做农民这是第一步。每天干体力活，酒可以还力，酒就是动力，有时候想到回家还能喝上一口酒，浑身毛烘烘的，力气就来了。烟呢，更不能少，不一根一根抽下去，一天是过不去的，太阳是不会下山的，我们农民的每一天，都是一根烟、一根烟，一根一根连下去的。

小田的烟酒论，在城里是听不到的，在家里也听不到的，在学校更听不到的，贫下中农的这一课，看来还是很牛逼的。

老龅说：好啊好啊，乡下好啊，没想到农民对烟酒看得这么重，烟酒的地位这么高，天天有酒烟，赛过活神仙，在家里老爸老妈要骂死了。

吴用说：你以为天天请你酒喝啊？今天第一天，小田看春牛份上，对我们客气，天天让你们喝酒，他们就喝西北风了。谢谢小田啊！

小田老婆草籽花，锅灶下忙完，过来敬酒说：以后就一家人了，用不着客气的。吃啊，吃啊，我们家的菜，没有癞头富癞头贵他们家好。

我就说：那个癞头富比较好玩。

狐狸说：那个癞头贵比较阴险。

大家酒多话多，说来说去，都说男女知青的安排，好像是不是有什么花头哈？我们在文化大革命的唯一收获，就是学会了怀疑一切。

小田酒酣耳热说：我们自己人，讲讲不要紧。你们不知道，你们知青下放，没有一个农村会欢迎的，田地是死的，人口是活的，人口越多，口粮就越少，这个道理，很简单的。上面有任务，下面也没办法，只能把坏事变成好事了。你们来之前，村里开过会，干部都有私心，群众也有私心。有的喜欢男的，认为男的说什么也是劳力，工分又不会高，一下子白送十几个男劳力，也不一定是坏事啊。有的喜欢女的，认为女的虽然算不上劳力，至少潭头男青年可以搞对象啊，一下子白送十几个城里大姑娘，说不定真是好事呢。潭头穷，很出名的，四乡八里的姑娘，出挑一点的，都不肯嫁潭头的，轿子抬都抬不来。

原来这样子啊，我们面面相觑。看来，我们莫名其妙到这里，只知道春牛，不知道潭头。

草籽花心直口快说：你们自己听听不要紧。春牛走时说过，让你们住他那间屋，开会时小田就跟他们说了，说空着也是空着。癞头富好像没意见，癞头贵就说，分配的知青木材还在天上飞呢，厅上女知青的那十几张床，把村上人家里多余的床都凑来了，所以男知青暂时都住在每家的梁上。这是支部的决定，你们搞特殊，影响很不好。知青是来受教育的，不是来睡大觉的，住梁上有什么不好嘛，又不叫他们住茅草铺。

自己说说不要紧，自己听听不要紧，这两位房东同志，都把我们当成自己人，好像还有不是自己人，农民的语言很牛逼啊。看来我们真是潭头人了，而且是潭头的自己人了，不烟不酒半只狗了。

喝完酒吃完饭，拉完家常聊完天，我们先参观春牛家，然后再跟着小田，沿着一张毛竹梯子，咯吱咯吱上梁。

春牛家的新屋，四面泥墙，用红土、细砂、石灰混拌的三合土，一幢这里普遍的泥墙木梁瓦片房，在村里算先进了，很多人家还是茅草铺。村人都说，从明清到民国，这里都是青砖栋梁飞檐式，现在的新屋，从材料上，从结构上，都不如从前的老房。所谓梁上，就是厅堂两边厢房的楼上。有的有简陋楼板，有的就光秃秃几根大梁，用来堆积稻草柴火，或者乱七八糟杂物，一般不住人，也没有楼梯，一把梯子一靠，就能爬上爬下了。

春牛那间空房，就是我们的楼下，空荡荡的没什么家具，一切都有待春牛衣锦还乡了。小田那间，有一张农村老式的木雕花床，明清风格，镂空雕刻，图案繁复，看去就像一个小戏台。用小田自己的酒后戏言说就是，天天都好演布帐戏。我们就很有兴趣参观花床，两侧的雕花木板上，一边镌刻一句领袖诗词，既有时代气息，又有结婚喜气——天生一个仙人洞，无限风光在险峰。

老鲍第一个笑起来：这张床，拉大旗作虎皮，实在是非常黄色。

吴用偷偷评论：什么叫狐假虎威，农民的本事，就是色胆包天。

我们又发现，小田屋的门背后，居然放着一只粪桶，和花床很不相称，一股臭味暗中浮动。说起来，春牛家在潭头，绝对算大户，兄弟四个一站，在村里就很有话语权。老大小奶是村里威震四方的赌博头，老二基田是生产队会计，老三小田是大队会计，草籽花是大队赤脚医生。据小田酒后吹嘘，癞头帮唯一不敢得罪的，就是他们这一家。老小春牛能去当兵，风光无限脱离农村，就完全说明他们家的地位——没想到我们填补了春牛的萝卜坑。

小田梁下梁上，把我们铺盖搬完，打了一个饱嗝说，我为你们牵了电线，垫了稻草，铺了草席，你们铺盖一摊，就可以睡了。条件就这样了，以后再说了。梁上吊着一个灯泡，一看就是十五瓦，昏黄灯光下，一排稻草铺，四张草席连成一片，就是我们四个的大床，靠着后墙的窗。窗上贴着农用的塑料薄膜，好像起到玻璃的作用。另一面没有窗，我们上来的地方，倾斜的椽子伸出屋外，那里墙壁低矮，具有阳台效果，没有任何遮挡。潭头的泥水先生很聪明，梁上堆放稻草柴火之类，需要通风透气。小田临时挂上一排稻草帘，为我们挡风遮雨，掀开稻草帘，外面漆黑一片，空气凛冽。

我们四个挤挤一床。梁上很像凉亭，冷风不晓得从哪里吹来，要安然入睡就有一定难度。当然，一天的新鲜劲也很难过去，我们对重新到来的集体生活充满好奇，其他男生住得怎么样啊，女生至少有屋有床啊。我们讨论来讨论去，从一天混下来的情况看，潭头二十几个知青有好几拨。一拨印刷帮——以印刷领袖语录为己任的新华印刷厂职工子女；一拨剧团帮——以演革命样板戏为己任的县婺剧团职工子女。一个给潭头送过语录书，一个给潭头送过样板戏，和潭头都有亲密关系。知青下放去处，政府倒也省心，父母单位找最好，个人自己找也行。我们几个同学，没有组织背景，原来散兵游勇，现在乌合之众，原本一场体制性的上山下乡，变成一场自觉性的投亲靠友，一个星期内必须决定，自己不选那就该服从分配了，都会分到离城里很远的地方。我们到潭头，因为有春牛，我们都觉得，充满人情味，毕竟离城里很近，我们运气还不错啊。我们的话题飘来荡去，从城里到乡下，从梁上到梁下，小田的声音就从下面跳上来，显然带有花床上仙人洞气派：

你们这帮吵死鬼，以后一定要记住，到了乡下，当了农民，就要学会睡觉！

又是一句潭头名言。老龅好像对这句话很注意，偷偷看老地主父亲的怀表，我们睡觉大概 12 点了。不晓得什么原因，可能天气太冷，可能睡不安稳，也可能酒喝多了，这一晚我们四个人的膀胱，好像特别发达，动不动就有尿。我起来两次，吴用起来三次，老龅起来四次，狐狸高达五次。那一晚，我们四个加起来，一共撒尿十四次。这个数字是什么概念呢，简单说，那天我们睡觉 12 点，第二天起来大概 7 点，在我们睡觉的七个小时里，大约平均半小时就有人起来去撒尿。详细一点说，平均半小时，就有人起来，钻出被窝、拉灯、下梯、开大门、跑到春牛家披屋的茅坑、撒尿、回来、关大门、上梯、关灯、钻进被窝——一个人撒一次尿，脚步走动忽略不计，电灯就要啪嗒啪嗒开关两次，毛竹梯子就要咯吱咯吱响动两次，我们起来一共十四次，电灯开关就响二十八次，毛竹梯就响动二十八次，两者相加，这一个夜，共发出大小声音五十六次。这还不去计较自然界和人体上发出的其他各种声音。也不去计较冬天的夜晚，温度零下，我们基本短裤短衣，上上下下，锦衣夜行，小鸡鸡都冻得找不到了——后来我们聊起来，次数一凑，十分惊人，身体的冷冻，也刻骨铭心。难怪那一晚，潭头第一夜，我们好像没有睡。

估计小田和草籽花他们也没睡好，楼上楼下，基本一个空间，哪怕放个屁，都清脆悦耳。第二天，我们对影响房东的睡觉，都表示惭愧，说不好意思，我们也想不到。小田笑起来摇头，反而说对不起我们，说一时大意，只顾请我们吃饭，又忘了一件大事。说完马上就给了我们一只粪桶，和他屋里的那种一模一样。

我们又懂了一门学问，粪桶也是大事。吃饭大事之后，出路就在粪桶，出路只能在粪桶，粪桶是农家必不可少的硬件。也就是说，在我们潭头，吃进去的东西，如果要出来，要么原路返回，要么曲径通幽，吐也好，拉也好，都要去粪桶。粪桶一旦装满，村人就喜出望外，有时倒入屋外粪缸，有时就直接挑去自留地。生产队如果需要，和每家猪圈里的猪粪一样，每一桶都要记账的，年底要参加分红的，每一桶都有报酬的。小田家从此多了我们四个人的肥料，如果一年下来，分量也蛮可观的。肥料是个宝，庄稼少不了，这类儿歌我们从小就受过熏陶。农民当然天生就懂，干活只要不太远，撒尿绝对要往家里跑的，屙屎自然控制在家里的时候。

粪桶很关键，大便和小便，都是一个宝。

在我们使用粪桶的过程中，发现事情也不是那么简单，往粪桶里撒尿屙屎，是需要一定的技巧，这里有个合理使用的问题。粪桶的木板很薄，看去也脏兮兮，屙屎坐上去屁股就很不好受，而且时间一长，屁股硌得生痛，如果不观察里面的尿平面，肥料还会溅满屁股。撒尿呢，如果不加思考，掏出来胡乱就射，尿桶就会翻江倒海，不要说我们梁上呼吸困难，整个春牛家都会臭气弥漫。小田房里的粪桶，掩耳盗铃藏在门背后，我们梁上没有隐藏之地，就因地制宜在离我们稻草铺不到一米，简直一天到晚至少一个晚上就在我们身边。

经过一段时间的实践，我们终于掌握了屙屎撒尿的技巧。屙屎前，先在尿桶边沿铺垫一到两层报纸，既杜绝肮脏，讲究卫生，又避免屁股与粪桶短兵相接，起到一个抽水马桶那种屁股垫子的作用。如果肥料已经积累差不多半桶，每次屙屎都要在粪平面上，铺盖一层报纸，防止粪花四溅，溅到屁股上乃至鸡巴上。撒尿呢，农民早有经验——会撒就撒块板，不会撒连底翻。这个撒尿的口诀，意思就是不能乱射，要瞄准粪桶的板壁上，不能直接射到粪平面上，防止粪花四溅，避免臭气熏天。不过，撒尿容易学，屙屎还是存在问题，就是需要报纸，包括擦屁股。村里哪有报纸，我们视察结果，整个潭头大队，只有支部四份公款党报，一份县报一份市报一份省报一份《人民日报》，而且往往不知去向，好像都被干部拿走了。要屙屎撒尿，报纸很重要，我们到处扫荡，从大队到公社，从公社到区上，凡是有报之地，必有知青看报，关心国家大事，回去安安心心做梁上君子。

我们当农民的第一步——不烟不酒半只狗，已经一步到位，成为一只狗毫无问题；我们当农民的第二步——按吃喝拉撒的人生要义，我们的体会就是粪桶需要报纸。

眼看粪桶也不是问题，没想到被小田泄露天机。小田把我们的粪桶报纸，当成一个田间评论的特大新闻。那天在畈上掰栏粪，猪圈的栏粪腥臭无比，臭气一旦熏天，大家就没话可说，也没法说话，嘴巴一开，臭气翻涌。我们的房东小田同志，掌握知青情报，就是与众不同，越是臭烘烘，越要说臭话，一边干活一边说，一边说着一边笑。小田说，前些天，菜地急着要施肥，粪缸里也没货了，就把粪桶直接挑到菜地。小田说，没想到报纸搅和粪便，用到田地里，烂都烂不掉。小田这个大队会计，记账倒很精明，平常根本不看报，以为报纸也会腐烂，没想到报纸威力很大，在土地上依旧铁硬铁硬，没有一点点变化，永远白花花一片。他家自留地上的那批油冬菜，本来绿油油很讨人喜欢，被白花花的报纸一粘，从此耷头耷脑，变成黄花菜，都让粪桶报纸给毁了。

小田最后说：我们家那帮吵死鬼，真是聪明，利用报纸，粪桶搞得很漂亮，大便拉得很干净。

田头评论一出现，风头就要变，尤其说到知青，村人听得很新鲜，对知青的屙屎方术，哄堂大笑，啧啧称奇。说城里人到底不一样，什么都会讲卫生，屙屎撒尿都不一样。说报纸纸张就是好，比小学生练习本都要硬，擦鼻涕，鼻子痛，擦屁股，屁股痛，和粪便搅在一起，就像三合土那样硬。小田以大队会计的见多识广，又进一步披露，说那个老鲍最厉害，根本不坐的，两脚踩在尿桶上，整个人蹲着，完全是练马步，粪桶纹丝不动，面不改色心不跳，老鲍功夫不得了啊。大家又笑起来，笑得铺天盖地，连栏粪的熏天臭味都不翼而飞了。生产队长讨饭头，嘴上那支香烟转来转去，看看时间差不多了，终于来一个总结性发言：

报纸垫粪桶，报纸擦屁股，报纸是大家学习的，天天有领袖头像吧，天天有领袖语录吧，哎哟喂，老天爷啊，怎么可以拿报纸擦屁股呢？

讨饭头的话，好像也是玩笑。讨饭头当然是党员，最喜欢活学活用，没想到会把自己想象的笑话，活学活用成报纸上的语录和头像正在擦屁股，而且光明正大向癞头富去汇报了。癞头富听了之后，点了一下头就说，这种狗屁事，不要和我说，癞头贵在县里开三级干部会，你就向民兵连长癞头奎去说吧。癞头奎办事一贯认真，听完讨饭头说是癞头富的话，就带了几个基干民兵，实事求是去小田自留地视察了。几个人一看，小田的油冬菜，到处都是报纸，白花花一片，果然一派不景气，今年这一季油冬菜，算是彻底完蛋了。基干民兵在连长带领下，当然就算误工，进一步顺藤摸瓜，就去小田家的梁上，考察报纸和粪桶到底是什么关系。小田听说之后，把我们几个从田畈叫回来，说赶紧去梁上接受民兵的检查，自己在场好说话，不要乱说就行。大家爬到梁上，癞头奎已经站在最前方，一眼扫过去，又回一眼扫我们，扫来扫去之后，惊呼道：

怎么弄的，你们这帮知青，你们屙金屎啊，你们是天上人啊？

我们应该承认，从城里到乡下，每天都在下地，天亮下梁，天黑上梁，搞不清天上地下了，根本不在乎拉屎拉尿的地方了。厕所也好，粪桶也罢，一个本来就上不了场面的地方，一个本来就不适合人们参观的梁上，现在光天化日暴露在大家面前，场面确实很不雅观，简直有点惨不忍睹。粪桶好像里里外外都是报纸，粪桶周围也乱七八糟堆放着报纸，像癞头奎那样认真看去，简直是一个报纸垃圾场。不要说癞头奎，不要说小分队，连我们自己都有点看不下去。我们偷来的报纸暴露无遗，我们好像被人扒光衣裳，接受基干民兵的误工检查。我的心怦怦乱跳，狐狸坐在稻草铺上抽烟，吴用背着身子撅着屁股兀自放眼梁外的世界。老龅为缓和气氛，自以为很聪明，向癞头奎敬了一支烟，解释了一下，辩论了一下，一不小心又说了两句理论上的反动话。

老龅说：报纸看过就是废物，报纸最后总归是废物，我们不过是废物利用嘛。老龅说：我们用报纸为我们的粪桶服务，是一件好事吧，要表扬我们吧。

梁上从来没站过这么多人，粗劣的地板在吱吱作响，癞头奎抽着老龅的烟，根本就不理睬老龅，他正在抓紧破案呢。癞头奎一本正经蹲在梁上，不晓得是闻到臭味，还是工作认真，他一直皱着眉头，翻看那堆报纸。最后，癞头奎亲自数了数，已经擦屁股的不算，留着擦屁股的报纸，一共二十一张，其中印有头像的居然就有十二张。

癞头奎说：你们看，你们看啊，这就是现场，报纸一大堆，形势很严峻!

小田自觉祸从口出,递完香烟,打完圆场,笑眯眯对癞头奎说:都是村上人,都是兄弟家,就不要太当真了。我是干活说笑话的,不说笑话太阳不会下山,这一点你又不是不知道?要追究大家田头干活胡说八道,那一年到头人人都不要活了,整个潭头都反动了,统统抓起来,枪毙都有余!

几个和我们年纪差不多的基干民兵在偷偷捂着嘴笑,楼下传来草籽花的叫喊,你们好了没有啊,茶烧好了,下来喝茶,都下来喝茶啊!茶还是要喝的,烟也是要抽的,基干民兵这点面子还是会给的,小田毕竟也是有权的大队干部,草籽花更是人人需要她看病的花嫁娘,不要说癞头奎对花嫁娘一贯另眼相看的。临走时,癞头奎拿走人赃俱获的二十一张报纸,对小田和草籽花就扔下一句话:

我说兄啊,我说嫂子啊,对知青这帮天上人,该说还是要说的,不教育是不行的。这个事嘛,怎么处理,我去汇报了再说!

我们四个呆在梁上,满眼报纸飞舞,一时脑子空白。问题不能说不严重,我们得承认这个事实,老瘸卖甘蔗都成为枪毙鬼,如果报纸粪桶上纲上线,我们简直罪该万死了。两三支烟工夫,出去打探消息的小田回来了。小田气喘吁吁说,吵死鬼,吵死鬼,没事了,没事了,我已经将功补过了。小田告诉我们,癞头富就是癞头富,听完癞头奎汇报,当下就没收了报纸,把二十一张报纸塞进自家锅灶下的炉膛里,一把火烧成了灰。一片烟灰弥漫中,癞头富骂癞头奎,堂哥骂堂弟,大队领导骂民兵连长,骂得情深意长:

叫你去查,你就当真?群众有反映,不查是不行的,不查就是干部的事!但是,真查也是不行的,查出来就是大家的事!查不查都不是什么好事，这一点你都不懂，糊弄糊弄你都不懂？弄不好上面知道了，把知青搞成反面典型，对我们潭头有什么好处呢？潭头的知青出了问题，潭头的干部狗面出毛，就没有责任啊？如果把他们抓起来去坐牢，这四个知青的伙食补贴，一分钱都没有了，小田家要闹起来，搭伙重新分配，你家的补贴，肯定就泡汤！大家都有好处的事，你猪脑子啊，吃饭第一，你不懂啊！

4 大岩头

　　关于潭头知青的吃、喝、拉、撒问题，按目前情况，也就这样了，我们都懂了，不要动不动就来基干民兵视察粪桶就好。接下来的问题，按照自然规律，按照生理本能，就是生命五要素的最后一个，吃、喝、拉、撒——睡。

　　吃喝的问题，先靠支部再靠贫下中农，这个我们懂了。拉撒的问题，排除人体不需要的代谢物，增加人体又需要的代谢物，吃是为了拉，拉是为了吃，喝是为了撒，撒是为了喝，还要靠梁上粪桶，但不准动用报纸，这个我们也懂了。睡的问题，就比较复杂一点，有人类必须睡觉的问题，有地球自转与公转的问题，有我们睡哪里的问题，有我们怎么睡的问题，四个男人，四床棉被，睡在梁上一个稻草铺上，这个我们正在努力学习。

　　其实呢，贫下中农小田同志教导我们的要学会睡觉，我们学习睡觉，已经很有进步了——冰冷不怕、火烧不怕、心里荒凉不怕、全身疼痛不怕、失眠不怕昏睡不怕噩梦不怕夜醒不怕、拥挤都不怕单身更不怕……只是睡起来时间不太够用了，够用了也害怕每天的太阳了。小田经常要笑话我们——后生后生，不晓得哪个早晨。草籽花比较了解我们——后生后生，不晓得哪个黄昏。说来都有道理，太阳升起来很可怕，太阳落下去也可怕。升起来就要出工，落下去就要睡觉，出工十天半月都见不到女同胞，睡觉遥遥无期更见不到女同胞。男有男活，女有女活，靠生产队长安排，男去干重活，女去干轻活，男知青东边下雨，女知青西边太阳。想起来睡觉问题，只有老鲍同志和我们不一样，好像也不需要学。晚上就是他的好光阴，每天晚上都忙得很，没有一天不出去，也不晓得去哪里，说是去访贫问苦，可回来就开始讲下流话。有的倒也算不上下流，其实更让我们想入非非，一点睡意都没有了——你们这么太平啊，厅上晚上闹得很啊，厅里厅外人头攒动啊。他妈的城里花嫁娘一来，潭头后生都去按时报到啦，现在这么晚还在排队呢。你们想想看，女同胞谁最吃香，排队最长的是哪位？

什么意思，你想骚就骚，我们心知肚明，一点都不要想，田头评论什么没有——我们去田畈干活，贫下中农干什么，我们就干什么，贫下中农想什么，我们就想什么，贫下中农说花嫁娘，我们就说花嫁娘，贫下中农说下流话，我们就说下流话，没有一点区别就对了，除非你对贫下中农再教育一点都不懂一点都没有长进。女同胞谁最吃香，谁都有目共睹。那天有幸男女同工垅里铲麦，如花似玉杜鹃花，铲麦都扭扭捏捏，拿锄头都分外妖娆。经常要考察知青干活的生产队长讨饭头，叼着香烟，审视半天，终于开始公布考察结果：

我说你这个花娘哎，好看的面孔不长粮，真是你的福气哎！你不会干活呢，你就不要干了，你就坐在田头，让大家看看就行。大家看看你，浑身就有劲，你这么一点活，大家随手就带过去了！

癞头贵把女知青当成花嫁娘的潭头理论体系，生产队长讨饭头好像又在活学活用了。他个头不大，甚至有点瘦小，但脑子很灵光，最擅长活学活用。干活当然也很灵光，可以一口气从天亮干到天黑，中午别人回家吃饭，他还在田里忙来忙去。有人说他，家里没饭吃，中饭就靠田里，有什么吃什么，而且吃生东西，田里只有生东西，一年四季都一样。他抽烟也和干活一样灵光，每天点烟只用一根火柴，一支接一支，一会儿在嘴巴左边，一会儿在嘴巴右边，香烟自动跳来跳去，看去好像不吸，也不妨碍说话，更不影响干活，一天差不多要三包烟。讨饭头最灵光的就是生儿子，五个儿子，五个光头，生产队里按人头分口粮，从高到矮一溜排下来，一看就是气势不凡的口粮大军，村人都说是讨饭军。老大15岁、老二13岁，在生产队干活，每天都出工，一天都不落。老三11岁，为生产队放牛。老四9岁、老五7岁，是田畈游击队，神出鬼没，有什么捡什么，自力更生没问题。六六终于是个女儿，差不多5岁，跟着讨饭娘，屋里屋外转，分管自留地，兼管一头看去永远不长膘的猪、四五只不长毛的赤膊鸡。听说讨饭娘最近肚里又有货了，洗衣服已经弯不下腰了，塘埠头上都在传说，公社这回真的要开刀了——不是阉割讨饭头，就是结扎讨饭娘。讨饭军没有青黄不接的时候，是一年到头都揭不开锅的日子，讨饭头就讨生活，白天干活，晚上借粮，唯一香烟，从不断档，他绝不做半只狗。讨饭头从来不外出乞讨，都是在潭头村里借讨，十个瓶九个盖，一家一家循环，一年一年轮流。讨饭头乐此不疲，精力旺盛，意志坚强。大家一致认为，生来就是讨饭命，活着就是讨饭头——讨饭头成为生产队长，是党员，会干活，当然都是原因，最重要的原因，是让他借粮借怕了，选他当生产队长，给他一点队长责任，就不会虱多不痒债多不愁，干部一旦欠账，大家都欠账啦。靠讨饭活命，确实不容易，讨饭讨成干部，那就需要水平，那就人心所向，那就出人头地了。

那天大家干活干到又没劲又无聊的时候，讨饭头那么一说，大家精神一振，恍然还是青天白日，太阳依然一点不动，还要继续挥舞锄头，就开始嘻嘻哈哈起哄——吃力就怕骚话。这句潭头名言，田头评论经典，天天都要重复的，人人都要执行的，问题就在杜鹃花，好像不懂骚话，以为只是笑话，大家都停下锄头歇一歇了，她继续分外妖娆，还在扭扭捏捏铲麦。这一下讨饭头就看不下去了，把锄头一扔，跑过去不动声色背起杜鹃花就跑。大家还没搞清怎么回事，讨饭头已经背着杜鹃花跑到了麦田尽头，将她一屁股安顿在田头上，好像不要她干了，让她在那里坐着，让大家看看她就行了。杜鹃花不晓得是在笑还是在叫，大家一看就浑身来劲大笑大叫，铲麦速度顿时加快，抢先去和杜鹃花谈情说爱——不要低头，不要低头，脸要看着我们，心要对着我们，对对对对，好好好好！让讨饭头硬邦邦背起来，什么感觉啊？讨饭头那个老烟鬼，一身的烟味呛鼻子吧？哎哟喂，这个花娘，一看就是骚货！没法看啊，真看进去了，就拔不出来了！讨饭头很照顾女知青呢，说不定要打你什么主意呢！讨饭头背你，黄鼠狼背鸡，你要当心啊，说不定晚上就到你那里，向你开口借粮啦……

我还要说的是，知识青年杜鹃花，劳动成果就是好，得到贫下中农的广泛好评，潭头大队第三生产队铲麦的速度进度广度，都创历史新高——这是癞头贵在公社知青工作会上的汇报。杜鹃花从此担任生产队记工员，有一个固定工分，管人头，管出勤，管时间，管晚上去生产队部也就是讨饭头家记大家的工分。白天就端坐田头，头上一顶草帽，手里一个本子，地上一个闹钟，身边一面红旗。红旗下的花娘，一幅美女伴耕图，毫无疑问成为潭头历史上第一个田模，给生产队主劳力的男同志们一天忙到晚一年忙到头带来巨大的美女成果——按照讨饭头的活学活用，按照癞头贵的公社汇报，美女成果就是劳动成果，劳动成果就是生产成果，生产成果就是历史新高的成果，所以，大肚黄在知青工作会上表扬潭头大队说，癞头贵同志的知青工作就是做得很有成果。

癞头贵的重女轻男政策，显然收到立竿见影成果。不久，我们就听说，主要是小地保在说——根据田头评论，至少有三个女同胞已经耐不住寂寞，已经急不可耐，和潭头农青偷偷摸摸好上了。

小地保的大名是潭头人叫出来的，村人经过田头评论，公认小地保天生就是一个百客熟，知青里他客风最好，大人小人，见谁都笑，男人女人，见谁都叫。小地保人小鬼大，什么都好奇，什么都知道，不过小地保的情报，我们还是半信半疑。要说女知青主动追男农青，恐怕为时过早——除非她们疯了。要说男农青开始对我们的女同胞下手，先下手为强，也不是完全没有可能，这方面我们还真有点心虚。知青初来乍到半路出家四体不勤五谷不分，农青从小到大百炼成钢田野十八般武艺样样精通，真要去叫板，根本不是对手。可以想象，天天体力劳动，我们男的都受不了，乌龟认不到王八了，女同胞肯定里里外外不是人了。假如我是女生，每天苦苦挣扎，叫天天不应，叫地地不灵，找一个农青，不要太实惠。男婚女嫁，迟早的事，如果有个杨门女将可以依靠，我们男知青也会蜂拥而上的。尤其面对自留地，支部根据政策终于忍痛割爱分给我们，地方最远，地块最差，我们基本束手无策——种什么、怎么种，常识、经验、体力、时间，种植、种子、肥料、农具，统统都是难题。接到小地保接二连三报告，好像前方军情已经十万火急，天要下雨，花要嫁娘，无可奈何花落去了。

小地保说的第一位，是膨胀花。

其实这个我们倒也无所谓。一个脸黑黑的胖妞，看去肉嘟嘟的样子，干起活来肯定够呛。杜鹃花可以靠长相，膨胀花能靠什么呢，按老鲍一次近距离的目测，然后向我们宣布说，体重至少二百五，男人爬上去，不弹到床顶上，那就不是人了。这种重量级选手，男知青几乎没人是对手，估计都会知难而退，都不敢上的。让人不可思议的是，膨胀花搞的对象，竟然是癞头奎。不是说癞头奎是一个癞头就不能去搞，恰恰他太会搞，搞出太多的相好，听说本村就有十来个，外村的就无法算了。当然，癞头奎在潭头有口皆碑，一向乐于助人，尤其乐于帮助寡妇，拿手好戏就是料理自留地，据说已经承包了好几个寡妇的自留地。从品相方面去观察，大小一个民兵连长，属于村级干部，从体型方面去衡量，身强力壮，牛高马大，非常适合二百五的膨胀花，估计两人不相上下。小地保说得绘声绘色，甚至带了不少黄色。当然也有可能是谣传，潭头的田头评论，有很大的玩笑成分，甚至充满下流空话，就像很多妇女同志在田头评论时都在传说，癞头奎那个东西很大，屌大不用带本钱一样。这样的笑话当然要打问号，可小田的大哥小奶，那个老赌鬼就咬牙切齿说，癞头奎那个裆下，不看不知道，一看吓一跳。有次他们在塘里洗澡，起哄打赌，很多人在场——他那个东西，一块坟头砖，用稻草缠起来吊上去，挺在那里，一动不动，再加一块坟头砖，都有半斤重了，癞头奎还是金枪不倒。小奶说，赌博我从来不输的，那次我太轻敌了，太小看他那个屌东西了，白白输了一包烟、一斤酒。看来，无风不起浪，膨胀花就在癫头奎家搭伙，癫头奎专门请了一个老太婆烧饭，据说对搭伙的女知青很热情。他经常在外拈花惹草，现在有人送货上门，人到付款，公平买卖，那就太合情合理了。况且，他本来就光棍，搞对象名正言顺。听说膨胀花的自留地，小地保说起自留地暧昧一笑——都是癫头奎在料理，已经有男耕女织的风光了。最新的消息，小地保说，跟干部搞对象不会吃亏啊，膨胀花马上要脱离苦海了，要去村小教书了，那个在潭头教书很多年的丰老师听说马上要提前退休了。

小地保说：你们不知道吧，你们以为膨胀花就胖得那么难看吗，她就是从前经常来潭头演出的婺剧团书记的女儿，那书记可是癫头贵癫头奎的好朋友呢。膨胀花既然下放，男大成家，女大要嫁，当潭头小学老师，当潭头干部老婆，真是女知青最好的出路了，还有比这样更好的好事吗？

小地保说的第二位，是狐狸的姐姐丁香花。

这个和我们就不能说没有一点关系了。狐狸是学友加寝友，标准的狐朋狗友。虽然是他姐，其实我们年纪一般大。她相貌也不错，一向很文静，说话就脸红，乖乖女样子。我相信我们几个，不能说暗恋，都喜欢她是毫无疑问的。小地保说，谁看好，谁有戏，潭头人眼睛都亮者呢，干部就更加心明眼亮，癫头贵已经捷足先登，做丁香花的思想工作，推销他的儿子朱抗美了——共青团员，基干民兵，支部对象，国字脸，宽腰板，大脚心，挑扁担癫头奎都不是对手，翻扁担癫头奎更不是对手，最标准的十个分——这个最关键，十个底分就是农村的最高劳力。小伙子确实很不错，但丁香花搞不懂的是，癫头贵介绍宝贝儿子时，为什么要提到癫头奎，要和癫头奎去比扁担，癫头奎是潭头著名的骚货啊，丁香花听了以后脸红不说，吓都要吓死了。癞头贵十拿九稳，当然没有完，把思想工作做到家说：我家朱抗美啊，耕、耘、耙、秒，样样都精通，农民十个分，相当于工厂的八级钳工、部队的五好战士、学校的三好学生——意思是工农兵学里已经到头啦，好得不能再好了。我们开始怀疑，支部亲自求婚，也算潭头大事，狐狸不可能不知道，就当面追问狐狸。狐狸说，这种事，我本来就懒得说，说起来都坍台，你们说可能吗？狐狸说，当然，姐姐是姐姐，弟弟是弟弟，我也无权干涉。他姐说得更绝了。丁香花说，好笑，太好笑了，这种事，我想都没想过，人好不好，先不管他，嫁给农民，死路一条，以后就永远不要想回城了。

小地保说：听起来癞头贵好像没戏，村里已经传得沸沸扬扬，好像生米已经煮成熟饭，下一步是敬酒还是罚酒？

小地保说的第三位，就是杜鹃花。

这一位就让我们都有点想入非非了。事实上我们四个，没有一个人脱得了干系。说起来，老瘸因为瘸脚，因为枪毙鬼，碰巧成为万人迷，这个妹妹，天生妖精，不成为大众情人，那就是老天瞎眼了。

首先，小地保煞有介事来报告，本身的动机就很可疑。杜鹃花后来就透露，有一次他们两位，收工后刚好一起回城，一路上越来越黑，小地保借天时地利，就来人和。他越靠越近，说过好几句我很喜欢你之类的话，口气吹得杜鹃花耳鬓丝丝发痒，一再靠边走，差点掉进池塘里。当然要排除杜鹃花替自己涂脂抹粉，因为杜鹃花说这一段小小偶遇时，正是我和她处于热火朝天，已经没必要自吹自擂了。老实说，那时候倒是我，还没什么想法，说不喜欢有点假，只是我一直以为，杜鹃花非老刨莫属，什么叫江湖底线——朋友妻，不可欺。

老龅虽然一口龅牙，我们还是应该承认，这家伙属于帅哥一类，很讨女人喜欢的，按老龅自我感觉良好的说法，这就叫缺陷美，也就是曲线美，啃西瓜，啃嘴巴，有得天独厚的优势。论长相，我们几个都没有竞争力的——按村人田头评论，我据说是一张驴脸，小地保尖嘴猴腮，狐狸就是狐狸，吴用基本也是牛头马嘴。况且没有老龅，我们根本不可能认识杜鹃花。说起来，他姐野菊花和杜鹃花，好得像闺中密友。老龅也不是吹嘘，说他们家就有遗传，老地主美女如云，他姐也是恋爱高手，在学校就谈过好几个，经常会和杜鹃花交流，下乡之前杜鹃花就经常混在老龅家。我们就是在老龅家认识杜鹃花的。在我们看来，杜鹃花长得像王晓棠，老龅长得像王心刚，两个王家电影明星，眉来眼去，家常便饭，俨然已经一家人了。在我们眼里，野菊花很能干，到潭头没多久，就调到汀村去了。汀村是公社所在地，条件比潭头好，让我们刮目相看。野菊花临走时对老龅说，一家几个人在同一个大队，以后上调会很麻烦的，目光显然比我们都要远大。我们认为野菊花显然已经把杜鹃花也算成一家人了，一箭三雕啊。

按理，吴用和杜鹃花扯不上。不过，这家伙藏得很深，我们不知道他早就偷偷摸摸和野菊花好上了。好是一回事，野菊花加吴用、老龅再加杜鹃花，那就是另一回事了，很有可能一家四个成为潭头知青大家庭了，按知青梦想回城的思路去占卜，按野菊花和老龅说的知青预谋，那前景就无法预料了。野菊花调往汀村，就靠吴用老爸县委科级干部优势，就是这一步算计，吴用也不能说和杜鹃花没有干系了——杜鹃花和野菊花，两位闺中密友厅上同住一屋，走掉一个不就解放一个吗，知青还会有好骚不骚的骚货吗？

狐狸表面看起来和杜鹃花不搭界，不过他说过一句对杜鹃花很不利的话，现在看来完全是一语成谶。有一次酒后，我们在讨论村里女知青谁是"青花"，平常一般不参与这类话题的狐狸，好像田头评论听多了，那天也忽然插了一句，村里女知青，其他都免谈，只有杜鹃花，她那张花脸，就像吸铁石，太有吸引力，不看都不行，但是——狐狸恶狠狠说，这个青花，妖里妖气，一脸红颜薄命，万一送给我啊，都要考虑考虑。听起来，好像白送都不要，真是狐狸葡萄酸。这家伙平常话不多，一开口就很凶，和他做事风格一样。村人的田头评论就说过，知青里啊——

狐狸看去就一脸凶相。

老鲍看去就一脸骚相。

吴用看去就一脸苦相。

小禾看去就一脸奸相。

小地保客风好是好，看去就一脸贼相。

国强一天到晚皱着眉头，看去就一脸哭相。

老寿看去就一脸刁相。

何苦看去就一脸老相。这家伙真名叫何詧（KU），这个字村人不认识，我们冒名知识青年也不认识。小地保有《新华字典》，很稀奇一查，居然是上古帝王名。名字取得这么野心勃勃，没有一点亲和力，按理他那位大众饭店的老爸也看不出有什么文化，不晓得怎么想的，真是何苦。从此村人也跟着我们叫他何苦，他额头果然就多了几道古老的皱纹。

死不响看去就一脸死相。这个绰号也怪，死不响比我们晚来几个月，大名施福祥，听起来很好，只是平常一贯闷声不响，不仅仅是没有话，什么场合都无声无息，村人很喜欢谐音，就叫他死不响。

有一种长相，是我们男知青特有的，女知青好像就没有，没有一个男的不是这种长相——看看看，你们这副吃相！

我们这帮男知青，在潭头人眼里，简直没有一个好相。

本同志明明一脸憨厚，被说成一张驴脸也罢，居然还冠以一脸奸相——我们当然领教，其实也无所谓，农民的智慧，就是会玩笑，听去胡说八道，常常一说一个准，后来我们的命运，果然一个一个都长在自己的脸上。

这一次小地保也许动机不纯，先观察一下老龅的脸色，然后愤愤不平说，大事不好了，知青的兄弟家，大家都没戏了，你们知道不？村里人都说，杜鹃花那个骚货，在村里有相好了。妈的，鲜花插在牛粪上，你们知道黄牛粪好还是水牛粪好？小地保又在卖关子，大家故意不理他，吴用在笑，狐狸也笑，关键是老龅都笑，我就笑起来说，不要村里都说，你具体一点说，谁说什么，谁谁说什么，谁谁谁说什么，一个一个说清楚，不要打混账。小地保这回很牛逼，眼睛看着梁上某根椽子说，不相信拉倒，我不说了，我走了啊——最后说出一个和牛没关系和马有关系大家听都听不懂的名字。那家伙居然叫马儿头，长相倒不错，一个复员军人，团支部书记，民兵副连长，大小也算一个村干部，确实是潭头一个好后生。最牛是他的父亲，大家叫他老麻——村里硕果仅存的最后一个麻风病人。老麻两只手没有手指，就剩两个光秃秃的拳头，却是潭头大名鼎鼎的祠堂总理，掌管祠堂的钥匙。老麻钥匙一天到晚挂在裤腰带上，走起路来叮叮当当，一副管家的样子，每天工作就是开门关门，不晓得怎么练就这一手无指开门术，支部又怎么会指派一个麻风病人去管祠堂。祠堂虽然破败，里面全是生产资料，有大队的，也有各生产队的，可谓大权在握。老麻长相有点恶心，但有祠堂总理的威严，人也很乐观的样子，所以我们和他关系都不错，碰见了经常聊几句，敬烟是少不了的。只是他回敬的烟，我们都不敢接手，麻风病人听起来就有点可怕，看起来就完全毛骨悚然了。

小地保说：杜鹃花什么人不可以好，偏偏和一个麻风病人的儿子好，到时候变成一个潭头麻风女，太可怕了，知青青花都没戏啦！

小地保这个乌鸦嘴，大约半个月后得到应验。

那个春雨绵绵的晚上，下雨天，喝酒天，我们当然要喝最便宜最凶猛的番薯烧。我们正在为下雨而干杯，下吧，下吧，下它七七四十九天，下它个龙王造反，下它个大水翻天——下雨天就是我们的节日，不农忙时候，一般不出工。雨声渐密，酒意渐浓，楼下小田草籽花早已睡了。我们甚至听见，小田在磨牙齿，叽叽嘎嘎，草籽花在说梦话，哼哼哼哼。

小地保来得晚，没喝几口酒，反应像老鼠一样灵敏，突然说：

你们听，你们听，敲锣了，敲锣了。

小地保就是不一般，能最先听见癞头奎的锣声。村里虽然家家户户有赤膊喇叭，但在北京的大一统联播节目之后就哑巴了，所以半夜三更出什么大事，都由民兵连长癞头奎敲锣通知。据说早年潭头的几任维持会长，都有敲锣的名分，现在由民兵连长来敲，也算后继有人。癞头奎不但继承传统的锣声，而且不断推陈出新，甚至敲出炉火纯青。据说敲得最惊心动魄的一次，居然把他自己的事，大事敲小，小事敲了，最后敲得若无其事。村里早有传说，癞头奎和癞头贵的老婆也就是朱抗美的母亲有一腿。朱抗美是癞头贵"抗美援朝"回来生的，到底是谁的货，一直充满传说。有天晚上癞头贵喝完酒，大概喝多了，找上门去，不晓得是去算账还是去拼命，眼看一场癞头大战就要发生，非常符合田头评论的多年梦想，癞头奎不晓得是心虚还是心狠，居然跳将出来，跑到外面去敲锣，一边敲，一边喊，大家都来看，我和嫂子睡觉了，大家都来看，我和嫂子睡觉了，都来看，都来看……活生生用锣声把自己的脸皮撕开，顺便也把支部的脸皮撕破，不但盼望已久的大事一点都不好看，结果是把大家的口都封住了。还有什么好说的吗，没人敢说了，也没人会说了，再说那档子事，一点传奇性都没有了。

锣声越来越近，显然朝春牛家走来了。只听见癞头奎敲两下锣，喊一声，声音好像被雨声扯拉得飘忽不定，又好像被雨帘过滤得瓮声瓮气：

大家注意了，大岩头有情况了，大家注意了，大岩头有情况了……全体正劳力，都到樟树下集中，没有睡的，带上蓑衣凉帽，已经睡的，赶紧掀开被窝，爬起来啰，爬起来啰……

樟树下在村口，离大岩头一步之遥。大岩头突兀村边，绵延起伏，是江南丘陵的典型地貌。山头那棵松树，苍老孤独，松树下面的山崖上，灌木深处，遮掩一个山洞，据说只有捣蛋的放羊小孩去过。那晚我们趁着酒兴，又唯恐天下不乱，当然都去了。小田他们就没去，小田在屋里骂道：

娘日的癞头奎，敲锣有工分补贴，动不动就乱敲，又不是着火，又不是死人，又不是自己偷婆娘，半夜三更，就会骚吵！

村人果然没多少，稀稀拉拉，几堆黑影，穿蓑衣的戴笠帽的打油纸伞的披一块塑料薄膜的，凑在一起嘟嘟哝哝叽叽咕咕，癞头奎满村敲锣，还没转回来呢。男知青倒是差不多到齐了，有的还打着手电筒，表情黑乎乎看不清楚，都把自己当成正劳力了。癞头奎最后到，敲了最后一声锣，大家都围上去，都问什么事，半夜三更的，睡觉都不安稳。

癞头奎气喘吁吁说：大概半小时前，知青小地保跑到我家，他很认真报告说，大岩头有情况，上面有哭声，哭得很怕人，是不是出什么事了。我赶过来一听，雨一阵一阵的，哭声一阵一阵的，听起来，又好像男的，又好像女的，跟猪起栏（发情）一样，跟猫叫春一样。我听来听去，哭声就是从那个洞里传出来的。咦，现在怎么没有声音了？小地保呢，小地保？

没有应声，小地保不晓得跑哪里去了。闹半天，原来是小地保干的好事。大家就七嘴八舌骂开来，骂癞头奎，骂小地保，骂半夜三更，骂自己已到。潭头就喜欢骂人，潭头骂人很正常，骂出来说明自己在关注天下大事呢，对基干民兵连长癞头奎同志的锣声非常非常重视呢——

你一敲锣，等于把哭声赶走了，你这不是打草惊蛇吗！小地保这怂人，到底年纪轻轻是知青，管别人半夜里哭干什么啊，很多骚货叫床，叫起来就像哭，你也去管啊？大岩头本来就闹鬼，知青见鬼不奇怪，癞头奎你见什么鬼啊！也难讲哦，会不会是台湾特务？前一阵公社庄书记就在赤膊喇叭说，最近有空投的台湾特务，要大家保持革命警惕性哦！大岩头那个洞，老前辈都说通到山外面的山，说不定就通到台湾，过来几个特务很容易的啊！对对对，搞不好就是台湾女特务，抓一个台湾女特务，大家就好玩了！最好是美帝国主义的女特务，苏联修正主义的女特务，日本佬的女特务！天下女特务让你这种人玩啊，你做梦去吧！女特务哭什么啊，女特务寻死啊，弄不好是不是白毛女哦。前些年饿死那么多人，逃荒的很多啊，运动又搞得很多城里人家破人亡，说不定白毛女又跑出来了！不管怎么样，大家到上面去看一看吧，看看再说。对啊，反正已经起来了，都去看一下。有工分吗，有当然去，没有谁去，半夜三更，天这么黑，雨这么大……

癫头奎就说：不去是不行的，不去我敲什么锣啊，我寻开心啊！要去就要去那个洞，看看到底什么情况。派几个人去吧，多了也没用，爬上去也危险，挤都挤不上。这样吧，我带头，谁愿意去？去的记十个分，不去的就算半天工吧，今天来的都记五分，马上就去老麻那旦开工票。

七八个人跟癫头奎走了，手电忽闪忽闪，很快消失在夜幕中。知青没人去，我们都觉得这个事很蹊跷，小地保骗人是不会的，不过这家伙神神道道，形迹一向可疑，他刚才跑到我们梁上来喝酒，看来是虚晃一枪，现在突然消失，行动很诡秘啊。当然也不能说无聊，知青兄弟在潭头，在干部面前，在村人面前，主动表现一下，获取好感也很正常，这个我们当然可以理解。我们还因此白赚了五个工分呢，按潭头人无处不在的工分思维，按讨饭头孜孜不倦的再教育——有活干要赚，没有活干也要赚，没有工分创造工分也要赚，坚持到底，就是胜利！

第二天还在下雨，果然不出工。村里很热闹，好像过年一样，看来癫头奎的夜半锣声又一次取得了决定性胜利。形势大好，不是小好，我们打着雨伞满村游荡，顺便去请示了癫头富，今天没事，不能白过，我们准备以知青的名义，去贫下中农的家访贫问苦。癫头富面露喜色，对我们的主动要求进步，表示非常赞赏，当下开口嘉奖——每人记一天误工。我们晃来晃去，看来看去，满村皆说杜鹃花，满村皆说马儿头，说得唾沫四溅，说得春雨潇潇，说得比癫头奎的夜半锣声还要动人心魄，说得一位男农青和一位女知青在大岩头山洞的半夜碰头是潭头人民的伟大胜利。事实上，他们两位在以癞头奎为首的电光照耀之下，当场没有抱头痛哭，现场更没有什么原形毕露，而是脸皮很厚地坐在那里，不动声色看着一帮闯入者。马儿头甚至傻笑起来，说不好意思啊，惊动大家了，来来来，抽支烟抽支烟。据说，马儿头很老练，说他们在洞里碰面，开一个见面会呢，在讨论很重要的大事呢。杜鹃花的父母亲，当然不同意他们的恋爱，儿子已经完蛋，女儿不能跟着完蛋，他们正在研究下一步怎么办呢，怎么对付那个枪毙鬼的父母亲呢。我们的访贫问苦当然很想知道，杜鹃花在洞里的精彩表现，赚过深夜十个工分的人都含糊其辞，没赚深夜十个工分的人都添油加醋，七拼八凑起来。大概的情况很平常，一点出奇都没有——城乡没法结合，分手已成定局，这个大岩头山洞会，杜鹃花传达完城里的噩耗，马儿头报告完乡间的悲凉，洞里情意绵绵，洞外春雨绵绵，自然绵绵不断绵绵不绝了。有村人三句不离本，想到另外一个问题，拍案叫绝说，老麻不愧祠堂总理，儿子洞里演戏，老子祠堂开票，半夜请大家去看戏，这个一家人，娘日的，真真会做戏——老麻每年的工分，按开工票总数折算。我们则不得不佩服小地保，天知地知他也知道，情人有情他多情，监管有方，导演有戏，让大家都开心一场，最后自己竹篮打水一场空，都为他人作嫁衣裳。本同志就是他人之一，后来我渔翁得利杜鹃花，不止一次在情意绵绵，不止一次提春雨绵绵，杜鹃花则不止一次说：

你说，你说，我开过苞没有？

5 大明堂

什么叫心领神会，潭头人和城里人的最大区别，就是语言——田头评论漫天飞舞，土话笑话骚话荤话，天天说月月说年年说，好像就是潭头的主旋律。小地保以他老爸的教授口吻说，根据本同志的田野调查，农民同志祖祖辈辈面朝黄土背朝天，上靠天，下靠地，上半身朝天，下半身朝地，中间那个东西，不管男的女的，一律蠢蠢欲动，不出来透透气，就会馊的，就会憋死的，不骚它一骚，就没法活了！教授的儿子就是教兽，我们在广阔天地，能听什么呢，鸡听鸭叫，鸭听狗叫，狗听鸡叫——完全是一个喧闹的动物世界，我们听不懂就无法进步了。比如，杜鹃花好端端一个城里人，下乡再教育也没多久，就会熟门熟路潭头土话——什么开苞不开苞。开苞不就是含苞欲放？既然半夜敢上山，半夜不怕鬼敲门，又那么理直气壮，完全可以好端端问我：

你说，你说，我是不是一个处女？

杜鹃花问我开过苞没有,这样土里土气的粗话,我怎么去回答呢?叫人很难回答的,回答了也很难听的,听了也很难搞懂的。再比如说,村人说癫头奎这一类人,都会说——为节快活为节苦,为节打屁股。这个"节",又是标准的潭头土话,指男人那个很不老实很不听话的东西,说白了就是那个屌。这个"节",比较复杂,既有"贞节"的意思,也有芝麻开花"节节高"的意思,甚至还可能有"过节"啊、"节日"啊的意思。潭头的"节",比普通话的含义、意义多了去了。如果硬要翻译成普通话:为屌快活为屌苦,为屌打屁股——这样好听吗?不但不好听,意思也差远了。

　　当然,也不是所有潭头知青,都像吾辈之流,喜欢听骚话,喜欢听下流话,喜欢和贫下中农打成一片,心甘情愿往贫下中农方面去堕落。他们很有主见,出污泥而不染,濯清涟而不妖,比较符合一个脱离了低级趣味的人——女同胞向阳花,就是一个这方面的榜样。

　　女同胞一律住厅上,向阳花当然例外,住在厅上大门外的大明堂。从樟树下进村后,穿过一条石子路铺就的弄堂,从老房子的阴影中豁然开朗,三四个篮球场大的空地,就是大明堂——宽敞、明亮,是潭头五大公共场所之一。大明堂以杀猪闻名,猪的嚎叫隔三岔五响彻全村,是村里乃至全公社的杀猪中心。其他几个,如前所述或如后将述:厅上——潭头政治文化中心;大岩头——潭头墓地都在那里是死人聚会中心;樟树下——潭头舆论中心兼上吊中心;祠堂前——晒场中心及电影恋爱中心;香火前——从前的封建迷信中心,现在那墙照壁成为大队专帖各种上级文件各种支部活动,看不看由你信不信不由你的布告中心。

向阳花属于真正的投亲，她伯父就是土生土长的潭头人，向阳花就住在伯父家。所以，向阳花条件就比我们一般知青要好，和村民差不多，吃喝拉撒睡，一切都是现成，最让我们仰慕的是向阳花出生在乡下并不多见的杀猪世家。向阳花爷爷手上就杀猪，伯父在潭头杀猪，父亲在县肉联厂杀猪。杀猪杀多了，杀猪有年头了，屠夫眼光就和常人完全不一样，看什么东西都超然物外，向阳花的父亲就从杀猪中看出不少生机，杀气腾腾教育女儿说：反正都是下放，逃不脱下放命，你就去潭头接你大伯的班吧，去乡下杀猪至少有四大好处——第一，不管收入多少，都比工分要好；第二，不要去田里干活，不会日晒雨淋；第三，杀猪有杀规，祖上传下来的行规，起码有猪下水吃，一年到头不愁没有油水；第四，女人杀猪凤毛麟角，女知青杀猪恐怕全国都没有，妇女能顶半边天呢，中国的事都很难说，说不定完全可以杀出一条生路来。

　　向阳花杀猪果然很有吸引力。我们有点小钱，都会去看她杀猪。开点小小后门，搞点肥肉熬猪油，搞点下水下下酒。猪油酱油拌米饭，是我们的最馋，大肠肺头猪肝配老酒，是我们的大宴。猪头猪尾就没我们什么事了，那是潭头人祖传的上等佳肴，是潭头人红白喜事的经典大菜，要三五天前乃至十天半月前就上门预定的。我们基本今朝有钱今朝醉，寅吃卯粮也习以为常，不说十天半月，在三五天前，都不晓得钱可以从哪里来，一点鬼钱影子都没有——我们现在基本靠分来的稻草、麦秆、棉秆、豆秸，后来自己开伙就多了稻糠、麦粉之类，去换烟，去换酒，去换鸡蛋，去换一点日常需要的零零碎碎。其实，我们去看杀猪也罢，去开点小后门也罢，真正看到杀猪无限风光在险峰的只有狐狸。他好像在紧追吴用，也陷入什么知青恋，偏偏自己不敢去，每次都要我们护送，不晓得白看了多少次想买没钱买的向阳花白白杀猪。也不晓得他们有什么共同语言，我们一点都搞不懂和杀猪屠夫还有什么共同语言，我们只喜欢吃女同胞向阳花同志杀出来实在好吃的猪。

向阳花长得很清秀，颜面也很白净，身材十分苗条，放到膨胀花面前，不用比较，一目了然，体量不到对方的三分之一，对比任何一只该杀的猪，体积充其量二分之一。就是这么一个瘦弱女子，面对一只执行死刑撕心裂肺的猪，全身轻松拿下，掀翻在一条宽大的长板凳上，那姿态就像去阉一只鸡。一刀要命，血流如注。向阳花显得相当平静，不喘一口大气，甚至微微一笑，口中念念有词：杀、杀、杀，今天就杀你，杀死你，杀死你，笨头笨脑的猪，没心没肺的猪，千刀万剐的猪，看老娘如何收拾你……我们看杀猪，不免战战兢兢，甚至有身挨滚刀肉的感觉。那个向阳花的大伯，瘦骨嶙峋的老头，公社远近闻名的老屠夫，总是站在一旁，双手抱肩，眯眼冷笑，好像很欣赏向阳花遗传基因般的刀起刀落。

杀猪世家确实根正苗红，我们还没学会田畈农活，向阳花已经把猪杀到报纸上去了。文章是一个县通讯员写的，灵感来自癞头贵在一次会议上向公社的汇报，一听到女知青为广大贫下中农杀猪灵感大发。所以，癞头贵在潭头很难得开了一次知青会，用一种很骄傲的口气，请向阳花站起来给大家读那份杀猪报纸。文章配了一张向阳花杀猪照片，整个版面图文并茂。大家纷纷围上去观看，果然英姿飒爽，杀气咄咄逼人。向阳花很有大将风度地站起来，好像很女人很害羞看了我们一眼，开始朗读报纸上的自己——

妙龄知青杀猪去

锣鼓喧天，红旗招展，人山人海，奔走相告，潭头有个女杀猪，女杀猪是女知青，女知青叫向阳花。向阳花挥舞屠刀说：第一天试杀了一头，几天后又试杀了一头，都失败了。猪没死，我吓死了。为什么？怕得不行。我觉得猪比我厉害，老怕猪咬了我，还怕猪血溅在我脸上。人怕猪，当然就杀不死猪。这时，我又重新学了《为人民服务》《愚公移山》《纪念白求恩》，认识到有了张思德那样完全彻底为人民服务的思想，有了愚公移山锲而不舍的精神，有了白求恩那样不远万里来到中国的劲头，就像我们不远万里来到乡下，就会什么都不怕。解放军同敌人作战的时候，那么勇敢，那么无畏，可是自己连猪也不敢杀！不敢杀猪，哪敢杀敌人？又怎能保卫国家？想到这些，勇气就来了，杀起来就有劲了，一杀就成功了。

我学会了杀猪，潭头村里有人赞扬我、鼓励我，也有人笑话我，说什么："好端端的闺女，怎么就去学屠夫！""两手血淋淋，浑身臭烘烘，怎么找对象，怎么花嫁娘！"当时我受了这些风言风语的影响，为人民服务的思想动摇了，又打算改行。爸爸是知道我的病根子的。他问我："咱家是贫农，贫农应该听谁的话？"我说："听党和毛主席的话。"爸爸说："对呀，毛主席教咱们要全心全意为人民服务，你为什么不听？你还像个贫农的女儿吗？"爸爸又说："你是劳动人民的后代，是革命的后代，要敢和一切陈旧的反动的势力做斗争！"听了爸爸的话，我才认识到自己当了旧思想、旧风俗的俘虏，那些反对我、讽刺我的人，是想用资产阶级思想腐蚀我。这办不到！我下决心要把屠宰场当作战场，用毛泽东思想斗倒一切旧思想，我要在杀猪这个阵地上，为革命而战斗到底！

从此，妙龄女知青，杀猪不眨眼，斗志冲云天。

向阳花胸部起伏，一口气读完报纸，癞头贵站起来鼓了几下掌，引导我们喊口号——

支部喊：向向阳花同志学习！

我们喊：向向阳花同志学习！

支部喊：向向阳花同志致敬！

我们喊：向向阳花同志致敬！

支部喊：学习向阳花！

我们喊：学习向阳花！

支部喊：奋勇把猪杀！

我们喊：奋勇把猪杀！

……

一阵口号，响彻厅上，把向阳花同志搞得很不好意思，原本读报读得发白的脸蛋，忽然变成西红柿炒鸡蛋，平添许多少女的羞涩。

癞头贵最后总结说：我们潭头，知青花嫁娘，杜鹃花是记工花，膨胀花是教书花，向阳花是杀猪花，真是满地鲜花盛开，一个比一个厉害啊！妇女不但能顶半边天，比你们男知青都厉害啊，大家都要好好看看党报啊，好好学习学习向阳花啊！

大家嘻嘻哈哈，又一次心领神会——都是癞头花！看什么看，学什么学，杜鹃花靠相貌吃饭，膨胀花靠教书吃饭，向阳花靠杀猪吃饭，我们靠什么吃饭呢？我们只能靠工分吃饭，和女同胞的距离只能越来越远啦！

那篇歌颂向阳花的杀猪美文，县报一刊登，市报一转载，省报一重点，最后攀登到《人民日报》，成为广大知青的学习榜样。可狐狸却有点小人之心了。这家伙平常话语一向不多，突然摇身一变絮絮叨叨，一天到晚神经兮兮说杀猪。这个我们倒是可以理解，向阳花原来私下向狐狸透露的杀猪四大好处，同现在报纸上宣扬的父女革命对话，一个地，一个天，门也不对，户也不对，他们的知青恋，语言体系就有问题了。狐狸心潮澎湃眼花缭乱，本来向阳花十天半月杀不了一头猪，党报一树杀猪典型，来潭头参观取经的很快就川流不息。在省知青办、市知青办、县知青办、区知青办、公社知青办大肚黄的带领下，大队人马四面八方滚滚而来，双溪渡口上蚱蜢舟穿梭如织，潭头终于迎来了历史上最辉煌的日子，癞头贵在动员大会上宣布一切都继往开来：

从前我们潭头就有斗牛节，还有狗肉节，不都是潭头人最喜欢的节日吗？现在我们就要好好利用杀猪东风，搞它一个杀猪节！

杀猪节开幕了。参观就要现场示范，取经就要开会报告。那些天潭头大明堂人满猪满，人欢猪叫，豪气冲天。据癞头贵坐镇大明堂的亲手统计，县上的《知青工作最新动态》通报：杀猪高手向阳花，创造了潭头杀猪历史最高纪录，最多一天杀了十九只半猪，还有二十八只猪在排队候杀。这个记录，实事求是，我们和狐狸都亲眼所见，那出名的半只猪，其实就是一只瘟猪，见到宏大场面精神紧张，在被向阳花五花大绑之后，一刀封喉之前，自己一命呜呼了。大家当然也注意到，猪大军挤挤攘攘，纪律不甚严明，组织涣散，队伍混乱，癞头奎一个基干民兵连，倾巢出动都很难安保。场面很闹，一边在杀，一边在看，猪在杀，人在看，人在杀，猪在看——就有猪吊儿郎当准备造反了。大家都知道，猪那种德行和人也差不多，有时候摇头晃脑，东游西荡，有时候突然发疯，四下狂奔。最猖狂的那只简直是跨栏运动员，它腾空而起，俯冲而下，越过人山人海，强行冲进厅上知青女生闺房里去了，把那几个例假期间的女同胞搞得哇哇乱叫，披头散发夺门而出，给大明堂添加无数精彩场面。那些光辉灿烂的杀猪天，把所有领导者都忙坏了。大肚黄组织繁忙，一批要来一批要走，癞头贵接待繁忙，喊来喊去声音沙哑。向阳花当然是表演忙，热烈掌声中喉咙都发炎了，一天杀到晚体力受不受得了，手臂、腰部乃至大腿酸不酸痛，狐狸没有透露，只是狡黠一笑，说他也只是幕后英雄，主要晚上慰问向阳花，推拿推拿，按摩按摩，准备第二天继续——狐狸那些天确实半夜三更才回梁上。不过，终归是难得的好日子，整个潭头都在过杀猪节，借猪光，得猪福，成就他们短暂的猪恋时代。

潭头的猪杀得热火朝天，向阳花的猪杀得热血沸腾，终于碰到了一个拦路虎——没有多少猪可杀了。潭头的猪没几天就杀光了，在公社的大力支持下，全公社一年的猪，差不多都提前杀光了。那段时间，潭头人家的猪圈空空如也，连讨饭头家那种不长膘的、杀起来不见血的猪，都奋不顾身了；潭头仅仅只有一位担负传宗接代重任的猪公，都斩草除根了。有人就目光短浅爱猪如命，癞头贵在赤膊喇叭里大喊大叫：

现在大队里有奇谈怪论，到底是猪公猪娘的交配要紧，还是猪公猪娘的献身要紧，政治一挂帅，什么猪没有，这个猪道理，你们都不懂，你们连猪都不如啊，你们是不是猪脑子啊？

在那些以杀猪为中心，杀猪压倒一切的日子里，潭头三癞头一心一意扑在了猪上。癞头贵白天在喇叭里号召大家献猪，癞头奎晚上抓紧敲锣动员大家出猪，癞头富则天天出门去借猪，最后连夜紧急出发到大山深处有远房亲戚的蜈蚣岭上去找猪了。

在一个面临第二天无猪可杀的夜晚，癞头贵连夜召开支部大会，紧急讨论潭头的杀猪大事。三言两语，七嘴八舌，哪里有猪，就是没猪！破格列席支部大会的知识青年向阳花同志，眉头一皱，计上心来，她按照杀猪的动作，在空中比画几下，终于开口说话——组织村里的能工巧匠，用糊纸灯笼的传统方法，造一只栩栩如生的模型猪，卫生学校里的人体解剖课，都用人体模型，效果一模一样的。向阳花在想象的模型猪上，如此这般挥舞起来，果然让人眼界大开。向阳花杀气弥漫，进一步预见，杀这种模型猪，照样会千疮百孔，所以要长期打算，白天破，晚上补，第二天焕然一新，方能再开杀戒。癞头贵连连叫好，到底知青有文化，懂得更新要换代。他当下认为模型猪，要取一个好名字。他拍了两下巴掌，如释重负喊道：

　　就是它就是它，向阳花的政治猪就是两头乌！

　　潭头的两头乌，上面乌，下面乌，头上也乌，屁股也乌，一看就是豪猪，从此名声大振。取好名字，纲举目张，接下来就顺理成章，定下制造的人选，定好要给的工分，材料之类不在话下。潭头的语言确实很怪，把做木匠的叫木匠老师，把做泥水的叫泥水先生，老师和先生好像还有什么区别，那天晚上潭头著名的泥水先生和木匠老师，一个不漏悉数到场。那个地主的儿子方大乐，各类技艺超人，村民一致公认。但这种好事一般轮不到他的，他也就是干一些劳动改造的没有工分的修修路填填坑之类的活，那天也不管三七二十一将他从被窝中那个懒婆娘身边拖出来了。第二天，太阳刚刚从大岩头升起，村人们无不目瞪口呆，大明堂中央的杀猪凳上，一只向阳花政治猪的两头乌，从天而降活灵活现。上也乌，下也乌，都用墨汁涂黑，猪里却烛光摇曳，猪外更红光闪耀，远远看去，一派嗷嗷待杀的精神气，浑身从容就义地不怕死，让准时到达看杀猪的外地干部惊叹不已，更让天天到场闹杀猪的潭头小孩兴奋无比。向阳花英姿飒爽站在一把太师椅上，纸上谈猪，纸上杀猪，那把一尺长的杀猪刀，寒光四射如日中天，一刀一刀，刀刀见血，一如既往将杀猪进行到底。

那些日子，大明堂臊气熏天，猪下水泛滥成灾，我们好像把一辈子的猪下水都吃下去了，吃得满脸猪肝色，全身臭烘烘烂兮兮，两眼绿头苍蝇一样，以致后来很长一个时期没有猪下水吃，我们胃里翻上来的依然是猪下水的臊味。

6 流氓鞋

春暖花开，向阳花杀光潭头的猪后，又翻开新的一页，踏上新的征程，去全省各地巡回演讲，现身说法知识青年如何脱胎换骨，如何由一个娇气滴滴女知青变成杀气腾腾女屠夫的革命经历。

向阳花抓革命，我们促生产。每天凌晨4点起来拔秧，拔足一天需要播种的秧苗。早饭之后插秧，中午一小时吃饭，下午4点吃点心（有没有点心自己看着办），5点继续面朝水田背朝天，一直插到太阳一点影子都没有之后，眼前月光水汪汪一片，或者没有月亮，反光黑幽幽一片。农忙都这样，其他可以咬牙切齿，开早工实在是天敌。有钱难买黎明觉，天下难得回笼觉，每每被讨饭头从梦中叫醒，我们浑身就有一种杀猪感觉——猪也不会这么早被拖出去杀头啊。农民很看重早工，好像非常喜欢，人人都说，三个早工抵一工。按这种要钱又要命的思路去换算，我们等于一工要杀三次头。

我们当然懂，一年之计在于春，一天之计在于晨，我们之计就在于：春耕也罢，夏种也罢，秋收也罢，冬不闲也罢，一年忙到头，都是赚工分。问题就在花嫁娘，离我们都很远，比我们都轻松，杜鹃花就坐坐田埂，向阳花就念念讲稿，膨胀花就在村小带领学生读读领袖语录，连野菊花都去公社卫生院穿白大褂了。看来女知青不但在潭头，估计整个公社都春色满园关不住了。野菊花的红杏出墙，把胞弟老鮑搞得心旌摇荡，一早起来，天还没亮，眼睛根本没睁开，就大声哼哼起来，你含苞欲放的花，一旦盛开更美丽……老鮑就喜欢在暧昧时刻高唱黄歌。这家伙确实有点黄，简直不是一点点骚，头天晚上睡觉前，他还累得乌龟认不得王八的时候，突然莫名其妙叫嚣，向阳花那个骚逼，浑身猪臊，又开腿让我操，我都硬不起来！

这样的下流话，是要负责任的，对我们要潜移默化的，某个地方要蠢蠢欲动的。老鮑当然有一点为狐狸打抱不平，向阳花壮士一去不复返，小地保已经报告，县里市里省里都去了，下一步马上就要去北京了，不是人民大会堂就是天安门了。这些日子，狐狸在田畈干活时，一天下来，不晓得多少次望着天空似有似无的云彩发呆，有太阳，没太阳，好像向阳花都在天空彩云飞舞。这当然很现实，一动不动站在田畈上，上有天下有地，中间有屌东西，既可以胡思乱想，也可以偷偷懒，又可以歇歇力。不过，大家没歇力，你自己乱搞，前提需要脸皮厚，除非你已经干得又快又好。我们无所谓，我们都偷懒，农民当然也偷懒，但以后评工分他们都有发言权，一个一个发言者都会说那一天种麦那一天铲麦那一天割麦那一天打麦那一天晒麦他好像一天到晚都在看天呢，你的工分从此就从天上降下来在麦子里彻底完蛋了。狐狸对工分，其实很看重，小地保就提醒狐狸说，向阳花已经不见了，黄鹤一去，白云千载，空悠悠，空悠悠。老鮑则讥笑狐狸说，呵呵呵，鞭长都莫及，你懂不懂啊——狐狸的鞭，没有羊鞭长，山羊的鞭，没有虎鞭长，老虎的鞭，没有驴鞭长，毛驴的鞭，没有牛鞭长，黄牛的鞭，没有水牛鞭长，狐狸的鞭是天下最没用的鞭，你一个小鞭鞭还想弄到天上去啊！

老龅一向三句不离本行。老龅牙齿外露，络腮胡满面，而且满脸油乎乎的，村人的田头评论，早把他定下一脸骚相了。小地保也英雄所见略同，说老龅的脸上都是印度神油，有神油的人荷尔蒙很厉害的，从科学上看是这样，从算命书上去看，这种长相就是风流相。老龅的日常表现，也确实有点骚，我们日常的下流话题，白天来自田头，晚上就来自梁上。不需要任何统计，不说百分之百,百分之九十九，都是他骚起来的，骚得我们这些——不骚的、不会骚的、不太骚的、不敢骚的、私下骚的、偷偷摸摸骚的、暗骚明不骚的、闷骚的、阴骚的……不骚都不行。你想一想，一个骚货，一身骚劲，一天到晚骚动，骚过来骚过去，三句不离骚，一骚一大片，你烦都烦死，谁受得了啊，是人都受不了。

所以，那天晚上，老龅不是骚乱我们的问题了，竟然骚到潭头最骚的手表拐那里去了——我们老老实实说，确实有点受不了。

手表拐，一个大名。这个大名鼎鼎的花嫁娘，在潭头的知名度，比向阳花还要大。村里老人小孩，可以不知道知青向阳花，没有人不知道那个手表拐。潭头的田头评论，如果有一天不拐来拐去拐到手表拐，那这一天的天气或人气，肯定就是有什么问题了。舆论既然如此集中，手表拐到底什么含义，村人大都语焉不详，我们听来听去，全面汇总，反复论证，好像没有什么拐骗的意思，也没有什么好拐的故事，无非就是一个手表把大家都拐晕了——戴手表，相貌好，不劳动，不愁吃。什么意思，中心思想无非就是：那只上海牌手表，潭头大队的唯一，别人没有就她有，又从来不在田头出现，手表拐根本不需要到田畈干活。田头评论当然有理论根据：第一，天天在家干吗呢，天天在家修炼朱伯仲那个老中医的阴阳功，是潭头阴阳功的嫡传女弟子，修好阴阳功，干好阴阳事，这一点很容易让人浮想翩翩；第二，手表拐的老公朱有德同志，是村里唯一的养蜂人，经济好不说，日子也自由，把自家的花嫁娘扔在潭头，冬天有冬天的去处，夏天有夏天的地方，哪里有花哪里去，一年四季花团锦簇，一年到头很少在潭头，基本上就不在家里，这一点当然又很容易就让人乘虚而入。原来如此，大概这样，戴手表的花嫁娘，就是一个手表拐。癞头奎在花嫁娘问题上，总有自己的独立见解，干活干着干着听着听着就嘘一口气说，你们知道个屁，手表拐的手表，你们看见过吗，你们知道放在哪里吗？这样的说法就很吸引人，不是说他是基干民兵连长，不是说他比妇女主任都精通女人，他本来就是潭头民间操逼权威，既然他现在开口说话了，大家干活就要停下来了，需要仔细听一听了，手表拐的手表到底是为什么要暗藏起来的。癞头奎看见大家都停止干活了，眼光都朝他集中了，开始点上一支烟，就大鸣大放了——我是见多不怪啦，手表拐的手表，就藏在她的裤带上，裤带上挂着一个手表，你们说能吸引谁呢，不就是把我们男人那个东西都搞成拐棍！

稻穗扬花，田鸡呱呱，万物生长靠太阳，不晓得是不是癞头奎那个东西拐棍了。那个江南梅雨天的夜晚，农忙时节村人早早都睡了，狗都懒得叫了，只有天上的几声闷雷，暗示季节不饶人，明天怎么都得早起出工，这时候癞头奎的锣声不失时机响起来了。

那时我们也差不多睡了。需要交代一下那天晚上我们几个的睡觉顺序：吴用第一个睡，我第二个睡，狐狸第三个睡，老鲍从队里记工分回来，窸窸窣窣爬到梁上时，吴用在看书，我辗转反侧，狐狸已打起呼噜，这家伙心理素质一流，倒头就能呼呼大睡。我们几个对晚上去生产队记工分都不感兴趣，去不去无所谓，去不去都一样，知青的工分一直没有评定。按癞头贵的战略部署与指示精神，村上还要考察，知青还要锻炼，这都不是一天两天的事，也不是一个农忙的事，至少要一季油菜、一季麦子、一季早稻、一季晚稻，一年四季地里的活，都干过一遍以后，脱一层皮换几块骨头之后，才能全面评定我们的劳动——态度问题、体力问题、技术问题、贡献问题，每人一个综合评判，该几分的就几分。我们现在就没必要去看工分，出工一个勾，不去一个叉，等以后评好工分一并秋后算账。连工分迷狐狸都不去，只有老鲍几乎天天去，好像对工分他最在意似的。老鲍说，万一漏掉呢，万一把我挑栏粪错记成掰栏粪呢，万一把张三记成李四呢？老鲍偏偏对天下的万一感兴趣，天天晚上不辞辛苦，无非想去看看记工员杜鹃花吧，村人都喜欢去看老鲍应该更喜欢。其实我们已经说过，晚上就是他的好光阴，借夜色朦胧去访贫问苦，回来就梦胧胧讲下流话。可那天回来偏偏没讲下流话，一句话没说就睡了，只是刚刚钻进被窝，癞头奎的锣声就惊天动地响起来了。

癞头奎喊道：开大会了，开大会了，全体贫下中农，全体正劳力，全体知识青年，都到厅上集中。特别是知识青年，大家都要到场，一个都不能请假，支部已经说话……

和上次雨夜抓妖怪不同，听锣听音，村人对癞头奎长年累月神出鬼没的锣声，耳朵已听出老茧，有某种特殊感应，能听出好事坏事。

厅上门庭若市，我们赶到时，竟然挤不进去了。看来知青是主角，村人纷纷让路，我们进去一看，前排有几个女同胞衣衫不整，显然刚从温柔之乡回来，慵慵懒懒打哈欠，让我们没有清醒的眼睛为之一亮。比较触目惊心的是，三个癞头全在，癞头贵坐镇讲台，左边站着癞头富，右边站着癞头奎。

癞头富说：人都到齐了，大家静静，开会了，事情就由癞头贵来讲！

癞头贵说：今天夜里，出了一件天样大事情，事情就由癞头奎来讲！

癞头奎说：知识青年，哪个想到会有流氓啊，事情就由手表拐来讲！

流氓自天而降，大家的睡虫好像都跑掉了，立刻有很多人面露喜色。门里门外都是人，翘首以盼最骚花娘，平常不见今天见，白天不见晚上见，可是东张西望半天，没有看见手表拐。

癞头奎说：咦，刚才还讲得好好的，她自己会来讲的，手表拐！手表拐！咦，手表拐呢？

有人就说：手表拐在家里哭呢，哭得爬不起来了！

有人就说：对喏对喏，我刚才路过有德家，门关的，灯黑的，哭声从屋里传出来很响很响的。

有人就说：要不要，我去把那个手表拐，从手表拐家里拖出来，要不要？

说这一句的是老龅。我们都没想到老龅会说这个话，估计三个癞头也想不到，知青出流氓大事，他就站在我们中间，好像一点没有事，反而自告奋勇，引出厅上一片欢声笑语。眼看节外要生枝，癞头奎一声怒喝：

好啊，你这个怂，你那根"节"有本事，今天不把你那根"节"挖出来让大家看看，我就不是潭头的基干民兵连连长，我就不是癞头奎！

事情好像有戏，会场立刻无声，癞头奎随后的黄色故事，让大家都身临其境了——一个半时辰前，手表拐哭啼啼向癞头奎报告，大约8点钟，天气闷热，她关了灯，开着房门，七仰八叉在堂前的毛竹躺椅上乘凉。后来醺醺弄堂风吹来的时候，睡都要睡过去了，一个黑影不晓得什么时候走进来。那人动手动脚，技术高超，一来二去就把手表拐对襟花布褂的两颗纽扣扯下来了。满眼黑洞洞的，那家伙一下子热烘烘扑在手表拐身上，压得她气都透不过来，想叫都叫不出来。手表拐心明眼亮，两个奶奶头，白花花露在那里，在所不惜，一个螳螂飞腿，狠狠朝那人的裆下踢去，那人啊哟了一声。手表拐再接再厉，两个奶奶头，突然变得红彤彤，明目张胆，一个鲤鱼打挺，拿出阴阳功的绝招，上三路，下三路，一阵贴身肉搏大战，终于把那个人打将了出去。手表拐一屁股坐回竹躺椅，本来还想透透气，想想实在气不过，娘日的老娘不是吃素的，就飞身而起，一路追出去。弄堂一点灯光都没有，终于在大明堂拐弯的地方，捡到一只流氓鞋。

大家还在想入非非，癞头奎松了一口气：今晚强奸案，是铁证如山！村里有流氓鞋的，只有知识青年，能去强奸女人的，只有男知识青年。第二个证据，那个人，手表拐说，嘴里一股烟气，这个知识青年肯定是抽烟的。第三个证据，漆黑一团里，摸来摸去的时候，手表拐的手，亲自摸到过那个人的络腮胡子，最后魂灵都吓出来，肯定是一个络腮胡知识青年。

癞头奎说完，拿出插在身背后皮带上那只流氓鞋，高高举过头顶，朝大家挥过来挥过去：大家看，大家看，这个流氓鞋是谁的？大家再仔细看看，大家再仔细看看，知识青年里，谁是络腮胡？

癞头奎举着手表拐缴获的战利品，一副大获全胜的样子，昏黄灯光下那只流氓鞋光芒四射。癞头奎说的流氓鞋，就是塑料拖鞋，那年头城里刚刚时兴，我们知青人人都有，去田畈干活很方便，铲地割麦挑担之类，下水田就两脚一甩，顺势脱在田埂上，简直天生的知青鞋，完全一种新式草鞋——祖祖辈辈干活打赤脚最多穿草鞋的潭头人，思维活跃，想象丰富，很快就笑话我们穿的是流氓鞋。现在流氓鞋果然流氓了，现在流氓鞋高高在上，村人看得啧啧啧啧，一阵一阵在骚动。我们从来没见过这种场面，简直像老瘟在人民广场押上审判台。对于我们来说，女同胞情况不明，男的基本懵懂青春，不要说不懂强奸，估计大部分连女人手都没有碰过。知青络腮胡，唯一就老龅，老龅骚是有点骚，热爱下流话没假，疯长络腮胡也没假，可我们穿流氓鞋，在荆棘丛生的田野都如鱼得水，怎么可能在一条畅通无阻的弄堂里露出马脚呢？在我们束手无策的关键时刻，吴用第一个代表知青站出来，以红卫兵司令的口气说：

贫下中农同志们，潭头大势，分久必合，合久必分，知青和农民，合在一起了，就是一家人，所以我们的连长那几个证据，在我看来都有很大的问题。第一，络腮胡问题。潭头除老龅以外，起码好几十个络腮胡，我们的连长就是一个络腮胡，大家看看癞头奎的络腮胡，是不是比老龅的络腮胡，更满面糊一点？所以，我认为，凡是络腮胡，不管知青不知青，都有可能让手表拐摸过，光说一个老龅，肯定是不对的！同志们，我说的对不对？

立刻有人大叫：

对！对……

嗬！嗬……

厅上一片嘈杂：

络腮胡都是骚货……

络腮胡都是骚出来的……

吴用挥手都像红卫兵司令那样，接着说：第二，满嘴烟气的问题。这个就不多说了，这个说起来就太好笑了。大家都知道，不烟不酒半只狗，抽烟人没有烟气就断气了，潭头男人几乎人人抽烟，知识青年里不但大部分男的抽烟，女的也有好几个，偷偷摸摸躲在屋里抽呢！真要查的话，也不是没有办法，叫手表拐说说闻到是什么牌子的烟味，问题就一清二楚了。是八分钱一包的经济牌、九分钱一包的勇士牌、一角三分一包的大红鹰、一角四分一包的天鹅牌、一角八分一包的雄狮牌、两角四分一包的新安江、两角九分一包的利群和飞马、三角三分的西湖、三角四分的大前门、三角五分的恒大、四角九分的红牡丹、五角一包的大中华……再上去恐怕大家见都没见过，连公社大肚黄都抽不起了。标准就一条，烟味越好闻，香烟牌子就越好。平常大家抽烟，都知道什么人抽什么烟，手表拐闻出什么香烟的什么烟气后，再请公安局来破案，以烟气为重点，顺藤摸瓜，手表拐的案子马上可以破出来啦！

吴用以红卫兵司令的眼光，扫来扫去，厅上的这个流氓鞋破案大会，出现自我们进村以来前所未有的鸦雀无声，大家看到癞头富目光如炬，癞头贵眉头紧锁，癞头奎张着嘴巴一直高举流氓鞋。

吴司令还没完：最后再说那个最重要的证据。弄堂里捡的流氓鞋，这个我不否认，可是这个能说明什么呢？知青人人有流氓鞋，有的还有好几双，样子也都差不多，谁也没在上面写名字，谁也不会去注意谁穿什么样子的流氓鞋，不能捡到一只流氓鞋，这只流氓鞋就真流氓了，天下哪有这样的道理哈？老鲍，你站出来，让大家看看你的流氓鞋！

在大家众望所归的目光中，老鲍色迷迷走上讲台，站定后一脸骚相，向大家鞠了一躬，态度显然比开始扬言要去拖手表拐老实多了。接下来，老鲍显示了校队运动员的良好素质，一踢左腿，脚尖几乎碰到额头，一踢右腿，脚尖几乎碰到额头。两个优美的体操动作完成之后，大家看得清清楚楚了，左脚一只人字形拖鞋，右脚一只人字形拖鞋，老鲍的两只流氓鞋都在他自己的脚上。细心人这才发现，癞头奎一直高举的那只流氓鞋，也是人字形，连颜色都差不多，又蓝又绿那种。一片惊叹里，吴司令马上抓住战机：

别的知识青年有几双流氓鞋我不知道，我可以坦白告诉大家，我们住小田家的，我有两双流氓鞋，一双人字形，一双一字形，狐狸有两双流氓鞋，都是人字形，小禾只有一双流氓鞋，是一字形的，老鲍也只有一双流氓鞋，也是人字形的，这个我们的房东小田和草籽花可以证明。小田，草籽花，你们都知道，现在就证明一下！

小田笑起来：这帮吵死鬼，一共就这几双鞋，都放在我们家梁上呢！

草籽花没笑：知青人都不错的，一只也不少，我可以向毛主席保证！

厅上都笑起来，笑得阴阳怪气，老鼠又贼头贼脑从屋梁走过。

吴司令就说：现在问题清楚了，我们连长手上的那只拖鞋，肯定不是老鲍的，到底是谁的，只有去问手表拐了。这么大一件事情，当事人不出面，怎么搞得清楚呢，大家都背后乱说，怎么说得清楚呢？

厅上开始窃窃私语，间杂慷慨激昂：

对喏，对喏，把手表拐叫来！

手表拐不来，这种逼事情，谁搞得清啊！

这个手表拐，有本事就出来，三头六面，讲讲清楚！

有个破手表，有什么了不起！

有个破手表，老逼就金贵？

有手表有什么好神气，一天到晚搅天搅地！

今天晚上就来看手表拐的逼？明天还要不要做生活啦！

一时间厅上手表拐眼花缭乱，也许潭头人的手表思维激起吴用的灵感，也许这家伙好久没有发挥司令才华，吴司令突然热情洋溢说：

大家都晓得，手表拐有一只上海牌手表，大家可能都不晓得，老鲍有一只比手表拐更厉害的手表，他有一只德国怀表！起码比手表拐的上海表大两倍，是一个德国皇帝送给他爷爷的，壳都是黄金的，壳里还有德国美女呢！上海表有什么稀奇，碰到德国表，比都不要比，弹到哪里去了都不晓得，有德国表的还会稀奇上海表吗？这是我第一个要补充的问题；第二个，我们都是毛主席派来接受贫下中农再教育的知识青年，我们是来干革命的，怎么会对贫下中农耍流氓呢，除非他不要命了，除非他不想回去了，永远在潭头种田了！贫下中农同志们，你们说是不是这个道理？

这一下场面乱套了，手表拐显然已经不在话下了，纷纷说那个骚逼，好像镶金边似的，一贯拿逼来做体面，实在应该去日她，先日后杀，先杀后日，日多少次都日不够啊……又纷纷说癞头奎那泡怂，本来就和手表拐有一腿，连她老公有德都知道的，有德都睁一眼闭一眼，有德就是靠这个逼，才有资格去养蜂的。癞头奎还再说什么呢，这不是贼喊捉贼，恶人先告状吗？

吴用还没有完，又问了一句话：知识青年同志们，你们也表一个态，你们还想不想回去啊？

一直没有说话的我们，这时才知道需要喊起来：回去回去，当然要回去，明天就回去，晚上就回去……

我们都在瞎喊，喊得非常起劲。女同胞好像杜鹃花先喊，其他才笑嘻嘻跟上几个，声音都听不清楚，不晓得在说什么。最后好像没有人说散会，可能有人说过我们没听见，场面已经混乱不堪，笑声，骂声，喊叫声，捣乱声，什么声都有，大家听到没有啊，忙天忙地，为个逼逼，明天早工还开不开了啊……厅上很快像电影散场，稀里哗啦，一哄而散。三癞头没有再把会开下去，癞头富的知青态度我们都知道，癞头奎高举着的流氓鞋大家好像都在参观，癞头贵听到肯定会想到癞头奎和自己老婆也流氓，再让癞头奎流氓下去，自己真乌龟王八蛋啦——知青可以什么都不是，就是不可欺！

7 祠堂

那个江南梅雨天的流氓鞋事件，以我们的初中文化水平，一贯的洗脑思维，一贯的僵化文字，只能这样来叙述——意义重大，影响深远，揭开了我们知青生活的新篇章。

首先，老鲍就是新气象，越来越陌生，越来越可疑。那天厅上回来后，我们几个发现吴用确实有大气魄，马上得意扬扬去睡觉了，我们没有功劳也有苦劳，没有苦劳也有心劳——心跳一点都不会停下来，连夜在小田屋外，秘密审问老鲍：

今天晚上，你幸亏有未来的姐夫吴用帮你脱离大难临头，什么手表拐啊，我们吓都要吓死了！我们想起来了，你这家伙，下来之前，在上浮桥游泳的时候，就和那个裁缝娘有关系吧？

那个裁缝娘，和潭头的田野明星手表拐差不多。老鲍和裁缝娘的关系，就是红卫兵袖章和红色游泳裤的关系，一个可戴的，一个可穿的，一个上半身，一个下半身，完全是相好的关系。那时候老鲍和我一样，当然也不是红卫兵，当然也不准戴红袖章，在学校停课闹革命时期，只能经常去李清照那条江的上浮桥去游泳。我们那时都没有游泳裤，要么全身一丝不挂，要么飘扬一条短裤，不像运动员不说，鸡巴还经常冰冷。有一天老鲍突然穿来一条游泳裤，而且是红色的游泳裤，在上浮桥的游泳大军里，和领袖游长江也差不多了，不管风吹浪打，胜似闲庭信步，尤其那个部位，鼓鼓囊囊，趾高气扬，让我们逝者如斯夫了！我们简直都没法游了，从浮桥上去跳水，光屁股跳，让大家白看，穿短裤去跳，你就是混混。好在老鲍很大方，穿红色游泳裤，经常走来走去，你要看就看，翻开看也行，甚至脱下来看都行，让我们都吸一口凉气。那条游泳裤，原来是红袖章，不知道怎么弄的，红卫兵字体七零八碎，全部包围在肉体上，又好看又舒服，又正规又方便。在布票奇缺的革命年代这真是一大发明，就像红卫兵后来统统变成知识青年那样神奇。老鲍很威风地说，不管是不是红卫兵，现在流行红袖章，人人都有红袖章，把它改造成游泳裤，都是他的精心设计，说不定马上要流行，加工当然是裁缝。有一天他终于答应我们，每人暗藏四个红袖章，鬼鬼祟祟跟他去弄堂深处找那个裁缝娘。瘦精精的裁缝娘，一看到一伙后生，人人带来红袖章，开心得不得了，量尺寸格外认真，命令我们一个个脱下长裤。我们不免扭扭捏捏，老鲍在一旁嬉笑，一副过来人样子。我们终于知道，老鲍穿游泳裤这么合身，这么威风，后面大屁股一丝不苟，前面小钢炮耀武扬威，原来如此。约好取游泳裤那天，我们找不到老鲍，就自己去拿。裁缝娘家大门关着，按理她平常都开门接客。正想敲门，忽然窗口传来声音，里面一个男的说话很大声，说着一些至今让我们心惊肉跳的话语——你还年轻，说出去不好听。你们家和我们家，父母也是老相识，不看僧面看佛面，我就不追究了，但你要写一份保证书，保证以后永远不犯这样的错误……说话是裁缝娘老公，话的意思，我们懂了，那天我们只能仓皇逃跑。裁缝娘的老公，平常一脸严肃，我们叫他毕老师，原来在小学教书，成为右派就去补鞋，一年四季天天都在四牌楼摆摊。后来我们路过，都会想起他的话，忍不住多看一眼，有一天他突然把我们叫住，很严肃地对我们说，你们都是老鲍的同学，以后不要学老鲍，有些事被人抓到，是要被人打死的，在乡下是要浸粪缸的！我们连连点头，不敢说一句话，好像我们和老鲍是同谋犯似的。老鲍帮我们带来游泳裤，我们把工钱交给老鲍，也一直不敢和老鲍提那件事。他不脸红，我们脸红。流氓鞋事件让我们想起游泳裤事件，手表拐和裁缝娘，看来都徐娘半老，不晓得比老鲍大多少。我们的天真想法是，如果没有裁缝事件，就不会有流氓鞋事件。徐娘风韵犹存，老鲍少年得志，常在河边走，哪有不湿鞋。后来有一次，我们讲了半天，已经动用不少成语。面对我们的审问，老鲍一脸大将风度，理直气壮对我们说：

又不是我要骚，裁缝娘很骚的。那次你们量尺寸，不也被她搞得满脸通红，那东西都硬起来了吧？又不是我主动，我是很被动的。裁缝娘经常和我说，那个老右派，学校开除后，只晓得补鞋，不知道睡觉，人都傻掉了。我当然就去了，也不止一次了。没想到，那个老右派，做人很阴险的，开始好像没事，早上出门，晚上回来，那天突然杀了一个回马枪！

我们说：这么说起来，还是你冤枉？

老鲍说：你们这帮家伙，一点也不懂女人。潭头花嫁娘，都是贫下中农，你们说怎么办（他停下来，好像还要我们思考）——有些女人很怪，她很想你去骚，你不去骚吧，她会觉得你看不起她，到处说你坏话，你真的去骚吧，她又觉得自己很吃香，到处吹嘘自己。手表拐就是这种人。手表拐比裁缝娘还骚，那天她说要给我一瓶蜂蜜，蜂蜜可是好东西啊，一般人都吃不到的。她在乘凉，电灯没开，没想到我刚刚到，癞头奎就进来了，这怎么办啊。这家伙我知道的，我赶紧就跑走了。弄堂里漆黑一片，把拖鞋都跑丢了。开会我不晓得是为什么，要么是手表拐在弄我，要么是癞头奎在弄我，估计他们两个吵过架了，我听见癞头奎在大喊大叫，看来我就是一个牺牲品了。那天幸亏没事，还是吴用有本事，你们几个人，一点用没有，你们根本就不懂这种事情！

我们说：不懂不懂，我们一点不懂，你为什么这么骚啊，怎么都会被人发现啊，裁缝娘也就算了，反正也是右派老婆，骚一骚也没什么事，手表拐你都敢去骚，广阔天地啊，可以乱骚吗，你胆大包天啊，你还想不想回去啦？

老鲍说：你们还想回去啊，我是想都没想，活一天就算一天。

什么意思啊，活一天算一天就可以乱骚——我们的半夜审问，冒出一个新篇章。

第二个新篇章，我们根本不可能想到。

知青的流氓鞋，那天晚上经过手表拐的黑夜缴获，癞头奎的公开示众，老鲍的现身说法，活脱脱在做活广告，让潭头人惊叹不已——第二天一早就有人赶到城里去买流氓鞋。第一位就是潭头的投机倒把老手兴标同志，他从城里回来就带来一双流氓鞋，群众的眼睛是雪亮的。以后的一段日子，有人省吃俭用，有人自留地杀青，有人杀鸡取蛋，有人砸锅卖铁，还有著名的田畈大盗闻风而动去县百货公司大显身手，潭头人几乎把城里的流氓鞋洗劫一空。潭头很快就变成流氓鞋的天下，满村子踢踢踏踏，满田畈花花绿绿。连放水大师昌福老爹，蓑衣箬帽在畈上夜行，都颤颤巍巍穿着一双人字形流氓鞋，听说他半夜三更都会飞会跳了。田头评论的潭头穷人榜上，排名最靠前的讨饭头，不晓得哪里借来的钱，给六个要死要活要流氓鞋的小讨饭也买了一双。讨饭头说，妈的六个都想要，他们都在做梦呢！最后也买了一双，尺码就按老大买，六个讨饭每天抓阄，谁抓到谁流氓一天，谁流氓一天谁开心一天，在村里就要走整整一天。那个最小的女讨饭六六，好不容易抽到一天，拖起来脚底板都滑在地上，一天整整摔了六七次，最后讨饭娘一路抱回小讨饭骂死流氓鞋。流氓鞋大名，从知青起步，在潭头发祥，星星之火可以燎原，在广阔天地汹涌澎湃。可以这么说，中国塑料工业的破天荒发展，知青的流氓鞋功不可没，至少江南的广大农村，流氓鞋简直所向无敌，供销社天天进货，还是供不应求，经常出现断货。

最让我们欢欣鼓舞的新篇章，还是要归公流氓鞋。

支部重女轻男的政策与策略，终于被流氓鞋搞得不安定了。那晚流氓鞋大会之后，支部认为，女知青住厅上，集中管理，非常和谐，形势一片大好，男知青住梁上，一盘散沙，四处游荡，形势一片不好。支部就男知青一律移住祠堂的问题，专门开了三次干部会议，误工都被祠堂总理老麻记了一大沓了，讨论很漫长也很激烈，最后一次会甚至开到差不多凌晨4点，很快就要去开早工了，老麻负责的半夜餐都热了好几次。焦点就在房东，东家们支吾来支吾去，始终在绕圈子，关键就在于，知青一撤，搭伙泡汤，补贴全无，大家的收入都没啦。小田就说，男知青不在我们家里吃，难道女知青就可以在你们家里吃吗，要撤就全部撤！癞头富翻看了半天笔记本，喊出那句让大家吓一跳的口号，吃饭问题，打土豪，分田地，一切权力归知青！最后三个癞头统一思想，义正词严：

我们都不要了，你们还要个屁！谁让知青去流氓，我们就让谁流氓！

会议还一致通过了祠堂总理老麻兼男知青管理员的决定，误工另行补贴。住在祠堂的麻风病人老麻，具有天然威严。他老远走来，气场就变，一般人不敢近身。麻风家和知识青年，好像天生就有缘分，杜鹃花没嫁成，我们倒要同居了。老麻的老巢，祠堂深处的一间小屋，监狱一样的小窗，张扬着巨大的蛛网，昏暗里弥漫着活灵活现的酸臭。鼻子完全封闭，眼睛开始适应，没什么家具，就一个谷柜，里面就是大队的公积粮，柜上就算老麻的木板床，没有铺稻草，也没有草席，一团烂棉絮好像就是被子。大队公积粮基本是干部们开会的夜宵，手中有粮，心中不慌，脚踏实地，喜气洋洋，只是不晓得老麻一年到头睡在光板上面，麻风病人一身的屑屑碎碎，会不会从缝隙掉下去，会不会影响宵夜的味道。不过，这些和我们无关，我们一致拥护支部的决定，为了一人住一间，死心塌地和麻风病人为伍，老麻，老麻，我爱你！

潭头除了祠堂，还有什么好地方吗？族人祭祀祖先，举办婚丧寿喜，大队小队仓库，潭头人的生活，大事都要靠祠堂——我们在这里鬼混，真可谓名正言顺。按昌福老爹满口含混的说法，早年这个祠堂，比城里的西华寺还要大，青砖碧瓦，飞檐斗角，前后两殿，东西厢房，一眼看去风水不得了啊……说得口水滴滴，和我们看到的断壁残垣，完全是旧貌换新颜。小地保当然会有教兽校正——祠堂广场为什么这么大，祠堂大门为什么这么威，完全是潭头人对生殖系统的崇拜。两边的石鼓叫"门当"，代表女人的玩意，大门的圆柱叫"户对"，代表男人的东西。什么叫门当户对，就是男对女，就是逼对屌，潭头人为什么满嘴逼啊屌啊，性交旺盛才能辟邪驱魔，所以潭头人最喜欢说——有事种地，无事弄逼。潭头人为什么这么骚，为什么城里人骚不过潭头人，靠的就是有老祠堂！不过，现在门当户对，只能嘴巴说说了，破四旧立四新，早已把祖先牌位扫地出门，现在全是孤魂野鬼啦！本来就是鬼混，什么都不怕，难道还怕鬼，我们喜笑颜开——残破祠堂后殿，同一个屋檐之下，用一人多高的毛竹泥墙，隔成一间一间小屋，不到二十平米，就是我们的新房。后殿一边朝向大岩头，一边朝向门前洞，中间是樟树，面向田野的只有三间，其他的房门都开在里面，全都围绕祠堂天井。按潭头分配的老规矩，抓阄至高无上，手气决定一切。我们喜气洋洋乔迁新居，兴师动众在村里穿来穿去，大声喧哗从女同胞的厅上经过。那天小地保最忙，贼头贼脑为大家看风水，在千篇一律的小屋，在我们光杆司令一张床的狭小空间，居然看出杜甫同志的大庇天下寒士俱欢颜，充满百花齐放的装修风格——

吴用书最多。不但都是伟人书，显示红卫兵红书，各种版本的领袖著作和语录至少在我们公社已远远超过革命干部，床上靠墙还贴着一排马恩列斯毛的头像，好像一睁眼一闭眼都与伟大领袖同居一窝，同住同吃同劳动。还贴着一幅领袖诗词手迹。农具若干，随意摆放。

我的书第二多。一本普希金诗，一本盖有某校图书馆印章的《隋唐演义》，还有几本不能让别人发现，统统都藏在床上稻草铺下面。当然瞒不住小地保，这家伙当场断定说，吴用是书老大，你是书小二，我是书三爷。我说什么意思，他说没意思，书是要排名的——这家伙极有可能是书香后代。我最喜欢的，床头一只半导体收音机，床底下一只老坛子，听苏联广播或朝鲜电台"卖花姑娘"，就把收音机放进坛里，有共鸣的音响效果，美国之音之类就该捂上被子去听了。墙上挂着一把笛子，一幅显示知青才华的丁氏书法：躲进小楼成一统，管他春夏与秋冬。农具靠在进门的墙上。

老鲍化妆品最多。友谊牌雪花膏一盒，凡士林一盒，头油一瓶，一把男知青绝无仅有的牛角梳子，一把成熟男人才有的刮胡刀，都整齐摆放在有木格子没有玻璃的窗台上。一只老式皮箱放在一个简易木头架上，架底下好像是鞋柜，有一双回力牌球鞋，一双解放鞋，一双高帮套鞋，看不清几双的松紧布鞋，两双流氓鞋。门背后糊满报纸，还挂着几块毛巾，门板上不露一丝缝隙。床上扔着一本《外国民歌200首》，一本繁体字、没有封面封底、四边卷毛的老黄书。让小地保暗暗吃惊的是，书上的包皮纸，竟然是那张刊登向阳花杀猪先进事迹的《人民日报》，好像这样就可以掩盖里面的不可告人，看来这家伙依然没有接受粪桶报纸的教训。最居心叵测是屋里横空有一根麻绳，上面挂满四季衣服，最显眼的是两条红色游泳裤和几条白色和天蓝色的衬衣假领，都是那时候最时髦的东西。这些花花绿绿的服饰，像一帘屏风横在床前，显然有遮掩床铺的功能。床上还有四方蚊帐，更像舞台上的大幕，总之别人休想从窗外或门缝里看见老鲍的床，显然这家伙最注重最保密的就是床。农具一律排放在床底下。

狐狸劳动工具最多。小屋满目农家用具，站着的、躺着的、上吊的——蓑衣凉帽草鞋，菜刀镰刀柴刀，水缸坛子钵头，各种锄头三把，长短铁锹两把，耘田铁耙一把，洋镐一把，各式扁担四五根，大小簸箕四只，箩筐一双，麻袋好几只，一套捕鱼捕虾的网具，一双没有启用散发新鲜桐油气味的粪桶，还有几样铁木混合造型稀奇古怪我们叫不出名字的东西。还有知青其实不太有用的筛子、晒谷的地垫之类。知青中没人有的谷柜，更独一无二的独轮车，靠在一面墙上夺人眼球。据小地保估价，车架、钢圈、橡胶轮胎、肩用皮带，全部配齐差不多是上海牌手表价值。不晓得这家伙哪里来的钱，居然像老地主那样购置家产。潭头人说，地主做死做活省吃俭用，一分一分买地，一年一年置产，他妈的都是抠出来的，谁愿意去当地主啊！看出来，这家伙已经不像我们，动不动就去农民家借工具，独轮车出工就会有工分补贴。真是居心叵测，搞成一个地主式农具博物馆，大有扎根农村与土地为伍的架势。没有书。

小地保自己，轻松荣获三个第一。食品第一多，农具第一少，封建迷信书唯一有。油盐酱醋，排列有序。好像借了他母亲食品厂的光，一律梅林牌罐头食品，大口瓶的，圆铁盒的，鸡鸭鱼肉，黄桃杨梅，随时可以凑成一桌。书确实也不少，借了他父亲师范学院中文系教授的光，甚至有几本很少见的哲学书，难怪他算起命来经常胡说八道。还有几本唐诗宋词，一本《新华字典》，一本民国万年老皇历，一本算命大全《麻衣神相》，一本没有封面没有封底一看就乱七八糟的什么风水书。罗盘一个，竹签一筒……还有一些死活秘不示人。墙上挂着一幅装裱过的污渍斑斑的诸葛亮神像，古老的木刻版画那种。

国强体育用品最多。两副石担，四对八个大小不一的石锁，一副哑铃，一个拉力器，三个铅球，两条跳绳，一副漏洞百出的羽毛球拍，两个长满补丁的橡胶篮球，五六只赤膊鸡那样的羽毛球，三颗教学手榴弹，一个干瘪的排球，一个打气筒。最显眼的是从梁上用麻绳吊下来的一个圆柱形的大沙袋，和他的枕头一样发黑，摇摇欲坠的样子，一碰就秋千那样晃来晃去。甚至还有一脸盆的滑石粉，一堆不晓得做什么用的石灰。国强家就像我们学校那个破烂拥挤的体育室，事实上有不少东西就是毕业成果，从学校顺手牵羊的，国强说起来都引以为豪。

死不响家具最少。屋里几乎空空荡荡，居然像很多年后才流行的简约不简单的后现代风格。除去抓阄抓回来的一块板两个架的那张床，看去就两样东西，一件几乎一年到头冬夏都可穿的油光闪亮的破棉袄，一把同样油光闪亮的二胡。该死不响，出门没有声响，进屋没有声响，拉起二胡来往往在我们认为最好听的时候，戛然而止，半途而废，还是没有声响，而且一直不再有声响。我本来还想有机会的时候，我吹笛子他拉琴，搞一搞器乐小合奏《江河水》什么的，看他一副知音少，弦断有谁听的样子，提都没法提。

老寿。与大家不同的是有一本电工手册，一本拖拉机修理手册，一本钳工手册，一看就是喜欢凭技术吃饭的工人阶级后代。

何苦。最大特色是没有特色。可能那几个不起眼的瓶瓶罐罐，藏着从家里带来父母亲在饭店工作特制的好菜，他的好烟藏在哪里我们一点看不见。

……

那天我们几个就在小地保家聚餐，这家伙今天帮大家看风水，赚了差不多一包香烟，屋里吃的东西又最多，不叫他放血都不行。还有一个关键因素，只有他才有本事能从供销社开后门搞到三角一分一斤的黄酒，二角七分一斤的番薯烧。当然玩笑归玩笑，我们还是打平伙，有钱出钱，有货供货，共产共吃，凑成一个百家宴，祠堂屋顶一片谈笑风生，仿佛新生活就此开始。

吴用很满足：屋不在小，有仙则灵，我满墙都是神仙噢。

老鲍更满足：晚上那个东西硬起来，再也不用哆哆嗦嗦了，可以光明正大了，没人看得见啦。万一来个女朋友，你们还想偷看吗？

狐狸说：你以为屋里全副武装，就可以自由自在？隔墙这么低，和露天一样！

国强说：呵呵，这种破墙，我根本不要用力，单脚一跳，就飞过去啦！

小地保说：那是，关键还是声音。谁屋里只要有一点东西，苍蝇在飞，蚊子在笑，蚂蚁在爬，跳蚤在跳，大家都能听得见，不要说放一个屁！

我说：声音都是狗屁，一人一房，各有房事，我就是书房，从此不吵我，闭门可以造车，心花可以怒放。

大家就笑我，野猫不晓得眼花，不过初中生，一个假秀才，只能在乡下写写信，有本事就去城里邮局前摆个信摊，也比乡下记工分要好啊，你不就是想写一点秘密情书吗？我一脸奸相，举杯敬酒，你们怎么都心有灵犀一点通啊！我确实开过要写情书的玩笑，梁上四个人挤挤一床，早上出工，晚上收工，上梁下梁，根本没有写字地方，写完都没地方可藏。我想起初二时候，一天晚自习结束后，我在整理抽屉，一位女生走过来，朝我古怪一笑，一张小纸条就降落在抽屉里了。这是我平生第一次，恐怕也是最后一次，认识的所谓情书，上面只有一句话——我们做朋友好吗？

我怎么会一点感觉都没有呢，脸不红，心不跳，不给老师看，不给同学看，也不自己藏起来，好像天生和情书无缘，走出教室就撕掉扔了，确实很对不住那位美丽女生。初二的我自高自大，完全是不知不觉，把天上掉下来的林妹妹，傻乎乎随手就会扔掉去。我根本想不到，下放到潭头，精神就大变，这么快就想林妹妹了，非常需要林妹妹了——难道真的是面朝黄土背朝天中间有个屁？

我现在完全记不得，那封情书是怎么写的，反正是我唯一的情书，体现我知青时代的文学才华——好话连篇，鬼话连篇；古为今用，洋为中用；既有《诗经》之关关雎鸠，又有《圣经》之挪亚方舟；既有马克思和燕妮的七年等待，又有领袖和江青的短暂相识；前途是光明的，道路是曲折的；左右开弓，软硬兼施；欲擒故纵，欲盖弥彰；最后两岸猿声啼不住抄袭一句我扔掉的那位初二女生的经典——我们做朋友好吗？

不吹牛说，我的情书处男作大获全胜，是我知青时代的唯一收获：

不但是勾引女孩的人尽其才，

而且是吸引支部的物以类聚。

我住进祠堂的最初一段时日，灵感大发，欲望无限，天天晚上长篇大论，把一堆草稿毁灭证据，把几张定稿折来折去，塞进一个大红鹰烟盒，最后藏在枕头下面的草席下面的稻草下面——我和情书，永远没有缘分，又一次永别了。

事后想起来，其实我应该有所察觉。那些天隔壁邻居老鲍看我的眼光就有点异样，时不时还对我暧昧一笑。后来吴用、小地保、狐狸、国强他们也有类似古怪表情。连那个死不响，某一天也忽然开口，好像天下已经乱套，叫我一声明明要开口又没有下文了。我没想到，坚壁清野的情书，早已不翼而飞，早已在潭头大队乃至整个公社，成为知青有口皆碑的一部畅销书了。据说很多人在传看，甚至已经有人传抄，说起来那个地下手抄本，是我平生第一次公开发表作品。直到有一天，那个一块乌，冒着烈日专程跑到潭头，脸上那块胎记散发一片崇拜加拜托的光亮，要我帮他写情书。

一块乌下放缸窑大队，同一个公社，有九个知青，七女二男，都是军分区子女。他们和地方不同的是，配有一个专职带队的小参谋，跟他们同吃同住同劳动，既管思想，又管生活，军队就是不一样，连知青都属于军用品。大家都知道，男女搭配，干活不累，大家不知道，女多男少，干活更累。一块乌他们两个男性军用品，为了反抗农村妇女同志对他们经常公开的性压迫，经常反戈一击，两个对付一个，以其人之道还治其人之身，把田畈那些剥他们衣裤的妇女同志的衣裤也公开去剥，扭成一团，胡摸乱捏，那种好玩啊，不玩白不玩。一块乌说，我们还算文气，那些女性军用品更好玩，完全是七仙女那一套，仗着父母军衔都比小参谋大，也可能小参谋就是小白脸，完全七仙女对那一个董永，一天到晚都要指挥眼前那个小参谋。客气点的，叫小参谋打饭打菜，放肆点的，叫小参谋去买卫生纸，嚣张点的，洗头洗脚都要小参谋端水。最浪荡的那位，洗澡洗到一半，高呼小参谋，小参谋啊，我水都凉了，我怎么洗啊，快来给我加水啊，小参谋快点，小参谋快点啊——这种战地风光，公社很有名气，男知青都羡慕，女知青更羡慕。我们早就想慕名前往，见识见识那些军用品，见见知青有七仙女，见见七仙女有董永，没想到一块乌主动到访。

一块乌说：今天求你一件事，帮我写两份情书吧，报酬大大地啊，我老爸有的是军供香烟，你看你看，都是中华！

烟是烟，信是信，我说：还要写两份，什么意思啊，你是脚踏两条船，还是姜太公钓鱼？

一块乌说：我们一起的梅花对我好，好得不得了。我喜欢公社广播站那个桃花，喜欢得不得了。所以就要写两份情书啦！虽然两个都是知青，对梅花，我要讲清楚，虽然她很好，但我们现在还年轻，接受再教育最重要，等以后条件成熟了，我们再考虑终身大事。对桃花，我也讲不清楚，反正就是一个喜欢，你就按照你的想法写吧。总而言之，对两个女的，按军事上来讲，一个是守，一个是攻，守要固若金汤，攻要势如破竹。

我说：这么高的要求啊？攻的，可以试试，反正就那么回事，知青的想法都一样。守的，估计难度比较大，我没有这个经历啊。

一块乌说：你还假谦虚啊，情书都差不多的啦。你的那个情书，我们缸窑知青都认真学习过了，又有攻，又有守，攻中有守，守中有攻，那些部队大小姐，我们的七仙女都说，你是知青情书大王啊，没想到我们公社还有这么一个大才子。七仙女都说了，一定要去潭头，见识见识杜鹃花，看看她有多大本事，把一个男生搞得这么神魂颠倒。她们还说，如果杜鹃花不要你，那她们七仙女都要你啦！她们准备集体来拜访你呢，呵呵，七仙女都心动了，你的情书搞大了！

我这才回过神来，下意识翻开枕头草席，好像看见那封情书，如同收割后散落四处的稻草，正在广袤的田野大肆飞扬。流氓鞋事件后，一次田畈歇力，杜鹃花就对我说，那天晚上，我们都没睡，一直讨论到天亮，总觉得这种事情肯定无风不起浪，你说老鲍会不会有那种事？我说，你说呢，会不会有？杜鹃花说，我知道还要你说！我说，你不知道，谁知道啊！杜鹃花说，老鲍好像越来越陌生了，平常也好像不理我了。杜鹃花这个话，到底什么意思，在一次割稻割得浑身湿透，人的思维极其混乱的时候，我把杜鹃花问我的话，直接就转让给老鲍了。老鲍挥汗如雨，腰都直不起说，你不懂的，越熟悉的人，越不会有事，熟得像亲人一样了，更不可能有那种事了，再说她不是和马儿头好吗，我插进去还有什么意思嘛。老鮑说的我不懂，反而让我心中窃喜，从此乘虚而入，天天勇往直前。我那伟大情书，开始像我播种的稻谷，在广阔天地茁壮成长——我的日夜情书，不是稻谷，就是稻草，稻谷没收，稻草已飞！

　　一块乌说完，我第一个就找到隔壁老鮑。这家伙没事就到我房里瞎转悠，我的情书肯定落在他手上了。老鮑说，嗨，没错，我捡到的，送上门的东西，怎么可以不看呢，看了以后别人也想看，我总不能一人偷偷看吧，嘿嘿！我问他哪里捡的，他说就在我房里，好像就在门口那里。是有那么几天，我出工就把情书带在身上，以便在一个天赐良机，了却自己心腹大患。好像总是没有和杜鹃花单独相处的机会，或许明明有，自己又不敢，还想等一个更好的机会。每每收工，回家第一件事就是脱衣服，脱上脱下，一不小心，情书就掉落了，也不是没有可能。偷书都不算偷，情书更不算偷，老鮑真是一箭双雕啊，既让我隐情大曝光，又在情书上横插一杠。我想占他的便宜，他在占我的便宜，妈的狗日情书，我还能说什么呢？那天一块乌送我好几包中华，情书肯定还要写，我就请他吃晚饭，顺便把老鮑、小地保、吴用、狐狸几个都叫来，最后把死不响都叫来了。酒过三巡，气氛已到，我开始一脸奸相：

　　今天一块乌也在，我不是说耍奸，我第一个要谢的，就是老鮑！我写了情书，情书你们都不懂啊，可能是真话假说，可能是假话真说，关键就是引人上钩。没想到在大家的帮忙下，我不但已经胜利完成情书任务，还成为全公社的知青情书大王，这个话我爱听！谢谢大家，我这个穷秀才，人生得意须尽欢，将进酒，杯莫停，我自己先干一杯！

8 稻桶

我们住进祠堂，知青的吃饭问题，又重新提上议事日程。我们在各自东家吃到月底，结清伙食账，就该自己开伙了。男知青以往和贫下中农同吃同住同劳动，已胜利结束，现在只准同劳动，不准同吃同住。女知青以往和贫下中农同吃同劳动不同住，也胜利结束，现在也只准同劳动，不准同吃，继续不同住。祠堂总理老麻，负责具体实施吃饭问题，他在祠堂的破烂大殿，集中全体知识青年，召开第一次知青吃饭会议——老问题，新动向，饭怎么吃，吃什么饭。知青开会就是难得的男女聚会，大家抓紧眉来眼去，伺机打情骂俏，男欢女叫，女欢男叫，如同祠堂梁上的麻雀叽叽喳喳，老麻就说：

你们吃不吃饭了？

要开会，不吃了！

不吃了，我走了。

不开会，要吃了！

老麻说：要吃饭的话，祠堂里有一只大铁锅，人民公社大食堂留下来的，当年烧潭头人吃的饭，现在烧知识青年的饭，一点问题都没有。锅里好像有一点老鼠屎尿，洗一洗也是没有问题的。你们的吃饭很简单，现在需要讨论的是，谁来烧饭？

会议进入主题，就有两种意见，一个是雇人来烧，一个是知青自己烧。不过，两种意见好像都有问题，雇人的报酬怎么算，大队会记误工吗？知青自己烧，谁来烧呢，烧饭的有没有工分？说到底都是工分问题，好像下放潭头以来，除了向阳花膨胀花，其他就学会了一个记工分，好像天天都是为了记工分，记工分就是为了口粮，口粮说到底就是一口饭。大家七嘴八舌，吃饭问题层出不穷，粗话连篇脏话连篇，充满田野风格——

娘日的，是大家一起吃大锅饭，还是一人一份蒸盒饭？

狗弄的，蒸盒饭还要一屉一屉蒸笼，老麻你这个祠堂总理哪里有蒸笼？

妈个逼，吃大锅饭每餐烧多少米，每天的人数怎么统计？

乱节讲，有人出工，有人不出工，有人回城，有人不回城，每天人数都有变化，怎么弄啊？

神经病，就算一人烧一天，米谁来管呢？管米的人天天要管，餐餐要管，烦不烦啊？

讨债货，我一个人的饭都不会烧，二十多人的饭怎么烧啊？

空佬佬，烧饭总比田畈干活好啊，你轮到那天，出一点工分，谁不会来烧啊？

放狗屁，还有柴火呢，就算把大家分来的稻草都集中起来，不够怎么办？

倒傻货，一天三餐饭，点心烧不烧，农民下午都有点心饭，我们看他们吃啊？

要死啦，点心最多吃点泡饭，你们还想吃什么啊？

十七货，光烧饭啊，菜怎么办，菜烧不烧啊？

大头天话，要烧菜，要不要一个事务长，专门去买菜？

见鬼了，到哪里买啊，城里太远，村里又没有卖，去偷啊？

傻瓜蛋，买菜关键是钱，知青每月六块钱，够不够啊，明年连六块都没啦！

吃多啦，不是够不够的问题，有人自己有菜，为什么要打平伙？

食白虫，菜的问题，就自己解决吧，问题太复杂，还有油的问题呢？

取债的，自己管自己吧，爱吃什么吃什么，条件也不一样，大锅饭搞不好的！

你粪块，自己怎么烧啊，房子这么小，砌一个锅灶，屋里就不要睡觉啦？

天上人，可以搞个小柴炉、小煤炉啊，最好就是煤油炉！

……

知青的吃饭问题，终于在男男女女一系列骂字当头中，分餐到户。男知青住祠堂，女知青住厅上，大约一半人烧煤油炉，另外一半就八仙过海了。有柴炉的，有煤炉的，有在屋里砌稻草炉的，也有和农户关系好的，继续去搭伙，这就没支部什么事了。我们的祠堂小屋，很快就变成厨房。

一块乌那天来拿情书的时候，竟然带来一个女的，走进我屋里就大叫，怎么这么臭，都是柴油味啊？不好意思，我的小屋，墙壁熏得漆黑，蚊帐熏得蜡黄，地上一片狼藉。一块乌好像很见怪，我屋里没多少日子就变成柴油仓库，地上的坛坛罐罐都是柴油。这一批货，是手扶拖拉机手兼入党申请者进仓同志对我的特供，直接从拖拉机里放出来的，是我们平时臭味相投的结晶，确实有点臭味。其实，柴油的来源，都非常可疑，去供销社买，不管柴油煤油，都有定量的，不便宜不说，没票想都不要想。小地保他们，经常会趁老麻打盹的时候，用一根塑料管插进大队的铁桶，就可以源源不断。一块乌用脚踢了一下我那只破煤油炉，炉上堆积的柴油污垢四下掉落，他不屑一顾地说，你们的一日三餐，就靠这玩意啊！一块乌宣扬他们的吃饭部署——军分区跟大队关系搞得很好，军民一家人，天下谁能敌，大队需要什么，军区提供什么，部队物资应有尽有，所以大队专门安排两个农民为他们烧饭烧菜，伙食跟部队差不多呵呵。跟他一起来的那个女的，不晓得是梅花还是桃花，是不是情书对象都难说，他只叫他小花。小花娇滴滴说，气味这么难闻，晚上怎么睡啊？

看样子他们今天是要睡在这里了，一块乌带来一书包部队的好烟好酒，表面上算是感谢我为他写情书，其实就是收买我们，为他提供鬼混方便。我的房间，朝南隔壁的隔壁是老鲍，后面隔壁是国强，国强那几天回城了。他凭着一身三脚猫功夫，村里粉丝如云，拉他去搭伙的很多，所以他的屋，基本没有人间烟火。我没有国强的钥匙，从我的床上翻过墙去，借花献佛倒也方便。一块乌打头阵，翻过墙去，探过头来，开始拉小花。小花也喝了不少酒，软绵绵像棉花，最后我托起她的屁股，把她推上去。推动一个女屁股，按道理讲没什么，因为后来一块乌的公开炫耀，让我一个晚上都在回忆小花的屁股，那个屁股一直在我眼前晃来晃去，我的手就变得很不老实了。

一块乌他们在墙那边问个不休：电灯呢？开水呢？茶杯呢？粪桶呢？

我只能隔墙指挥：电灯自己看！开水自己烧！茶杯自己找！粪桶好像在门外，晚上要方便，可以爬窗户……

我们这边不需要粪桶，开门出去就是广阔天地，近一点远一点都行，可以按天气情况和时间长短而定。那天祠堂所有房间都熄灯之后，甚至鼾声已经四起，也不晓得几点钟了，一块乌可能酒喝多了，他突然叫嚣起来：

假如生活，欺骗了你，不要悲伤，不要心急，完全可以打炮反击！

同志们，我要开始打炮了，大家好好听着啊！

一、二、三、开始了哦——

那边木板床的声响，叽咕叽咕，叽咕叽咕，开始声音不大，后来打炮就真像放炮了，在整个祠堂爆响。开始也没有人发出一点声音，估计大家都在听，或者吵醒以后在听。这种现场直播，估计大家肯定没有经历，唯一忍不住发出声音的是老鲍，好像没多长时间，他就在隔壁的隔壁大叫，一句一句好像很有节奏：

好啊，好啊，再来一炮，再来一炮……

国强啊，对不起了啊，你的床被人打炮啦，好好的床被糟蹋了啊……

老鲍好像自己在打炮，在向国强道歉，这一下把一块乌搞笑了。有人在叫好在羡慕呢，笑得显然阴阳怪气，老书上常说的淫笑，原来是这么一种笑。后来我们还一致认为，没有老鲍的叫声，一块乌也不会打炮打得这么猖狂。奇怪的是，除了老鲍开始在叫，后来也神秘消失，其他人一直都没有声音。这个夜晚，潭头的祠堂，好像只有炮声，别人怎么度过的，老鲍我可以想象，其他我就不知道了。反正我自己的手，肯定和小花的屁股有关，自己的事自己解决。第二天，大家互相发现，人人都灰头土脸，我们看着一块乌和小花，手牵手在门前洞走得很远，还回过头来向我们频频招手。我们这才恍然大悟，天下还有这么一种潇洒玩法。大家好像都没法出工了，好像都被祠堂临空而降的打炮打晕了，一个晚上的沉默寡言，终于蜂拥而上，包围在一起议论一块乌和小花的打炮。

老龅说：一人打炮，大家在听，听得见，看不见，什么感觉啊，高峰体验啊，要死还是要活啊！

吴用说：人人声色犬马，个个金枪不倒，这个好，这个好，终生难忘啊，这个以后肯定要写进潭头的祠堂史。

小地保则愤愤不平：妈的，什么世道，有人打炮，有人难熬！

狐狸诅咒：那个一块乌，打炮就打炮，还要公开叫，搞得大家肯定点炮，一夜都睡不着觉，这种人天雷都要劈死！

我提出一个问题：你们说，昨天晚上，一块乌到底打了几炮？

奇怪了，一二三四五，上山打老虎，每人报的数字，竟然都不一样。

让大家吃惊的是，死不响也会开口，在打炮次数这个很需要给大家再教育的问题上，憋出一句我们一时还不大听得懂的话：要是我没记错的话，应该是七炮到八炮之间，中间有三炮很快，我听得很清楚的，主要是四炮慢还是五炮慢，我没搞清楚，我昏睡了一次。不过，一块乌的打炮，实在有点疯狂，很明显在炮打祠堂，打晕大家一个晚上。

我们没想到，死不响不但会响，响起来比我们都高明，估计老龅都吃他不消，一块乌和小花的打炮之夜，榜样的力量确实是无穷的啊。这种公开打炮，按眼下社会公开的说法就是流氓，拿眼前我们私下的说法就是骚货，不管怎么说，大家都眼红，估计谁也没睡好。那天一大早，我们还在昏迷不定的时候，国强屋的雄鸡和草鸡就开始鸣叫——

草鸡先开始歌唱天亮：太阳光，金亮亮，雄鸡唱三唱，花儿醒来了，鸟儿忙梳妆；小喜鹊，盖新房，小蜜蜂，采蜜糖，幸福的生活哪里来，都靠劳动来创造……雄鸡紧接着歌唱太阳：东方红，太阳升，呼儿嗨哟，呼儿嗨哟，今天我们不出工，今天我们不出工……

这就不是潇洒不潇洒的问题了，简直是扰乱军心了。本来，天天早晨醒来，我们当然和农民一样，睁开眼睛第一件事，就是看天气。天气不好，心中窃喜，不用说话，一看见有太阳，就有人天气预报：今天太阳红彤彤，今天太阳白花花，今天太阳黑洞洞——不管什么太阳，都不是好日子，都让我们军心涣散。出工不出工，是我们每天必做的选择题，眼睛一睁开，就犹豫不决，甚至备受煎熬。农忙不农忙，季节不季节，庄稼长势好不好，粮食收成好不好，和我们有什么关系吗？就像现在进城的农民工，比我们当年下乡的知青工，按理牛多了吧，可城里好不好和他们有关系吗。我们对每天的出工，一年到头都记工分不拿工分最后连一分钱都没有的出工，早已陷入一个恶性循环——每天一早醒来，看看天，看看地，天苍苍，野茫茫，广阔天地在祠堂，只要有人振臂一呼，老子今天不出工，今天老子不出工，立刻应者如云，今天就是不出工！

不晓得要不要感谢支部，住进祠堂以后，可能集中关系，可能风水关系，就像猪圈流行猪瘟一样，我们出工的天数明显减少了。

我们出门去瞎混，当然就会多起来。

我们少年不知愁滋味，哪怕青年也不管球滋味，三五结伙，游手好闲，走在李清照蒙难而风流的土地上。太阳红彤彤，太阳白花花，太阳黑洞洞，早稻已经收割，晚稻正在插播，正是抢收抢种的大忙季节。

大地上的种田人，近处密密麻麻，远处星星点点，我们只能仰望他们伟大，种地就是吃饭，吃饭就是活着，活着就是种地……水田热浪一阵一阵反射上来，胸口闷热一嘴一嘴透不过气，大脑发蒙，小腿滚烫，皮肤红得发黑，蚂蟥黑得发红，血流如注，毫无知觉，中暑不在话下，昏迷大有人在——我们终于成为逃兵。田野上忽然出现几个吊儿郎当，免不了有人指指戳戳，嘲笑声飘忽而至，几个花嫁娘在叫——那些懒汉，嬉来嬉去，肯定是知青！

没错没错，拜拜拜拜！我们目中无人去雅畈区上那个石板路尽头的小饭店喝酒。喝完之后，还要去那个阴阳功老中医充满神奇的小诊所聊天，和那两个如花似玉的小学徒暗送秋波。那是一对双胞胎，一个叫徐小天，一个叫徐小仙，一个闹一点，一个静一点，笑起来都像小妖精。干苦力不如看小妖精，看小妖精不如看大肚黄，我们很有必要去公社大院，到大肚黄那里侦查一下知青的目前形势。顺便了解一下公社庄书记的最新动向，又顺便到广播站看看和一块乌关系一直不明朗的桃花。我们当然要去供销社，买老李的酒，请老李喝酒，这种农民式的柜台靠，我们驾轻就熟，趁机和他磨磨嘴皮子，看看有什么香烟，可以开一个后门。我们再去卫生院，没什么事就是去报到一下，看一眼老鲍的姐姐野菊花，和她聊聊她的肤色为什么越来越好，最近有没有知青来看过什么毛病，趁机也带一点我们日常需要的碘酒红汞加棉球。我们最频繁的外事活动，就是去本公社各个大队，看看知青兄弟，会会狐朋狗友，一个一个轮流去，一边吃大户，一边聊聊天，交流交流知青思想，分享分享知青经验，当然也要视察一下全公社的漂亮女生，暗中调查一下她们的恋爱状况。一块乌的缸窑当然最想去，视察视察那些最好玩的军用品，学习学习那个被公开调戏的小参谋，暗中也想听听他们对一位潭头知青的情书读过之后有什么美好评价。没想到他们经常集体回城，不是去部队看什么内部电影，就是去部队医院检查什么身体，算什么知青啊，还有这种待遇。我们只能去王宅的公社中心小学参观，看看篮球架，做几个投篮动作，看看沙坑，来几下立定跳远，在那个水泥乒乓球桌上比画两下，在那个浑身发抖的双杠上摆动几下身体，吹嘘一下当年在学校时自己的体育强项。最后走向一个教室，去看看在那里代课的狐狸姐姐丁香花。她和支书儿子朱抗美肯定没戏了，经常跑到外面去代课，显然是一种刻意的逃避，说不定就是聪明反被聪明误。我们在窗外，观摩代课老师丁香花的上课，丁香花朝我们笑笑，一脸很亲戚的样子，问狐狸为什么不来，把一教室学生的眼光吸引过来后，我们扬长而去。

狐狸和我们不一样，没有一天不出工，从来不和我们玩。听说他那老右派的老爸，最后终于得了癌症，三根筋吊着一个头，整天躺在家里床上。按我们经常性观察，狐狸是知青里唯一信誓旦旦要拿工分去养活没法活的家。说起来，这家伙就是和家庭成分过不去。家庭成分这个鬼东西，比户口更凶猛的人间鬼胎，一直没完没了，永远无法抗拒。别人怎么想不知道，我反正有深刻体会，小学就不能当三好生，初中就不能当班干部，"文革"就不能当红卫兵，下放就不能去建设兵团——领袖就这么小心眼，祖国就这么老花眼。

在我的记忆中，我从来没说过自己成分，算得上铁打江山中的标准傻逼。我早就没有父亲了，父亲在青海劳改已经很多年了，我自己都没见过。我下放潭头没多久，母亲的师范学校解散后，也被下放到一个乡下的中学。母亲在县西，我却在县东，相距上百里，去那里也要先到城里，买一张很贵的汽车票，坐好几个小时才能到。我要回一趟家，等于从乡下到乡下。我在城里已经没有家了，我的家已经在城里彻底消失，城里和我已经没有一点关系了。其他知青都可以回家拿点菜，干菜腌菜酱菜，霉鱼霉肉霉豆腐，不是干菜就是霉菜，算是在潭头的战备菜，当然还有秘密的战备钱——我已经没地方去战备了。

过日子是自己的事，度日如年或度年如日，只能自己想办法去超度了。人还在，心不死，在这种革命的大好形势下，我的超度方法，和狐狸不同，和老鮑更不同，一个是苦想苦干，一个是骚想骚干，我的超度之梦，就寄托在那份情书，基本属于傻想傻干。

我写好那份情书，装在一个香烟壳里，晚上藏在床上，白天带在身上，好在大热天的，我们和农民一样，为抵抗太阳的恶毒，出工都穿很厚的衣服，长裤长衣，口袋很多。我带着情书出门，藏在屁股袋里，心里感觉就大不一样，竟然充满出工欲望，恶毒的太阳顿时有了小温馨，恐怖的田畈好像有了小可爱。几天下来，屁股袋里的情书就不安分了，好像变成一个人体炸弹，随时随地都会在田畈爆炸，不晓得是情书在呼唤，还是自己脑子在发疯，把我搞得干活焦躁不安。每次收工回来，烟壳也汗渍斑斑，变作凌乱一团，怎么看都面目可憎，最后终于决定坚壁清野。其实，我心里很清楚，不是我不敢送，不是我胆小如鼠，不是说一点机会都没有，可能就是我那位阴魂不散的父亲，可能就是我那位也在乡下的母亲，可能就是我在城里已经没家，让我在关键时候魂飞胆战——新手就是新手，穷秀才就是穷秀才，不要说学一学贫下中农癞头奎，连同路人老鮑的骚劲一点都没有，交往一个自己女同胞都不敢动手动脚。杜鹃花在稻桶里就目光吓人地跟我说，你这个书呆子，你又不是不晓得，我不也是枪毙鬼的亲妹妹吗——就是这句鬼话，让我心跳不止，让我感动半天，决心要赖在稻桶里，将我的初恋进行到底。

　　我和杜鹃花在稻桶的相会，只能说是上帝的安排。

　　江南的稻桶，田野上到处都有，既打稻又打麦，收获的主要工具，老祖宗传下几千年，年年岁岁桶相似，岁岁年年人不同——稻桶就是一个忙天忙地为个逼逼的活生生宝地。老鲍说在稻桶过夜最好，可能是骚货的丰富想象力，也可能真的在稻桶干过什么难以忘怀。我们倒经常在稻桶干活，干起来就是老农民，两男在稻桶打稻，两女在后面送稻，男的打出稻谷，女的背后走动，一点感觉都没有，一天打到晚，力气都用完。稻桶口子四方，边长大约两米，底子略小，呈梯形状，每天收工时，稻麦收拾干净，就竖立起来，以免下雨积水。稻桶底部有两根平行弓形枕木，以便田间滑行，一丘一丘移动，就像一条旱船。转大场就由强壮者背负，人在稻桶里，桶在田上走，像一个移动的小木屋，不管移到哪里，随处一放，就是一道风景。田野远远看去，稻桶和稻草垛，两种风光，天生一对，左顾右盼，互相打量，宛如江南田野的永恒雕塑，几千年延绵不绝的一种乡野之美。

　　乡野的雨，喜欢自由自在，说来不来，不来就来，那天收工时分，乌云驾到，天雷滚滚，闪电从黑暗的田野一道道升空之后，暴雨就如水库放水，农民大呼小叫四下逃散。我双手紧紧捂住放香烟的那只口袋，刚刚躲进田里竖着的一个稻桶，杜鹃花随后水母娘娘一般飘然降临。

　　我有点紧张，挪了一下屁股，让出一个位置，算是喜出望外的表示。竖着的稻桶，好像生来就为两人相拥而坐准备的，不过眼下避雨，谈不上什么诗情画意。杜鹃花平时看见我，基本都是嫣然一笑，今天好像很严肃，我有点心虚，是不是天赐良机，或者她，或者我，某人会遭遇，情书的清算。杜鹃花浑身湿透挨着我，身子好像冰凉，我看一眼她的头发，乱七八糟贴在脸上。雨好像为我们挂起一道模糊的水帘，世界只有雨声，我等待一场雨中的稻桶审问。整整一支烟工夫，在我第三次斜眼时，发现杜鹃花已经胸有成竹，并且开始颤动，突然转过脸来，样子有点吓人，一股潮湿的稻草气息扑面而来：

你好啊！

什么，什么好啊？

写了信，也不知道要放放好！

什么信啊？

还要装啊？

我不知道。

全世界都知道了！知青们看见我都在笑，我的脸往哪里放啊！连癞头贵都来问我了！

癞头贵见到女知青，就是一脸骚相，为什么不问我？

不要瞎说，癞头贵对我们还不错。

你们说不错，我们说骚货。

你不骚啊，你不会骚，会写情书啊。

癞头贵问你什么？我自己有空写写信，写着玩的，妈的老匏，给我到处宣扬，不晓得什么意思。

不要说老匏！你自己写着玩，为什么要写我名字啊，我欠你的啊？

不欠不欠，有个名字，我才能写下去啊！

你老实说，那封信真的假的？

假的假的。

哼！

真的真的。

哼哼！

你看过了？

你真有本事！都公开展览了，差一点就贴到香火前了，你说我看过没有？真的话，你有本事，就给我啊？

写的时候，我忘了自己是谁了。写完后，我才发现完蛋了，自己是个反革命的狗崽子。

你又不是不知道，我家那个老瘸，不也是个枪毙鬼！

说完这句话，杜鹃花就开始哭了。

我手忙脚乱，开始了我稻桶之恋，狂风暴雨般地胡说八道……

9 坟头堆

有了第一次，不可能没有下一次。有了下一次，不可能没有无数次。我们充满经验了，开始频繁约会。当然见不得人，我们只能像田野的夜行动物。我们在畈上的稻草垛——把稻草挖出一个能容纳两个人的洞，蛇一样钻进去，蜷缩成一团，再用稻草掩盖，堵住外界，自由自在，汗流浃背如胶似漆。我们像两只疯狗，蹿到一座稻草垛的顶上，动作比较疯狂，跌进稻草底层，气都透不过来，准备憋死就算了。一番鬼混，出来以后，自然变成稻草人，从头到脚的清理，就是两个人最后的温存。我们在门前洞的玉米秸——玉米秸都堆放在野外，一圈一圈竖着，围住路边的乌桕树，我们狗一样破门而入。里面天地虽小，安全系数很高，我们看得见外面，外面看不见我们。一听到夜行者脚步，我们屏息静气，听得见两个人的心跳，此时无声胜有声了。我们在溪滩的甘蔗地——甘蔗林立，曲径通幽，我们像黄鼠狼一样蹿进去，叫几下，笑几下，完全不在话下。甘蔗真是个好东西，简直是我们的一种迷恋，就像酒鬼迷酒烟鬼迷烟，我一看见甘蔗，就会想起人民广场，一想起人民广场，就会想起老瘌，一想起老瘌，就会死死看着杜鹃花，一看着杜鹃花，杜鹃花又灵魂出窍看甘蔗。我们的夜半深交，都从甘蔗开始，哼哼唧唧，稀里哗啦，完全是甘蔗的靡靡之音，统统混迹在月黑风高。藏匿甘蔗林，一把桑叶剪子，就是好凶器，预防有暗鬼，也不愁舌燥口干。咔嚓咔嚓，甘蔗掐头去尾，专取中段的琼浆玉液，直至甜腻腻漫过喉咙，上气不接下气，前言不搭后语，挺胸凸肚站起身来，已经踉踉跄跄需要互相搀扶了。我们越来越放肆——有一次走着走着，像两只发情的野猫，兽性大发就倒在一块看不清地形的草地上，直到一道手电光从天而降，一个顶天立地的黑影连连说放水的放水的。放水的转眼间落荒而逃，好像都是他的错，不是我们的乱搞，是他见不得人，见不得畜生一样。我们在黑暗中潜行，去过村外大大小小的池塘，去过村外无数涧涧沟沟坡坡坎坎，深不可测的田野上，只要放得下两个屁股，都是我们动手动脚的好地方。

我们野狗一样东游西荡。

我们野猪一样神出鬼没。

我们野猫一样昼伏夜出。

我们野鼠一样到处打洞。

潭头人都说，夜路走多了，笃定撞见鬼。那一晚我们吊儿郎当就去了大岩头，想都没想那里是潭头的死人葬身之地，为情所困已经让我们胆大妄为。我们牵手在乱坟堆，高一脚低一脚，穿过许多荆棘，终于找到一大片茅草地，觉得此地甚好。我们迅速进入状态，置天地鬼神于不顾。不晓得到几点钟，感觉有露水的凉意，已进入依依不舍阶段。朦胧中看见不远处有一个黑影在移动，好像弓着腰，忽然又停住，看去很像野猪，村人都说大岩头常有野猪出没。杜鹃花浑身战栗，把我抱得透不过气。没有杜鹃花，也许我不怕，万一真是个人，那黑影难道一直在偷看？我其实可以不吱声，一时心慌意乱，就虚张声势，大喝一声。谁啊？那黑影果然讲起人话，不要喊，不要喊。声音低沉沙哑，好像有点熟悉，我叫杜鹃花原地待着，走过去一看，居然是狐狸。

我说：你在干吗啊，要吓死我们啊？

狐狸说：你们在干吗啊，搞什么阴谋啊？

我嘘出一口气：我们在干好事哈。

狐狸也嘘了一口气：我也在干好事哈。

干好事撞见干好事，看来真是冤家路窄，知青的夜游，从来没好事。狐狸说他早就发现我们了，但他今天非把那件事干了，那是他想了很久的事情，碰见知青兄弟家，他不把我们当外人。他比我们来得早，也没想到会碰见，更没想到我们会待这么长时间，现在他完事了，准备回去了。狐狸说的好事，让我吃惊不小，他挖了一个坟！

狐狸一手锄头，一手铁锹，带着我和杜鹃花，去参观他的好事。走过一片乱石岗，我看见有一个坟头已经被他挖开，一具棺材面目狰狞，黑幽幽看不清楚，从现场看去，工程还不小。我再看狐狸时，就有点毛骨悚然了，半夜三更敢在大岩头挖坟，人不人鬼不鬼，难道有什么宝贝可挖，朱元璋的坟头又不在潭头，一些虾兵蟹将的后代，都是穷困潦倒的主。杜鹃花远远站着，不敢走过来。狐狸一声冷笑，用铁锹戳了一下棺材，说这个就是癞头贵老爹，棺材我就不开了，暴尸扬证，就犯天忌了，但坟头是要挖的，让癞头贵也倒倒霉。癞头贵老爹死了没多久，狐狸就挖了他家祖坟，这在乡下是天打五雷轰的事，看来狐狸这家伙是不要命了，把事情做绝了。狐狸说，做人就是一口气，死人和活人，就差一口气，癞头贵欺人太甚，我就日他祖宗八代！

看着这个惨不忍睹的场面，我们没想到狐狸人小鬼大，会做出我们想都不敢想的事情。我们谈个恋爱，都以为胆大妄为，狐狸简直视死如归，真是小巫见大巫了。说来还是那个要命的工分，知青评完工分，癞头贵定论说，公社的"地富反坏右"，每年都有二百四十分义务工，知青也不能搞特殊。狐狸的父亲是右派，一年就要扣除二百四十分的义务工，姐姐丁香花长年在外代课只能扣他工分。义务工就是对地富反坏右的惩罚与改造，以男知青最高工分每天不超过八分算，狐狸一年至少有三十天的出工算是义务工。为什么就和狐狸过不去，成分不好的都倒吸一口凉气。小地保倒心明眼亮，说那肯定和狐狸的告状有关。上面分配的知青造房木材，被村里挪用到学校，在祠堂外造了新教室，据说就是狐狸把潭头秘密捅上去的。狐狸却一口咬定说，知青屋是赖不掉的，知青木材也跑不掉的，迟一点早一点知事，癞头贵有那个贼心，也没那个贼胆，癞头贵的公报私仇，就是因为他姐姐不同意那门婚事。不管什么原因，赤膊喇叭一天到晚都在鸣，公社是棵常青藤，社员都是藤上的瓜，瓜儿连着藤，藤儿牵着瓜，藤儿越肥瓜越甜，藤儿越壮瓜越大——狐狸的工分大事，已无处逃走了。

狐狸虎落平阳。

狐狸狗急跳墙。

狐狸鱼死网破。

狐狸鬼哭狼嚎绝地反击了。

我们一起偷偷下山的路上，杜鹃花在后面无声无息，狐狸不要我帮他拿工具，两样工具都在他自己肩上，这个小细节只能说明狐狸对挖祖坟这一手已经想得十分全面。狐狸说，我的义务工，统统要算账，谁欠我，谁还账，你们看着吧！我说，呵呵，今天算我们没看见，你也算没看见我们。实际上，我们也做贼心虚，不是说狐狸的阴谋，我们已经熟视无睹，我们是怕恋情曝光，两个人穿连裆裤，对回城肯定不利。知青的幻想回城，说起来也只是一厢情愿。狐狸说，我不说你们的事，你们也不说我的事，咱们拉钩好不好？我们就这样半夜三更在大岩头手拉手，结成了小孩一样很不成熟的攻守同盟。

第二天，一个放羊小孩的报告，把全村人都起哄到大岩头看热闹了。很多人直接从田畈赶去，支部的祖坟被挖，当然是一个公众大事，比公社开一个现场会还热闹。村人里三层外三层，团团围住癞头贵老爹那个坟头坑，场面乱七八糟，看去人满为患，有人指桑骂槐，有人装腔作势，有人貌似义愤填膺，有人暗中幸灾乐祸。这种场面没人哭也是不行的，癞头贵老婆正在哭天喊地，人人都说黄连苦，我比黄连苦三分……唱得是老调子，哭的是新感觉，仰首俯身大开大合，几个婆娘在一旁拉拉扯扯，还要抓紧机会抹自己一把眼泪。癞头贵则蹲在那里，双手抱头，阴沉着脸，眼睛一下东一下西，好像在洞察大家的言论。我们混迹其中，狐狸不动声色，我发现他抽烟的姿势很潇洒，对着不堪入目的棺材吐了一口长长的烟。场面看来不可收拾，像一口炸开的锅是毫无疑问的，问题是谁吃了野猪胆，敢在太岁头上动土。

大家分析来分析去，阶级斗争首当其冲，地富反坏三代开算，自然被排了一次队。结论是这帮家伙，不是老实人，就是胆小鬼。

破坏计划生育者，最有可能报复，被罚过款、被揭过瓦、被拉走口粮、被绑去结扎过的，也被排了一次队。结论是那帮家伙，虽然心怀鬼胎，和祖坟的尸骨，好像也有一定联系，只是一个没有出世，一个已经过世，一个没生，一个已死，生生死死的问题，谁也搞不清楚的。

排查的队伍无端延长了。为一把稻草、一寸自留地、一次分稻谷秤杆的高低、一回鸡毛蒜皮的口角，和癞头贵脸皮扯破的、恶语连篇的、拳脚相加的、死活较劲的，好像也不少，都一一被揪了出来，在人们的嘴巴里排起了长队。

天空下，坟头堆上，广阔天地中，大家排天排地，就是没有排出一个知青。贫下中农没想到知青很正常，支部想不到知青潜伏着扣工分扒祖坟的阶级敌人，那就很不正常了。

我和杜鹃花相视一笑，狐狸的报复成功了。

10 粪缸

狐狸对成功的迷恋，远远超过我们的想象，就和他那位短暂的恋人、知青成功人士向阳花让我们目不暇接一样——杀猪成功，演讲成功，接二连三成功之后，已经借调到公社坐办公室去了，成为大肚黄手下替身秘书了。这两位潭头著名知青，一个走阳关道，一个走独木桥，最终没能成为知青伉俪，这个我们可以想象，结果恋人相见分外眼红，这个我们就无法想象了。

出事那天，十几辆独轮车组成的公粮大军，吱吱咕咕从祠堂前出发，我们对狐狸都非常羡慕。我们没有独轮车，这种人人眼红的活，就没有我们的份了。一车四麻袋，起码五百斤以上，稻谷拉到雅畈的国家粮库，每人不但有工分，还可从粮库领到一块钱。这种当场兑现的钞票，对每天十个工分不足三毛钱，而且要到年底才能结算、扣除口粮有没有还是一个问题的潭头人来说，当然十分稀罕。没有人不会笑，好东西，好东西，鸡眼里的谷粒、猪眼里的稻糠、狗眼里的骨头、牛眼里的酒糟——见面笑！

潭头人喜欢把人民币叫"见面笑"。这个土话，一点不土，对人民的币，一看就会笑，如同畜生眼光，看到好吃的，见面都会笑。

我们眼巴巴看着狐狸，双手把车，身子前倾，腰板笔挺，屁股撅起，左左右右扭动，知青中一枝独秀的样子，当场决定回来就敲他竹杠，请客喝酒是跑不了的。其实，这个钱也不是那么好赚的，推独轮车，既是力气活，又是技术活，如果分量重，又长途跋涉，叫我们去，我们都怕，尤其还要渡船过河，那个不到两尺宽的渡口栈道，听起来就让人两眼发虚双腿发软，不在话下的都是村里独轮车高手。不是说迷信，独轮车这个东西，农民擅长单干的体力活，对我们知青就很不利——今天狐狸刚走，当然不能乱说。有一次，何苦同志为讨好生产队，好不容易通过父亲去城里四牌楼环卫处联系了一个公共厕所的人粪，讨饭头帮我们借了车，和村人一起进城去拉。一路上癞头奎还不断向我们吹嘘，推独轮车的胜利口诀：一要眼睛灵，二要手撑平，三要脚排开，四要腰伸好，五要上坡腰弓下，六要下坡向后蹦，七要背带要绷紧，八要平路稳当行，九要转弯悠点劲……高手还没有说完，在飞机场的堤坝上，不到一米宽的土路坑坑洼洼，何苦可能耳朵听花了，或者脑子想歪了，几下晃悠，一个趔趄，连人带车就翻了下去。堤坝七八米高，人掉下去，何苦鼻青脸肿不要紧，损失惨重主要表现在两个方面。物质上——车上一左一右两个粪桶光光见底，一天的活白干，一天的粪白拉；精神上——何苦满身粪便中居然冒出三个避孕套，一个在裤子上，一个在头发上，一个竟然粘在鼻孔和嘴唇之间，差一点就吃进嘴巴里去。从此村人就拿避孕套和何苦过不去了，永远要笑话他：你们城里人，弄逼戴套，等于白弄，你又没逼弄，身上要带三只套？或者说：别人弄逼，你吃逼套？那次拉粪，何苦收获全在避孕套，独轮车可谓全军覆没。我们几个，也好不到哪里，基本满目疮痍，一车的臭气熏天，一桶变成半桶，两桶变成一桶，那些不老实晃荡出去的，不在车上，就在路上，剩余的斑斑点点在身上。只有狐狸是满载而归，两边粪桶上铺着防溅的稻草根本不湿，一路的平衡力十分了得。

那天公粮大军，一路顺风。讨饭头指挥有方，到达江边，全体停下，过栈道渡船的时候，互相帮助，两人一车，十分小心，一人在前面把住车头，一点一点倒退，一人在后面把住车手，半步半步前移。如果翻落水里，不是人不人的问题，一车的稻谷就完蛋了，粮库当然不收，见面笑肯定泡汤。粮库就在雅畈区的公路边上，交完公粮，大家排队领钱，讨饭头叼着烟在前面监管，一个一个领取见面笑，轮到狐狸准备要签字的时候，忽然对桌子前的粮库工作人员说：

等一下，等一下，他的一块钱，好像有问题，应该是归生产队的。

狐狸好像没听懂：你说什么，你再说一遍？

讨饭头这回说清楚了：你有义务工，这个钱要归公。

狐狸说：谁说送公粮的补贴要归公？

讨饭头说：癞头贵啊！

狐狸说：狗屁癞头贵！

讨饭头说：支部的决定，谁能违反啊！

狐狸说：支部说了吗？你这条癞头贵的狗！

狐狸说完这句话，抢起一拳就打了过去。讨饭头个子小，又没有防备，一下子就跌倒在地。爬起来倒快，跳起来就喊：

你打人，你打人，你还打人啊，你们知识青年还敢打人啊！

我们知识青年怎么啦，我就是知识青年，我今天就要打你！

110

讨饭头人冲到狐狸跟前，话好像是说给大家听的：

大家都看见了啊，知识青年打人，狐狸今天打我了啊……

狐狸歪着头，好像很认真在端详讨饭头。讨饭头看看周围有这么多生产队同志，所以一点都不怕：

你打啊？你再打啊？

你还想不想扣我的钱？

狐狸意思很明显，扣就打，不扣就不打了，后来生产队的同志们都这么分析。不过，生产队的同志们也认为，一拳就倒地，就不敢扣钱，不是虚张声势吗，不是自己塌自己台吗？

讨饭头说：又不是我要扣钱，是癞头贵要扣钱！

狐狸说：你还要说癞头贵啊！那我今天就打死你这条癞头贵的狗！

别人还没听清楚什么话，狐狸的第二拳又在讨饭头脸上开花了，生产队的同志们想劝架都来不及了。这一下讨饭头跌出去足足好几米远，离那个粪缸只隔一条公路了。

公路那边有一片粪缸，一溜排过去起码十几个。我们那里的粪缸，都埋在地下，缸口和地面持平。近看粪缸凹，远看稻桶凸，都是江南田畈风景，稻桶出谷，粪缸出粪，都是田畈风景的有机组合。这片粪缸好像很久没有出粪了，看上去粪缸表面好像铺了一层厚厚的油毛毡。

不晓得狐狸是不是也发现了粪缸，或者狐狸怒火中烧控制不住，讨饭头被第二拳打得起不来了。又不晓得狐狸从哪里学来的痛打落水狗精神，一个箭步上去，把讨饭头从地上拎起来，在他摇摇晃晃之际，一通组合拳，噼里啪啦，稀里哗啦，就把讨饭头打过公路，打到路边一个粪缸里去了。

生产队的同志们都说，讨饭头罪过啊，想都没想，说都没说，稀里糊涂就四仰八叉在粪缸上了。根据目击者绘声绘色，讨饭头还算运气，小腿以上部位，头、背、屁股、大腿都在粪缸里面，小腿和双脚，在粪缸外面，不是整个人都淹没在粪缸里。我们估计，造成这种不算太坏的局面，跟那个粪缸有很大关系，粪好，缸好，里面物质很丰富，整个造型很深厚，天生那层油毛毡似的表皮，托住了讨饭头轻飘飘的躯体。

不过，这种大好形势，据说只维持了不到一分钟时间，油毛毡的表皮很快就粉碎了，粪便们从破裂处突围而出，先是一些泡泡沫沫，发酵似的蠢蠢欲动，接着就是丝丝缕缕，团团块块，黑乎乎，黄灿灿，混杂又白又肥的粪缸虫，在讨饭头身上光辉灿烂了。

眼看粪缸中人，以屁股为中心，四手四脚朝天，整个人体造型呈V字形，慢慢往下沉没，即将灭顶之灾，生产队的同志们及时驾到，奋不顾身趴在粪缸四沿，伸出各自的救命之手。有一个站在粪缸边，面对恶心场面，不知道怎么下手，惊魂未定就大叫，下定决心，不怕牺牲，排除万难，去争取胜利！经过据说有整整一支烟的工夫，生产队的同志终于将他们的领导讨饭头同志，五马分尸一般拖将上来。大家都在呼哧呼哧喘气，有人提前松了一口气，定睛看去，他们的讨饭头，屎朦胧，尿朦胧，大粪照天空，僵尸一样躺在公路边上。

生产队的同志说，你们说稀奇不稀奇，讨饭头本人没有吐，拖人的倒有两个吐了，还有一个干呕半天，吐不出来。

讨饭头后来在什么地方清洗缸粪，生产队的同志们唾沫四溅说法不一。有的说，就在粮库的自来水龙头那里。有的说，在区政府的厕所里，那个水龙头自来水很大，讨饭头光屁股冲洗时，徐书记刚好进来方便，听说讨饭头摔粪缸，嗅了嗅鼻子就说，我知道你讨饭头，你是一个生产队长，大白天不好好抓生产，怎么会跑到粪缸里去？这种事情以后不要乱搞，我说今天的厕所怎么这么臭。有的说，在雅畈街上朱伯仲那个私人诊所里，老中医还亲自为他把了一下脉，说没有什么大事，受了一点惊吓，如果吃了粪便，那就要洗胃了。事实上，我们搞清楚了，三个地方都去过，先到粮库水龙头，可是没什么水，滴滴答答像撒尿，赶紧再去区政府，洗完后有人看讨饭头脸色一直苍白，说不如去老中医那里看看，自己村里人，又不会收钱，万一有什么后遗症，不但不能当生产队长，那六个小讨饭真的就要出门去讨饭了。

生产队的同志们都异口同声说，浸粪缸，谁都晓得，老话都说，一辈子都要倒霉的啊！他们也想拉住狐狸，他们也想拉住讨饭头，他们一直在哇哇哇叫，可那时场面好像很乱，不晓得都在讲什么，谁也不听谁的，只是一个失眼，讨饭头就在粪缸里了！

生产队的同志们又异口同声说，何苦啊，义务工的工分年底都要扣的，一分一厘都跑不掉的，这一块钱是国家的见面笑，又不是生产队的见面笑，谁都可以笑啊，谁不笑谁就不是人啦。要去送粮，过渡费都是每个人自己垫的，一个人五分钱，一个车一毛钱。早说要扣钱，那就不该叫狐狸去，他也垫了钱，最后还要扣钱，难怪狐狸要火了。

生产队的同志们还异口同声说，啊呀，讨饭头这泡怂，就是一根筋，脑子不会转弯，为了一块钱，浸一次粪缸，真的不划算，太不划算啦……大家七零八落把讨饭头说得差不多了，一个非公粮大军的同志沉思半晌，嘴巴上下唇交错移动，好像在用心算账，然后很大声说：

一块钱，浸一次粪缸，还不值啊！平常田畈里做三天，太阳下晒三天，都没有一块钱！要不要，当大家面，我跳一次粪缸，我说跳就跳的，谁给我一块钱，谁给我见面笑？

事实上，一块钱的见面笑也罢，一块钱的见面粪也罢，一块钱和讨饭头一点关系都没有，说起来都是为公家的，为了大公无私，为了公而忘私，因公牺牲到粪缸里去了。所以，讨饭头一回到村里，就一脸委屈，要求公正，理直气壮向癞头贵汇报说：

支部啊支部，我为了义务工，娘日的狐狸那泡怂，把我浸粪缸了，你说该怎么办，我的苦头不是白吃的！

跟讨饭头一起去看热闹的对我们说，其实啊，讨饭头就想赔偿，给他一点米就行，结果支部没有给。

癞头贵说：你讨饭头是共产党员，他狐狸是地富反坏右，他把你浸粪缸，是阶级报复，是阶级敌人反攻倒算！组织上会帮你做主，你就放一百个心，回去洗洗睡吧！

狐狸扒祖坟的偷袭战，充其量泣鬼神，狐狸浸粪缸的遭遇战，才可谓动天地——震动潭头，震动公社，一战成名，名声大振，当然也上了县知青办的《知青工作最新动态》。和以往对付阶级敌人新动向一样，当天癞头贵癞头奎他们一干人就将狐狸双手反绑，大张旗鼓押送到公社大院。这类事情家常便饭，公社领导驾轻就熟，庄书记一皱眉一甩手，具体处理就是大肚黄。大肚黄喝着茶抽着烟，习惯性打量审查对象，叫来替身秘书向阳花。大肚黄主位审问，向阳花副位记录。向阳花坐着看了一眼站着的狐狸，狐狸站着看了一眼坐着的向阳花。在大肚黄的眼皮之下，算不上眉来眼去，充其量突然见面，有缘千里来相会，无缘当面不相识。狐狸对我们说，娘日的，那一眼，我就想起那些杀猪的日子，天天给向阳花按摩时，她真是浑身上下，猪油一样光滑啊。

我们不管向阳花，我们喜欢审批会，审问知青总要好好学一下，说不定以后谁都有可能。

大肚黄看着桌面玻璃台板：你就是潭头知青狐狸？你的姐姐丁香花在公社学校代课教书？

说我姐姐什么意思？狐狸对我们说，这家伙一个下马威，我根本就不理他。

大肚黄似笑非笑，转脸问向阳花：这个狐狸，平常在潭头表现怎么样啊？

向阳花说：我离开潭头很久了，情况不太了解。

狐狸对我们说，娘日的向阳花，一句好话都不会说。

大肚黄说：狐狸同志，你看看向阳花同志，我怎么也想不通，都是知识青年，怎么会不一样，一个天一个地呢！

狐狸说：你不知道啊，她是杀猪去天安门的，我是种地去门前洞的。

大肚黄说：杀猪，种地，都是接受贫下中农再教育！狐狸同志，我要问你，你什么地方不好打，偏偏要把人浸粪缸，你晓得农村什么人才可以浸粪缸吗？

狐狸说：讨饭头啊，癞皮狗啊，就要浸粪缸，叫他去吃屎！

大肚黄说：你晓得个屁！农村里浸粪缸的，都是偷婆娘的人！

向阳花好像笑了一下。狐狸对我们说，她笑个屁啊，她再笑一下，我就对她不客气！我们觉得，倒是狐狸有问题，向阳花的一笑，气氛一轻松，审判肯定转移，对他肯定有利，他脑子肯定坏了。

大肚黄说：知识青年啊，真不懂事啊，把人浸粪缸，是农村里最让人记恨的事情。浸过粪缸的人，一辈子都要倒霉的，全家人都会跟你拼命的！搞不好，讨饭头五个光头儿子，加一个光头女儿，一起冲上来，一人咬你一口，你就够呛啦，这个你想过没有？

狐狸说：我不管，他要扣我见面笑，我就和他拼到底！

大肚黄说：什么见面笑，什么拼到底，不要以为你是知识青年，就可以乱搞！给你挂一块牌，搞一个坏分子，在全公社游它几个来回，分分钟的事情，这个我们说到做到！

狐狸说：我反正在你们手上了，我随便了。

这时向阳花插嘴说：我真没想到，狐狸你这样不求上进！

狐狸对我们说，娘日，知青不帮知青，还在公社干部面前训我，我火气一上来，就不管三七二十一了！其实仔细分析，听到要游街，向阳花看似在批评狐狸，也有替狐狸着急的意思。可是，一个大肚黄，一个向阳花，狐狸好像更在意雌性，和我们说，很长时间一面不见，今天就要搞搞清楚。

狐狸就说：你上进，你上进，你上进还要和我坏分子谈恋爱！

向阳花说：哎哎哎，我见过不要脸的，没见过你这么不要脸的！

狐狸说：有本事，像我一样，好汉做事好汉当，谈过就谈过嘛，有什么了不起，多大的事情啊？

大肚黄一怔，好像也对狐狸的这一招有点意外，眯着眼看向阳花。

向阳花说：听他乱说啊，知青都一样，都是一般朋友关系。

大肚黄就说：我告诉你狐狸，你谈朋友是谈朋友，你浸粪缸是浸粪缸，桥归桥，路归路，我们今天不是谈朋友，我们今天是谈浸粪缸！

狐狸说：今天不就是倒霉，粪缸和朋友碰到一起了吗？

大肚黄说：好了，好了，你大概干活也干累了，就在公社里休息几天，避避风头吧！放你回去，你恐怕就吃不消了，讨饭头他们肯定不会饶过你的！

狐狸说：这样听起来，你们还要给我记误工？

向阳花又冒出了一句：你不要做梦了好不好？

大肚黄笑眯眯说：你的误工，没问题啊，只要庄书记有指示就行，我肯定照办。书记已经指示，要关你几天，我就照此办理，先关一个礼拜再说。

然后他对向阳花说：打电话到学校，通知丁香花，叫她每天来送饭。

潭头农民都说，大肚黄的笑，像黄鼠狼的屁，臭是臭点，作用很大。公社那个政府，就是一个萝卜章，不管天（天气、收成），不管地（庄稼、口粮），就是管人（红头文件、上传下达）。丁香花赶到公社，哭哭啼啼对大肚黄说，我弟弟不懂事，我替他赔礼道歉，我弟弟真不懂事……说着说着，竟当着狐狸和向阳花的面，扑通一下跪倒在大肚黄跟前。大肚黄是处理问题高手，下跪的见得多了去了，可从来没见过知青下跪，更没见过女知青下跪，肚子一颤，跳到门口，指挥向阳花扶起丁香花。他皮笑肉不笑说：哭什么，哭什么，哭什么啊！然后又走过去，语重心长说：别人可以跪，知青不能跪，女知青朝我跪，就是我犯错误了。我们都晓得，你教书还是很不错的，好好回去给你弟弟准备饭菜吧！当然啰，也要接受这个事情的教训，把浸粪缸这种恶性事件，好好和学生讲一讲，教育广大学生，农村做人的底线，不是偷，不是抢，就是不能浸粪缸！

当晚，狐狸就把姐姐丁香花送来的一篮子饭菜扔出门外，歇斯底里大叫大喊：

姐姐啊，我恨你，我恨你！我不要你送饭，我不要你送的饭！老子要绝食了，死掉就没事了，老子饿死在公社算了！

后来还是大肚黄做通了狐狸工作，说狐狸的饭就由公社食堂管算了。

狐狸就此在公社大院的柴火房，开始下乡后一星期白吃白睡的日子。

　　狐狸回来后，一副成功者姿态，好像根本没有在公社坐禁闭：睡醒了，睡醒了，下乡后，我从来没有这么睡过，睡得白天当黑夜，黑夜当白天，乌龟认不得王八了。

　　又说：公社干部吃什么，本同志就吃什么，公社干部想吃什么，农民就提供什么，我完全享受干部待遇，公社里的伙食，好得一塌糊涂！

　　我们不要听了，大家一致问他，那向阳花呢，你在坐禁闭，她什么态度？

　　娘日向阳花，老子难得在公社混，七天里没来过一次！

11 蜈蚣岭

　　向阳花在公社协助大肚黄，审问狐狸的时候，我正在潭头帮助癞头贵，打倒狐狸的开始。按"文革"流行、知青精通、我们喜欢的语言——她是摇旗呐喊，我是鸣锣开道。

　　癞头贵说，都说你字写得好，我就派你一天工，在村里写几条标语。我心生欢喜说，好的啊，好的啊，写几条啊，全村都写的话，两天恐怕都不够的。癞头贵想了想说，那就写三天吧，地方你自己看，村口，路边，祠堂，大明堂，香火前，樟树下，人多的地方，大家能看见的地方。我说，写什么呢？癞头贵说，就写打倒，一条——打倒地富反坏右的狗崽子狐狸！一条——坚决打倒地富反坏右狗崽子狐狸！我就想到这两条，你想想还有什么可以打倒？

　　"文革"的标语，和领袖语录一样，我的初中时代，专业就学这个，想都不要想，张口就是，多得要命。不过，我还是想了一下。狐狸是狗崽子，我不也是狗崽子吗，狗崽子打倒狗崽子，是不是自己人打死自己人啊？但是，我很快就想通了。知青都是烂稻草，打倒不打倒，都是一边倒。我不写标语，别人也会写，我这个工分不赚，很多人都会来赚。况且，我和狐狸有攻守同盟，我不说扒祖坟，已经兄弟家了，写几条狗屁标语，赚一点小小工分，也不能算出卖吧，就算给我一点保密费呵呵。我想来想去，知青不写标语，好像没有一点道理，太阳也不会从西边出来。当然，我完全可以英勇不屈，大义凛然说，去你的癫头贵，不要痴心妄想，休想打倒狐狸，我与狐狸共存亡！可这样的话，只在教科书上，只有电影上有，像是我说的吗？

我一脸奸相，加两声奸笑，对癫头贵说，标语啊，太多了，彻底打倒，永远打倒，不打倒誓不收兵，都可以写啊！还有一条，狐狸不投降，就叫他灭亡！癫头贵说，好啊，好啊！我又说，再踏上一只脚，让他永世不得翻身！癫头贵说，到底知识青年，有文化啊！我说，还有还有，砸烂狐狸的狗头！打倒就是砸烂，狗崽子就是狗头！癫头贵频频点头，两眼放光，一副刮目相看的样子。

就这样，我开始心安理得写标语。一把刷子，两只泥水桶，黄泥墙上用稀释的石灰水，石灰墙上用兑水的黑墨汁。一边黑白颠倒写，一边对墙上狐狸笑，狐狸啊狐狸，兄弟对不起你了，我是知青的叛徒，我是知青的汉奸，大家都为混一口饭，千万不要想不开啊！你就算看看潭头，有那么多计划生育标语——宁添十座坟，不添一个人！该扎不扎，房倒屋塌，该流不流，扒房牵牛！一胎环，二胎扎，三胎四胎杀杀杀！狐狸啊，你就当计划生育，十座坟就留下你一个人。

村人看我写标语，都围过来，都啧啧啧，他们好像不管写什么，他们只是喜欢标语字，一边指手画脚，一边赞叹，一手好字，一手好字啊。为了更加心安理得，我把标语都写成两三行。第一行写——

打倒地富反，第二行写——坏右的狗，第三行写——崽子狐狸！第一行写——狐狸不投，第二行写——降就叫他，第三行写——灭亡！第一行写——砸烂狐，第二行写——狸的狗头……标语这个东西，怪就怪在万寿无疆，几十年后我和吴用心血来潮去潭头，居然还看见我写的一条标语，差一点把我吓死，我打倒活人的标语活生生，知青的丰功伟绩明目张胆活灵活现。好在当时，狐狸回来，我见面就若无其事说，本来你去送公粮，我们就要见面笑，应该你请客的，现在形势变了，因为你在禁闭，所以我有误工，我赚了你禁闭的误工，我为你接风洗尘吧，也算向你赔礼道歉，烟酒我都准备好了。狐狸哈哈一笑，标语我都看见了，现在能上标语的，都是英雄好汉，国家主席都在上，我老爸就是标语大王，我从小就是在满天的标语中长大的！我今天向天发誓，有我就没有癞头贵，有癞头贵就没有我，只要我在潭头一天，就坚决和他拼到底，我也不怕你们去报告，反正我已经在标语上啦。

大家纷纷表态，谁要是报告，谁就不是人，谁要是报告，谁不得好死！

吴用说：天雷劈死！

老鲍说：水鬼抠死！

老寿说：电线触死！

小地保说：吃饭撑死！

何苦说：一枪毙死！

国强说：乱棍打死！

我就说：你们都死光了，那我就撒尿憋死！

死不响好像不想说，看见大家都在看他，就嘟嘟哝哝一句：走夜路摔死！

大家纷纷向狐狸敬酒，向狐狸表忠心，更像是表死心，好像已经死心塌地，好像狐狸是知青好汉，从监狱凯旋一样。

那天喝酒喝到半夜，狐狸好像真的在公社睡醒了，马上又不见了。

潭头的盗木大军，推着十几辆独轮车，长蛇般向蜈蚣岭出发的时候，我们也没有看见狐狸的影子。这家伙公社禁闭回来后，最大变化就是出工，完全消极怠工，常常白天睡觉，晚上不见人影，不晓得到哪里去。我们估计癞头贵的自留地可能要遭劫，他家的鸡啊鸭啊之类也可能要遭殃，大家心里都有一种不祥的预感。去山里拉木头，这种独轮车的活，有工分，有补贴，从前狐狸是热血沸腾，不让他去都不行，他不惜成本买车，就是为了多赚工分。盗木大军知青和农民混合编队，一车配备两人，路途遥远，山路崎岖，几米长的木材交叉绑在独轮车上，一个农民推，一个知青拉，男知青可谓倾巢出动，偏偏一个知青推车高手狐狸没去。癞头富战前动员就说，造你们知青屋，男知青都要去，你们知青不去，就好比皇帝不急太监急啦！领导们确实很重视，三个癞头两个出动，癞头富为队长，癞头奎为队副。对知青屋的一拖再拖，没法再拖下去了，知青一个都不少，回城遥遥无期，大有安营扎寨之势，支部这一下判断又失误了。潭头知青木材被挪用问题，公社大肚黄亲自来检查，说知青屋不是住不住的问题，知青屋是有没有态度的问题，公社要向区里交差，区里要向县里交差，县里要向地区交差，地区要向省里交差。潭头一个知青屋问题，说到底，就是对中央的态度问题，我们各级政府只是一个监督问题。大肚黄都说了，问题就非同小可了，领导们连夜开会，觉得他们的态度从来没问题，问题就是根本没有木材供应。最后支部豁然开朗，要干就拼命都要去干那时候最流行的冒险——明知山有虎，偏向虎山行！

去盗买国家木材，翻过蜈蚣岭，就是蜈蚣岭村，大山深处的一个山村，县界最远的地方，黑市木材的老巢。我们的盗木大队，去时走了一天一夜，回来走了一天一夜，进山那天是黑夜，下山那天也是黑夜，都是为了逃避森工站。

蜈蚣岭地势险峻，一边是山崖，一边是水库。一条羊肠小道上上下下，蛇一样绕来绕去，蜈蚣一样杀机四伏，一不小心掉下去，车毁人亡。后来大家都说小地保，没有你这个乌鸦嘴，没有你放那个屁，死不响就不会出事，死不响吓都被你吓死。小地保急了，说其他可以开玩笑，人命关天的事，不要乱说好不好！癞头奎就说，有些事情，确实有忌讳的，大家都知道的——吃饭时就不能咳嗽，天黑了就不能说鬼，推独轮车就不能说翻车，打天雷时就不能弄逼，都一样的道理，走在蜈蚣岭上，就不能提蜈蚣。

回来那天，蜈蚣岭阴气森森，小地保不晓得是害怕，还是有气无力，可能是无聊吧，一路的吭哧吭哧，实在有点沉闷。小地保天一黑就开始说蜈蚣，说蜈蚣岭就是蜈蚣的天下，漫山遍野都是蜈蚣。说蜈蚣岭是一座山，也是一条岭，又是一个村，名字都搞不清楚，蜈蚣岭就是一个迷魂阵。剿匪那年，那个土匪头子邢老大，剿了三年都不见人影，最后上报已被野狼吃掉，有人亲眼见到，一大群野狼和一群土匪厮杀，杀得蜈蚣岭上阴风四起，三天三夜没有太阳没有月亮，最后野狼把土匪吃得精精光，骨头都不剩下一块。小地保说，听说是剿匪虚报，邢老大现在还活着呢，在蜈蚣岭村交接木材时，你们没看见啊，那个白胡子齐腰的家伙，獐眉鼠目，老鹰鼻子，一直在那里阴笑，就是个老土匪。蜈蚣岭人都说，野狼比土匪凶，蜈蚣比野狼凶，比蛇比蟾蜍比壁虎比蝎子还毒，是五毒之首。最要命的，蜈蚣的大部队出来，整个蜈蚣岭就地动山摇，而且蜈蚣喜欢昼伏夜出，所以山里人都怕走夜路，谁被咬上一口，就四脚朝天啦！小地保一路喋喋不休，好像刹不住车，好像蜈蚣就在前方，就在大家的脚下，什么叫祸从口出，就是小地保的口无遮拦。那时候盗木车队摸黑前行，一车紧接一车，脚跟接着脚跟，基本跌跌撞撞，快到半山腰森工站时候，前面传来口令，大家就地卧倒。探照灯一道一道射来，闪电一样划来划去，我们汗毛凛凛，浑身刺激，在这个万籁俱寂的生死关头，终于有人沉不住气了。先是小地保放了一个震耳欲聋的屁，在黑压压的山水间激起巨大反响。小地保和癞头富拼车，癞头富一把摁住小地保，来回扯了两下，差一点就推下山去。紧接着，后面队伍里的死不响，不晓得什么情况，真的就滚到山下去了。滚落的声响延续了好几分钟，最后我们好像听见一声沉闷的爆炸，那是一个庞然大物的落水之音，是死不响的最后一响，我们看不见的人间绝响。

当时我们都不知道，什么东西掉下去了，以为是石头，或者是木头。和死不响拼车的癞头奎说，死不响可能睡着了，看去就蜷缩在车前，好像头扑在木头上，他也搞不清怎么就滚下去了。癞头奎说，跟死不响拼车，也真是倒霉，死不响拉车，跟不拉一样，没有一点力气。他走路都走不动，好像都在拼老命，一停下来，倒头就睡。不过也难说，被蜈蚣咬一下，突然一个袭击，身体一歪，就可能掉下去的。癞头富说，救都没法救，好几百米深，森工站的眼皮底下，也不可能兴师动众，我们只能保佑他没死，哪一天突然出现了，那真是老天有眼啦！小地保为了证明自己清白，和死不响的死毫无关系，满脸狐疑说，会不会自杀啊，这家伙好像有抑郁症，每天干活对他来说，就是一种折磨，也没听他叫苦啊！平常也不和人说话，一说话就让人吓一跳，那天就说过，走夜路摔死，天下哪有这么巧啊，按算命书上的说法，这个就叫灵魂出窍！

好像有道理哦，一语成谶，猝死报应，我们开始回忆死不响生前的语录。印象深刻的，只有那么一句——要是我没记错的话，应该是七炮到八炮之间，不过，一块乌的打炮生活，把我们都炮打祠堂，炮声不断啊，打晕一个晚上。

大家都觉得不可思议，怎么可能呢，死不响生前，不说下流话，不说上流话，不说牢骚话，不说风骚话，我们听见的，就是两句话。第一句，好像很认真，把一块乌的打炮统计得那么精确，只有二胡专业人士才可能有那么好的听力，而且对普希金的诗歌假如生活欺骗了你有极高的领悟力，暴露这家伙暗藏的生命欲望。第二句，走夜路摔死，好像很不认真，走夜路都企图摔死，早就梦想被天外陨石砸中，似乎又暴露了对生命的绝望。

死不响的生命，正如他拉二胡一样，在一个不该停止的地方，戛然而止。

回来当天，我们几个，就为死不响之死，集体向癞头贵请命。

我们说起知青烈士。癞头贵一脸讥笑说，你们太好笑了，本来就是去偷运木头，是破坏国家森林的犯罪行为，怎么可以成为烈士呢，你们说有这个可能吗？你们知青啊，怎么一点政治觉悟都没有！

我们说起知青自杀。癞头贵的脸色就不好看了，说明明是意外事故，怎么可以说成自杀呢，自杀是可以随便说的吗，你们凭什么说他自杀呢？一个知青自杀，上面怪罪下来，谁还吃得消啊？自杀就是对社会的不满，就是对社会的抗拒，你们真一点不懂自杀啊，那你们自己去试试看！

去你妈的，癞头贵对我们表达的烈士论、自杀论，不但严厉驳斥，话还说得很难听，我们最后就抛出一个尸体论。我们说，活见人，死见尸，死不响的尸体，总要去找回来吧！癞头贵说，还找得回来吗？那么高的山，那么大的水库，那么无边无际的蜈蚣岭，到哪里找啊？找也是白找，白白浪费误工，大队能保住几十方木头就算运气啦！万一撞见森工站，我们能说帮帮忙，我们偷运木头时掉下去一个人吗？那不要说人没有，木头都会统统充公！

面对支部不管死不响，知青死了等于白死，平常政策多得满天飞，现在方针一点都没有，我们只能这样责问自己——我们曾经开玩笑，要为狐狸死心塌地，知青应该抱成一团，为什么不说干就干，自己去找死不响呢，尽管去了恐怕也是大海捞针，但不去只能证明一点革命精神都没有。

癞头富倒是说，死不响家里也没父母亲，只有一个不会动的老太婆，也管不了死不响。癞头富叫村里的泥水先生兼木匠老师方大乐，用我们偷来的木头，给死不响做了一个薄皮棺材，算是物尽其用，其实物归其所——为了知青房屋，去偷知青木头，造个知青棺材。死不响就葬在大岩头，棺材只能安息灵魂，一件破棉袄，一把破胡琴，看去像个坟墓，其实是衣冠冢。

知青一场，死了了了，我们几个贼心不死，要去看看死不响家。城里酒坊巷一个墙门里，一间转不开身的小屋，我们没想到会碰到一个瞎老太。眼瞎还不说，还瞎抽香烟，瞎敲桌子，瞎嘴骂人——你们快滚吧，那个癞头富已经来过，来了都是白来！我家施福祥，活生生下乡，怎么就死了，死了也要人，怎么不见人？从小没父母，他爸去劳改，他娘就嫁人，我一手带大，现在他走了，我也不活了，你们赶快走吧！我们都要被死不响吓死了，说了几句安慰老太婆的话，说了几句讨好死不响的话，几个人凑了十几块钱，说是村里给死不响的工分补贴。小地保又按照我们潭头的送礼习俗，从军用挎包里掏出两包白糖红枣，又不是见丈母娘，不晓得什么意思。小地保又神神秘秘了，阴阴阳阳说，搞好关系啊，你们没听说吗，旧社会把人变成鬼，新社会把鬼变成人，人一旦和鬼变来变去，人还是人吗，统统都不是，代表一下吓唬人的死不响，看望一下吓唬人的老不死！

12 知青屋

死不响死后不久，知青屋就造好了，我们下乡也好几年了，已经没有乔迁新居的傻逼感觉了。知青屋位于村口樟树和祠堂之间，三合土垒墙，人字架木梁，土瓦片盖顶。共二十四间，两排面对面，一排十二间，门对门相距不到十米，前排的后墙窗口看得见樟树，后排的后墙窗口看得见祠堂。漫长的男女分居生活宣告结束，孤男寡女终于胜利会师，可是其乐融融的局面始终没有出现。大家都心怀鬼胎，人人和岁月较劲，即便谈情说爱，也都地下活动，凌晨时分，神出鬼没，搞得像偷情一样。倒是每每夜色降临，女屋里常有男农出现，男屋里常有女农出没，公然进进出出，成为潭头著名夜市。

知青屋刚刚造好，就有知青回城了——去你妈的知青屋了。知青上调，表面推荐优秀，实际暗箱操作，大队一个公章，公社一个公章，知青帽子一摘，乡下人又重新变城里人。下放时一天要开四个会，回去时根本不开一个会，好像回城只是一种秘密交易。大家有目共睹的是，走掉一个，打击一片，上去一个，动乱一片，军心从此彻底瓦解，知青从此声名狼藉。上不去的，肯定不是好东西，连潭头的贫下中农和地富反坏右的眼光都统一了，都会笑话你——你看，你看，某某上去了，某某某上去了，连某某某某都上去了，都吃皇粮去了，只有你和我们一样，扶不起的烂稻草，你就烂在田地里算啦！

我们潭头上调知青，当然向阳花是第一个。杀完乡下的猪，成为公社替身秘书，上调当然就不在话下。向阳花最适合去肉联厂，和她老爸一样了，杀城里的猪去了。第二个就是吴用，即出人意料，又情理之中。干部不在大小，有点权力就好，不晓得他老爸通过什么渠道，据说是县上点名要吴用的，虽然都算知青兄弟家，这种权力交往还是不能公开化的。招工就像一场谍战，表面风平浪静，暗里你死我活，大家都心照不宣。鱼有鱼路，虾有虾路，死路一条的也不少。后来陆陆续续，不晓得哪一天，一个知青就在潭头消失了，去什么单位好像都保密。招收所谓工农兵大学生，其实招的大都是高干子女，我们都知道是官官相护，借工农兵名义回收一批，历史就是这样延续。我们公社去了两个，一个去了北外，一个去了上外，一个是地委秘书长的女儿，一个是省里不晓得什么大官的女儿。我们狗崽子倒是名正言顺，活得平安无事，招工也罢，招生也罢，不用去争名额，不用去跑门路，不用打小报告，不用拍马屁，不用拼死拼活，不用鬼哭狼嚎——省去许多心思，死活都是无期徒刑。

吴用临走那天，破天荒叫来未婚妻、老鲍的姐姐野菊花，一起请我们喝了一顿回城酒，算是向我们告别，也算他们暗度陈仓这么长时间，现在完全可以生米煮成熟饭了。他的知青屋门口，唯一贴大红对联，难怪风水要比我们好：千村薜荔人遗矢，万户萧疏鬼唱歌——门楣横批:送瘟神。但见那位野菊花,好一个旧貌换新颜,在公社卫生院,到底不一样啊,让我们这些黑不溜秋的看得两眼发绿。粉白雪嫩的野菊花,欢欢喜喜送瘟神,瞄几眼私下老公吴用(后来我们才知道这个私下货真价实),又教导几句胞弟老龅,你啊你,要好好表现,争取早日回城(后来我们都知道这个胞弟铁树开花)。吴用敬完酒,一定要我们去大岩头,说去最后看一眼潭头,好像还有什么值得他怀念。太阳白花花,乌鸦呱呱呱,吴用红光满面,重现红卫兵司令风采,双手叉腰山上,挥手畈上平畴,口气就很大——同志们,红色江山啊,我们要把畈上变成锦绣家园!

他逢喜事精神爽,我们一点都不爽,一点稻子,一点麦子,一片青黄不接,长得像癞头一样,什么红色江山,什么锦绣家园,吴用真他妈一个神经病。我们潭头第一批知青,狗男狗女,肚子里有什么蛔虫不晓得,从吃喝拉撒衣食住行去考察,有神经病理想的,好像也不多啊,当然不算向阳花——她的理想是杀猪,杀猪只能算屠夫,谈不上神经病。死不响要不死,理想肯定就是拉二胡,结果把那曲《江河水》,拉成戛然而止。何苦的理想就是一包好烟,甚至一支好烟,很难搞到的西湖大前门之类,所以他出工身上带的都是差烟,好烟永远藏在屋里,收工后一人偷偷享受,时不时喊上一句:饭后一支烟,快活似神仙!拉屎一支烟,赛过活神仙!狐狸的理想当然就是工分。小地保的理想就是算命。老龅的理想就是泡妞。国强的理想就是三脚猫打遍天下无敌手。我嘛,也是神经病,从小就没有理想,下放更没有理想,情书总算不上一个革命青年的理想吧,好歹还有不烟不酒半只狗,那只能是一生一世一只狗了。

革命自有后来人,知青屋照样人丁兴旺,铁打的知青流水的兵。我们潭头,走了两个,来了两个。他们是高中刚毕业,一个叫向东,一个叫项西，一看就是卧底。向东出身干部家庭，一下来就靠父母给潭头搞来一卡车氨水。这种计划供应的稀缺物资，平常村人抠抠索索比柴油还珍贵，一卡车无疑就是神话，搞得潭头人神神道道，从此视向东为城里神人。氨水涌泉之恩，工分滴水相报，支部决定向东从此接替老麻，成为潭头新一任祠堂总理。一车氨水换来一个总理，当然算得上知青新一轮的成功。买官卖官，知青开一代风气之先，有的一条烟就能当上小队长或者放水员，几张粮票布票糖票烟票之类就能当上仓库保管员或者基干民兵，膨胀花当老师属于婺剧团书记和潭头村书记的交易，杜鹃花能当上记工员，现在又成为潭头机米厂一把手，当然靠姿色的发扬光大——什么叫见面笑都要有硬通货。

向东这个新祠堂总理，好父母好氨水好上加好，一个好知青该做的他都会做，开祠堂门，关祠堂门，开大队误工票，管大队生产资料。最让人不服不行的是，在全村的眼皮之下，坚持每天都出工，好像一个人顶两个人似的，简直让前总理老麻同志无地自容。那些天，我们经常看见，老麻每到黄昏就坐在樟树下，眺望暮色大地，不晓得在看什么，看去像个雕塑。有人说老麻在看大灾荒时期不知去向的老婆，有人说老麻在想念从前维持会长的日子，那时他吃香的喝辣的，村人没有不听他话的。他一个麻风病人，没有手指，敲起锣来，比癞头奎都好听。现在可怜啊，吃饭的饭碗都没有了，连马儿头都因为杜鹃花伤心过头，离家出走到外乡做上门女婿去了。老麻一辈子就落个五保户了，日头就要落山了，在樟树下等死了。

大凡江南农村，村口都有一棵大樟树，颤颤巍巍，屹立在村口，像一个历史老人，见证一个村庄的沧桑岁月。树顶就是乌鸦窝，黑压压飞走，黑压压飞来，有时似走似来，围着樟树绕圈子，遮天蔽日，叫声恐怖，让人觉得不是好兆头。大樟树老远看去巍峨挺拔，走进跟前浓荫如冠，树干要五六个人合抱，树冠下能围拢三四十人，根部腐蚀出一个大洞，能藏十几个小孩。树的根须绕成一团，凸露土丘之上，已经被村人的屁股磨得油光锃亮。这里是生产队出工前的集合之地，也是村里各种信息的传播之地，还是那些不想活下去的家伙撒手人间之地。潭头人寻死，一般喜欢在两个地方，一个在屋里，一个在屋外。屋里可以随便，屋外樟树最好。选屋里，选屋外，自己看着办。屋里的死法叫"满地滚"，就是喝农药。屋外的死法叫"坐飞机"，就是去上吊。在樟树下上吊，看的人比较多，也算体体面面，所以需要打扮一下，换上出客衣裳，穿上最好鞋子，女同志还会把头发料理得纹丝不乱，看去就像走亲戚，其实潜伏樟树下，决心一下，抓住鬼套，双脚一下蹬，就青云直上了。

老麻上吊的那天，选择的天气还不错。太阳刚刚从东方升起，一天空的彩霞，大家看见前祠堂总理在半空中晃来晃去，整个身子被朝阳染得通红，活像一只剥了皮鲜血淋淋的山羊，一条高脚板凳仰天翻倒在樟树佝偻的树根上。不晓得死人为什么要敲锣，也可能是享受总理待遇，全村人像看电影一样拥向樟树下。癞头奎敲完锣，把死者放倒在地上，人们拼命朝前挤，迫不及待要去瞻仰老麻，讨饭头那几个小讨饭差一点就要扑到死人身上去了。一片静默之后，人们开始叽叽喳喳，也没有什么人号召，已经有几个女人开始哭起来了。大家诉说老麻生前的种种好处，说他年轻时候长得蛮不错，好几个女的都想嫁给他；力架也不差，那条骚黄牯起栏没头乱钻，他一只手半个身，就把它摁倒在地上；他挑担二百五，一天能走一百里；相好也就那几个，偷婆娘根本不算多；他当维持会长时候，潭头从来就太平，日本佬都不敢来；他管祠堂时候，贼都不敢上门，祠堂从来没丢过东西；他身体也不错，吃饭起码好几碗，活到一百岁都难说，怎么一下子就把祠堂总理给掉换了呢？老麻啊老麻，怎么想不开！有人就开始责怪支部，新的不来，老的不去，可怜啊可怜，罪过啊罪过！

不管怎么说，田头评论是田头评论，知青饭碗是知青饭碗，不能说膨胀花就抢了丰老师的饭碗吧，也不能说向东就抢了老麻的饭碗吧——接受贫下中农再教育，没有说教育多长时间，也没有说最关键的工分问题，只能自己去好好理解，自己保住自己的饭碗，那种搞不懂也要搞的不烟不酒半只狗的活命哲学。好在知青一代胜一代，向东不但和村人混得耳熟能详，和我们老知青也混得熟能生巧。我们精通和平演变——知青兄弟管家，喝点祠堂的牛酒，开点大队的工票，捞点集体的东西，什么都不在话下；向东精通革命到底——你们是老前辈，你们是我们的榜样，你们怎么混过来的啊，你们是我们前进的方向。哪还不好混，那太好混啦—— 一万年太久，只争朝夕，朝朝夕夕，早工晚工，我们把一辈子口粮，都提前种出来啦，今后我们吃天吃地，都是自己种的粮食，手中有粮，心中不慌，脚踏实地，喜气洋洋！

我们喜气洋洋，天天知青屋，等待讨饭头，天空一亮跑来敲门——

出工啦，出工啦，日头都晒到屁股上啦！

出工啦，出工啦，今天看天气要下雨，不要忘了带蓑衣！

今天畈上插秧！

今天溪滩铲麦！

今天垅里除草！

今天吕塘下割麦！

今天上古井耙田！

今天门前洞耘田！

今天牛皮塘修田塍！

今天七里畈收草籽！

今天十二里割油菜！

今天陆家塘施化肥！

今天祠堂前面打稻！

今天里秧田用药！

你去小田家拿两个粪桶，去祠堂拿三瓶1059，配好后挑过来，你的喷雾器我带去了……出工啦，出工啦！

讨饭头敲门，半夜鸡叫一样，哪怕已经醒来，还是要浑身一颤，魂灵都要被他吓出来。和他说过多少次，我们耳朵都不聋，你吹哨子出工，我们都听见啦，不要来敲门好不好，不干活我们吃西北风啊！你真有毛病，熬不住要敲，也轻轻笃一下，文明一点，和气一点，不要催命一样好不好？

说多少次都没用。讨饭头像讨饭一样，天天出现在知青屋门口，嬉皮笑脸，百折不挠，生死的命，钉死的秤——估计全公社没有对知识青年如此负责到底的生产队长啦！更奇怪的是，这家伙从来不敲狐狸的门，也不敢去敲女知青的门，根本不按照房门顺序，最先敲我的门，第二敲老龅的门，第三敲小地保的门，第四敲何苦的门，然后就很放心离开了，好像我们四个老同志，最不会干活，落后分子一样。那天晚上我睡得很晚，赖床赖到中午，正在想中午吃什么，吃泡饭还是吃稀饭，吃冷饭还是吃炒饭，觉得一点胃口都没有的时候，讨饭头又穷凶极恶敲门了，房门都要被打破的样子。我本来心里就烦，你早上敲了一次，你不晓得我生病啊，还要叫我出工啊，偏偏就不搭理。讨饭头继续喊：

你亲戚来看你了，你不开门啊？

狼又来了，你叫魂啊，我城里没亲戚，连老娘都在乡下。

狼来了，狼来了，这回狼真的来了，这个狼外婆带来了我的表弟。

表弟在门外叫我，我有点不相信自己耳朵。赤膊短裤去开门，看见表弟正在递讨饭头一包西湖烟，好像在感谢带领他上门。讨饭头半推半就，假客气了一番，一团和气地对我说：

你这个吵死鬼，表弟来都不开门。午饭好好招待一下，要什么蔬菜，到我家自留地去拿，有番茄，有茄子，不要客气啊。

我谢过讨饭头，看见太阳确实大大方方。表弟浑身湿透，脸晒得红分分，一边拿草帽扇风，一边呼呼透气：

天气热煞，这么热的天气做生活你都吃得消啊？

我看着表弟，有点不知所措，觉得眼前的画面很不真实。他从杭州坐火车过来，再问来问去走十里土路，到我们潭头知青屋，这是我做梦都没有想过的事情。从来没有一个亲人到潭头来过，母亲要来我都胡言乱语不让她来，我说连政府都不会来说明我们情况好得很你老人家就不用亲自来看望啦免了免了。小时候，我每年寒暑假都跟母亲去杭州外公家，就喜欢跟这个表弟玩，我们关系最亲切。我一下子觉得眼睛模糊起来，仿佛一种遥远的家族记忆，也仿佛一种知青受宠若惊的感动。我八年的知青生涯，说来只有这么一次有点泪眼汪汪。我至今不清楚自己为什么不会哭，我其实对号啕大哭一直充满向往。

表弟说，他马上要去黑龙江建设兵团了，他属于第二批，去的地方叫虎林，是一个打仗的地方。听说已经打过一仗，说不定还要打呢，我们都是炮灰哈，搞不好为国捐躯了，我们兄弟就永别了。表弟说得好像很悲壮似的，大家对杭州来的知青战友，都表现出极大的热情，打得好，打得好，国内既然不敢打，国外打打也不错，枪杆子里出政权，革命解放全世界，天下一乱，形势大变，就是我们知青的理想！大家一致表示，先吃饭，吃饱干，慰问慰问要去打仗的兄弟——我们以对待同伙的最高规格，搞出许多潭头知青大餐。田野大盗，所向无敌，田野无处不美食，春夏秋冬都有一套完整的食物链。知青在吃的大是大非问题上，立场坚定，斗志昂扬——不能亏待自己，更不能亏待朋友。知青的舌尖，吃遍天下无敌手，表弟太有口福了。

　　表弟先要吃田鸡。农村里有的是稻田，稻田里有的是田鸡。随便拿一颗稻穗，不管灌浆不灌浆，就可以钓鱼一样钓到活蹦乱跳的田鸡。抽筋剥皮，烹炒煎炸，四种烧法，一样一种。说起来，我们下放最大收获就是会烧吃，好吃懒做训练出来的炒菜手艺没有一个不高明，把杭州来的美食家表弟吃得全身上下统统都是田鸡的洪亮叫声。

　　吃完田鸡吃草鸡。知青屋的门墙，按潭头人习惯，都留有一个狗洞，我们就在狗洞里面放一些勾引的谷米。附近的农民家，都喜欢草鸡下蛋，雄鸡就不多，草鸡就不少。草鸡一股骚性，刚下完鸡蛋，最喜欢外出，而且非常风流，只看中男性知青屋，以为这里面帅哥很多，骚扰一下很容易，不占便宜白不占，不知送货上门献身一群老玩家。我们等待她们自作多情驾到，扭扭捏捏，点头哈腰，好看不好看悉数拿下，鸡头一拧，不用动刀。当然，为了掩盖草鸡惨叫，我们同时伴有笛声，或者红歌大合唱，以高亢的革命旋律，对草鸡们实行见刀不见血的无产阶级专政。

　　吃完草鸡吃麻雀。知青屋的三合土墙上有许多打垒留下的碗口大洞，里面就是麻雀窝。表弟兴致勃勃站在梯子上，一手拿网兜罩洞口，一手拿木棍往里捅，麻雀们就在劫难逃了，和我们两眼一抹黑往乡下乱钻一个模样。

吃完麻雀吃花生。晚上就出击花生地，一到就迅速分散。我们都是老手，花生长在浅表，连根拔起，抖几下沙土，三下五除二，装满一麻袋就跑。回屋再细细清理，带壳的盐煮花生，洗都不用洗，熟了就捞到草席上，摊开整整一床，金灿灿满眼共产主义劳动果实。

吃完花生吃花狗。那只不知谁家的小花狗，好像稍微费事一点。我们等候很久，到它终于放松警惕，摇头摆尾出现在我们屋里那堆鸡骨头面前，我们就可以开始关门打狗。一边打，一边喊，你这条癞皮狗，打死你，打死你！狐狸的变态比我们更凶，让我们这群疯子都吃惊，他索性就把这条黑白相间的小花狗叫成癞头贵，打不死你癞头贵，打不死你癞头贵！还真是打不死。按理我们打狗也算有经验，当然打它最要命的鼻梁，可那癞皮狗狡猾得很，在屋里东奔西逃哇哇乱叫，最后总是把屁股留给我们，凄惨的叫声让我们心慈手软，每每半途而废。好长时间了，小花狗不肯英勇就义。他们人手一棍，手都打酸了，我负责吹笛子，气都接不上了。最后小地保想出一个法子，强行把它弄进麻袋，扔到水缸里，呜呜两声，一命呜呼了。小狗的肉很肥，油光闪亮装了一脸盆，现在想起来，还要流口水，阿弥陀佛，造孽啊造孽……

面向田野，背靠祠堂，只能说知青屋最适合造孽，鸡犬不宁了，鸡飞狗跳了，鸡鸣狗盗了，鸡零狗碎了，挡都挡不住。表弟对潭头知青屋的日子好像念念不忘，不久从黑龙江虎林写信过来，天堂西湖的高中生总是充满诗情画意——怀念潭头知青大餐，向潭头兄弟们问好！啊，北国苍茫，烽火狼烟，秦时明月汉时关，万里长征人未还！你们插队知青是游击队，我们兵团知青是杂牌军，你们是神出鬼没，我们是鬼哭狼嚎，同是天涯沦落人，鸡犬共升天！

13 厅上

　　表弟视察潭头知青，待了大约一星期。吃了，玩了，熟了，疯了，视察得已相当全面了，除了没见到一个最关键的未来亲戚杜鹃花——那家伙现在经常回城，好像家里出了什么事。表弟甚至和我们一起到汀村，参加很稀罕的公社知青大会。

　　会场就在汀村的厅上。江南这一带，村村都有厅，据小地保考证南宋以来就有了，听起来很有传承，很有文化的样子。汀村不愧公社所在地，一个公社的首府，它的厅就比潭头的厅大，很适合公社开生产队以上的干部大会。表弟对我们知青开会，好像也莫名其妙兴奋，不拿误工工分混在我们中间，像老鲍那样，眼睛乌溜溜，扫荡知青美女。有文化的就喜欢说点名言，三天不学习，赶不上刘少奇——好长时间不开会了，不开会就找不到政府了，连美女都不晓得跑到什么地方去了。所以全公社二百多号知青久别重逢，难得济济一堂，根本不像从前那样听大肚黄指挥，一堆一推以朋友为阵，激情满怀开自己的小会。

直到庄书记神情肃穆，开始传达林彪叛逃的中央文件，会场才忽然变天，一下子安静下来。突然杞人忧天，好像天都要塌下来，又唯恐天下不乱，好像乱中可以取胜，满堂知青脸色都变得十分怪异。我们一伙都坐在门口，凳子在门内，屁股在门外，眼光时不时朝里，牙口基本上向外，根本不去管林彪。林彪上天入地，和我们什么关系，连狗屁都不是。

我们正在研究余牙医手上一只绿莹莹的手表。

那手表绿光四射，比红头文件有意思。我们连手表拐白今今的上海表都没见过，最多只见过老龅那只黑乎乎的德国怀表。余牙医这只绿表，天下极其少见，根本见所未见，在他手腕上一冒出来，往空中随便转一个圆圈，就把我们搞得大眼瞪小眼最后统统都傻眼。林彪有什么好听，逃都逃走了，又掉下来了，根本没有余牙医的绿手表故事好听。

余牙医是雅宅知青。他父亲在城里小码头开牙科诊所，十里八乡的咬牙切齿，都属于他的管辖范围。很多老掉牙，都是座上宾。余知青下乡，地方随便挑，而且一到乡下，立刻变成牙医。人民公社的江湖牙医，大肚黄都是牙口贵宾。可以这么说，潭头以杀猪出名的向阳花，是全公社知青政治上的典型，雅宅以拔牙闻名的余牙医，是全公社知青经济上的典型。

余牙医把知青下乡，变成送牙下乡，造福一方坏牙。这个牙知青，真靠牙吃饭，先把牙变成钱，再把钱变成工分，工分不值钱，很少一点钱，就能买一年工分。这种经济头脑，知青中独一无二。余牙医早就结婚了，那老婆也是知青，他们一起下来的，不但在村小教书，而且是一个大美女，广大男知青公认的全公社第一青花。不像我们不敢结婚，结婚想都不敢去想。都是知青，我们简直是文盲，余牙医继续在扫盲——农民的烂牙，不值几个钱，牙洞乾坤，牙外有牙，洞外有洞，有洞补洞，无洞打洞，洞中方一日，世上已千年。余牙医说，他只在农忙那几个月，在村里打农民的牙洞，其他大部分时间，把老婆扔在家里专门负责他们生下来的我们公社全体知青的第一个下一代（他说得就这么自豪），自己跑到云南中缅边境一带，专门去打那些老外的牙洞了。我们听呆了，余牙医知青，岂止是典型，简直是典范。

余牙医说：去西双版纳行医，边境上没人管的，走私手表到处都是，少数民族女人太漂亮了，你去了都不想回来啦！补牙拔牙换牙，只要看一次牙，就可以换一块表，还能换一个女人呢，什么都可以的，牙病太经济了。

我们面面相觑，都面有愧色，什么边境、什么西双版纳、什么走私手表，什么少数民族女人，这一切都让人眼花缭乱，比里面在说林彪政变，天方夜谭还天方夜谭，我们在潭头真他妈的孤陋寡闻。

余牙医说：你们知道老瘌吗？本来在人民广场卖甘蔗的、后来枪毙的老瘌。这块绿表就是他的，我亲自给他洗了牙。你们知道吗，什么叫洗牙？

我们互相看了看牙齿，黄的黄，黑的黑，好像都需要洗，我们当然不懂洗牙和刷牙不是一回事，余牙医在我们面前，尽管可以吹。不过吹一个已经死去的老瘌，而且被一枪毙命的老瘌，这就有点过分了。老龅一脸坏笑看了我一眼，好像老瘌和我有什么关系似的。

老龅问余牙医：真的假的，你看见老瘌了？那你有没有，和他认老乡啊？

余牙医说：那还用说，老乡见老乡嘛，两眼泪汪汪啊，他还请我吃泰国大餐！老瘌那个枪毙鬼，现在完全像老外，在缅甸很神气呐，一身美国大兵的军装，那么宽的皮带上，左一把，右一把，插着两把勃朗宁手枪，还带着好几个保镖！他现在是缅共革命军的大官啦！

小地保说：缅共革命军啊，这个我知道的，都是中国的红卫兵，听说还有很多知青，我们也可以去啊！

余牙医说：老瘌说他马上就是复员军人了，要回老家干大事了！老瘌才是真正的革命知青啊，戴着墨镜，拄着拐杖，叼着雪茄，你们有没有抽过雪茄？一口抽进去，肚子里都烧起来，一天都过瘾了。

表弟就说：雪茄不能吸进去的，烟在嘴巴里转一下就要吐出来的。

余牙医很怀疑地看着表哥：哦，你也是潭头知青，你也抽过雪茄？

我就说：说老瘌，说老瘌，他不是在人民广场枪毙了吗？

余牙医说：哈哈，枪毙个屁，你们不晓得枪毙人，有真枪毙，有假枪毙，假枪毙就是吓唬吓唬老百姓，真枪毙死里逃生也有可能啊！

这一下大家镇住了，好像老瘌比林彪坐飞机摔死在温都尔汗都厉害。

我们还想听，真真假假搞不清，余牙医吹起牛来，水鬼都能骗上岸。我不得不想，万一是真的，杜鹃花知不知道老瘌现在的情况呢？

这时，台上庄书记嘴巴里的林彪已经死有余辜了。

余牙医抬腕，郑重其事看绿表：啊呀，会估计也差不多了，大肚黄说开完会还要我帮他看牙齿呢。

这个倒不会假，给大肚黄看牙，值得和我们说一下的。

余牙医最后说：你，你，你，你们几个，牙齿都不行！

只有老龅没有点到，这家伙就是牙口好。

余牙医很大方，请我们过几天去雅宅喝酒，顺便就把牙给看了。

好的啊，好的啊，我们的牙齿早就属于乡下，和农民一个属性，属于余牙医的打洞范围了。我们的牙齿经常会莫名其妙上火，有时候两腮肿得比馒头还大。余牙医就说，可能和乡下的饮食结构有关系，可能和这里的水质太差有关系，当然也和你们知青的生活方式有很大关系。不讲卫生，不长眼睛，东西乱吃，有吃就好，吃了还不睡觉，睡了也不起来，起来也不洗澡，洗了也不出工，出工回来又乱吃，人一天到晚都神经兮兮，牙神经当然就一塌糊涂了。

余牙医说你们知青，妈的他好像不是知青了，他不就比我们多了一块绿色手表吗。不过，我们都没有把牙病放在眼里，牙痛不是病，还提不上知青的议事日程，我们对余牙医的好感，无非就是对一个江湖牙医的崇拜——大队关系好，公社关系好，手上戴着走私表，家里藏着大美女，生出一个小知青，出门还有打洞女，居然还见过死去活来的枪毙鬼！

我们没想到，接下来的一段时间我们根本没工夫去雅宅了。那天会上，最后结束时，大肚黄的那口牙，确实有很大问题，嘴巴一吸一吸，冒出丝丝凉气，漏风很大地在宣布：

刚才庄书记的讲话，很重要，很深刻，很全面，很务实，很很很……根据上级统一部署，批林批孔是压倒一切的头等大事，各大队不但要认真学习，还要把发下去的宣传资料，搞一个像像样样的图片展览，要把林彪彻底批倒批臭，要掀起一场批林批孔的新高潮！你们知青，就是革命大批判的主力军！

全国山河一片红，天要下雨娘要嫁人，这种大事知青懂个屁，大家也只赚了一天的误工，不可能产生什么革命大批判的力大无穷。大概因为我写过打倒狐狸的标语，癞头贵认为我文化水平还不错，就任命我担任图片展览的讲解员，他自己则亲自负责，担任批林批孔的展览馆馆长职务。上次托狐狸同志的福，我赚了三天政治误工，这次托林副统帅的福，我赚了半个月的政治误工，我想来想去只能想到我那情书的开花结果。

展览就放在厅上，村小搬走后，女同胞搬走后，这里蛛网满天老鼠遍地，很适合展览林彪的罪行。我们用麻绳把厅上的柱子，绕来绕去圈起来，图片挂在麻绳上，像晾衣服那样琳琅满目，搞成一个九曲画廊。按癞头贵的指示，展览根据阶级成分政治面目人群三六九等，分成许多专场——党员专场、团员专场、民兵专场、生产队专场、养蚕队专场、老人专场、妇女专场、小学生专场、地富反坏专场，甚至还搞了一个残疾人专场，跛脚白痢癞头壳、智障白痴神经病，一个都不放过，由癞头奎一一敲锣上门。每一批人来，厅上到齐后，都是癞头贵先说，我再分别仔细讲解。

癞头贵的开场白，简明扼要，通俗易懂：林彪那泡怂，就是一个秦桧，就是一个奸臣！三角眼，眉毛倒挂，面孔白寥寥，一副奸相，一看就不是一个好东西！这泡怂上台，就是地富反坏右翻天，比国民党反动派还要贼相，比美帝国主义还要凶狠，比日本佬侵略者还要疯狂，我们贫下中农就要吃二遍苦，受二茬罪，就要千百万人头落地！领袖英明啊，像乾隆皇帝游江南一样，南巡一次就把林彪弄死啦！

然后就是我一幅图一幅图解说。开始我没有经验，态度也过于严肃，村人就很不配合，尤其那些小草鸡一样的姑娘们，像看电影一样骚吵，挤眉弄眼，推过来推过去，好几次差一点就推进我的怀抱，有一个甚至让我很实在感觉那位的乳房在乱颤，把我从膨胀花那里借来的教鞭都吓到地上去了。有这样的现场效果，当然就是哄堂大笑。在癞头贵同志的指导下，在贫下中农的帮助下，我根据观众的实际情况，很快就改变讲解风格，批林批孔就应该这样去批——林彪的 571 工程纪要、B52 轰炸机之类，要让村民听懂，一定要生动，一定要互动，一定要联系实际，一定要深入浅出。

我就说：你们潭头人，你们说过没有，都说我是一脸奸相，对奸相我深有体会，今天我就讲讲林彪的奸相。你们看看，我们的副统帅，是不是也一脸奸相，是不是比我更加奸相？

村人说，奸相，奸相，太奸相了！

我接着说：林彪的最大奸相，主要有两个方面。你们看，一个是他这个林副统帅，把我们的伟大领袖，说成是 B52 轰炸机。什么叫 B52 轰炸机呢，我解释一下，就是那种美帝国主义造的，世界上最最厉害的扔炸弹的飞机。怎么厉害呢，说起来大家都要吓一跳的，只要一个炸弹，就可以把大岩头炸掉，把我们潭头炸成平地，你们说危险不危险？

村人说，危险，危险，太危险了！

我接着说：林彪还有一个奸相。你们看，就是把我们知识青年说得一塌糊涂，说得不是人了。第一个不是人，说我们是变相劳改。什么叫变相劳改呢，我解释一下，就是把我们这些城里学生，以知识青年的名义，从城里统统下放到农村，我们就到了你们潭头，和你们贫下中农一起劳动，你们的劳动是正常的，你们生下来就在潭头，我们的劳动是强迫的，我们是从城里来的，这就叫变相劳改。第二个不是人，说我们是替罪羊。什么叫替罪羊呢，我解释一下，就是别人犯罪，叫我们去顶罪，代人受过之后，最后还要被人杀掉，你们想想，我们知青罪过不罪过啊？

村人说，罪过，罪过，太罪过了！

我最后说：林彪的奸相，总结起来说，就是一句话，一贯和领袖唱反调，不但反对我们知识青年上山下乡，而且还要害死领袖，你们说林彪这泡怂，他该不该死啊？

村人说，该死，该死，太该死了！

展览本来还有几天，癞头贵因为女儿光荣囡要出嫁，家里忙得抽不开身了，就把馆长职务临时交给癞头富。癞头富一上来就说：

我三句两话。展览十来天了，已经半个月啦，讲得也差不多了。展览又不能当饭吃，公社又没有补贴，大队还要开这么多误工，我看再展览下去，大家都不想干活了，明天统统出工去！

14 小码头

　　就像批林批孔的政治运动，打击投机倒把的群众运动，抓赌也是大队干部经常性的工作。癞头富的群众基础好，和他的抓赌有很大关系，抓着，抓着，就把自己抓进去了。好几次冲进小奶家那个赌博窝，一边大叫——你们还要赌啊，一点政治觉悟都没有啊！另一边早已接过旁人递给他的一角钱，马上又叫——我押青龙！

　　塞钱的往往是兴标，兴标同志反应快，癞头富同志反应更快，一桌赌鬼惊魂未定，抓赌的喊声还没落地，押宝的赌资已经落在桌上了。

　　抓赌工作，往往取决于公社开会的次数——今天公社开会了，今天回来就抓了，好长时间不开会了，好长时间就不抓了。好在潭头的革命群众，不管抓不抓，都非常热爱赌博这个世纪性的娱乐活动，就像非常热爱打炮那个人类性的娱乐活动一样，打炮和赌博，基本统治了潭头的夜晚。

　　不过，地富反坏分子，经过长期改造，就很少到赌场。到了也躲躲闪闪，赢了也哆哆嗦嗦。心理压力大，放不开手脚，来了也经常是输家。小地保那本他自己看都不看我们看了也不懂装懂的哲学书上说：每个解放，都隐藏着奴役的种子——用在潭头赌场好像就很对路，当然也可以用在为什么我们经常去赌场。地主儿子方大乐鬼鬼祟祟出现之时，就是贫下中农小奶稳操胜券收获之日。潭头赌场基本是贫下中农的天下，简直是无产阶级的革命阵地，我们知青就很上进，经常性混迹其中，经常性要去学习学习。

又不过，在潭头，有的东西很好学，有的东西很难学。赌博是贫下中农的天赋，投机倒把虽然也是天性，就很难学了，就学不好了。不是可学不可学的问题，根本就没办法去学的，那是超人才能干的事情。善于化险为夷，塞钱给癞头富的兴标同志，就是潭头著名的投机倒把分子。这家伙三天两头出现在城里小码头，在那里转上几圈，就肩扛手提，大步流星，直奔火车站去了。兴标那个脑子，就是火车时刻表。对南来北往的火车刻骨铭心，进出火车站就像地下党员，有很多线人，很多接头人。客车列车员，货车列车长，司机，司炉，检票员，扳道工，都是兴标同志的联络员，都是兴标货物的中转站——他提供的新鲜货四通八达，他贩卖的农产品千里迢迢。

村人都说，兴标这个老码头，一年到头小码头，娘日，火车站都是为兴标开的，火车都在为兴标跑腿。眼红归眼红，没人学得了。所以，村里每每打击投机倒把，批判资本主义道路，癞头贵不要过脑子，眼睛都不看，第一个点名，绝对是兴标。兴标同志也不羞涩，老运动员一样，死皮赖脸喊——到！然后笑眯眯出场，一副死猪不怕开水烫的样子。兴标脾气好，个子矮，小腿短，走路快，一个失眼就不见，一声批判就出现，站在哪里都不起眼，站在哪里都无所谓。开完批斗会，转眼又出门，不是小码头，就是火车站。昌福老爹总结说，兴标就是梁山人，神行太保投胎，日行一千，夜行八百。兴标自己总结说，我一个贫下中农，天下最垫苦的，到外面讨口饭吃，你们难过什么啊，我又不要你们生产队五保！

有时太阳刚刚升起，生产队要出工时分，讨饭头到知青屋习惯性敲过门，到樟树下总是习惯性要问，兴标呢兴标，这贼胚又出门了？兴标却应声出现在大家面前，他早已从小码头或火车站回转，没有一点神出鬼没样子，一本正经接上关于出工的话题，说今天的活啊，先去畈上，再到垅里，这样干起来顺手。人们总是搞不清楚，他什么时候出门，什么时候回来，好像每天都出工，工分一点不比别人少。人们也搞不清楚，兴标一年到头，从码头上，从铁路上，到底赚了多少钱。人们倒是经常在赌场上看见，他会塞给癞头富或其他干部，一角钱或五分钱，成为潭头不多见的大气魄。

兴标这位同志，自己从不抽烟，在外从不喝酒，看去就是一条狗。

我们去小码头，卖米卖糠，随便卖什么，摆摊叫卖，最喜欢紧跟兴标同志，他对小码头的市面了如指掌，是我们的市场高参，能帮我们卖出最好的价钱。现在我们混日子，已经变得简单，经常去小码头，什么破帽遮颜过闹市，早已厚颜无耻见面笑，我们经常笑得恬不知耻——你这个城里人，你要便宜是吗，你自己去种啊，你种一个儿子，也要十个月吧，自留地你去弄弄看，你弄死也弄不出来！说什么呢，你吹什么啊，你们城里人，我们就看不起，只会吃，不会种，怎么啦？不能再便宜了，一块钱，必须的！

这个城里最有人气的农贸市场，也是潭头人田头评论的重点。昨天谁卖的麦麸多少一斤，前天谁卖的芹菜多少一斤。昨天行情不怎么样，明天估计要好一点。村人什么都卖，田里捉来的几条黄鳝，田塍挖来的半盆泥鳅，一坛腌菜，两把小葱，卖大自然活物，卖自留地出产，卖掉所有自己嘴巴里抠下来舍不得吃的东西。小码头上，箩筐竹篮、木桶瓷盆、大坛小缸、独轮车双轮车，沿街一溜，两面排开，中间的石子路上，人声鼎沸，乌烟瘴气——割来割去的资本主义尾巴，实在抵挡不住要死要活的社会主义嘴巴。

我们一旦完成自产自销，当然像农民那样大摇大摆走进大众饭店。这个临江的国营饮食店，是村人田头评论必不可少的炫耀，一盘猪头肉，一盘臭豆腐，都是村人的津津乐道。店内烟雾弥漫，窗外江水迷茫，我们进门就叫一声那个秃头的何苦老爸，他老爸点头一笑，就算心照不宣。我们盘里就会多出几个包子，阳春面的货色也好看不少，花生米的堆头那是不要说的，看了就让人高兴，顿时就有开后门的洋洋得意。我们跷起二郎腿，东看看西看看，大碗喝酒，大块吃肉，大声说话，乱扔烟头，乱擦鼻涕，随地吐痰，目中无人剔牙，高谈阔论村里谁的乳房大。乳房大小是我们在潭头精通的永久性话题，结果总是一个比一个大，比到最后，最大的无疑是老觑的权威论定——住祠堂披屋的鸡冠花。她的乳房奇大无比，可以背着小孩喂奶，乳房往背后一甩就行，有时候小孩嘴巴接不住，奶头在背上滑来滑去，奶水马上就湿透一背。乳房真是一个百说不厌的好话题，话题一好，形势就好，我们就是在这样的大好形势下，我甚至已经在遥望杜鹃花乳房的时候，在饭店那个角落里，忽然看见了老瘸。

这家伙妈的没有乳房，居然也没有戴墨镜，完全不像余牙医吹嘘的威风凛凛。他侧面看去驼背一样，佝偻着身子在喝酒。我们马上注意到，老瘸也根本没有吃什么大餐，就两碟小菜，也不用筷子，用手抓花生米，一副穷人模样，哪像个在国外闹革命打过仗的老瘸。我从前经常去他的甘蔗摊，也买甘蔗，也赌甘蔗，都是去凑热闹，说起来不是非常熟，只是有点毫无来由的崇拜，估计他也记不得我了。老瘸以前是光头一个，现在是长发披肩，头上还戴着鸭舌帽，很像一个电影里的汉奸。老龅最早认识杜鹃花，自然就比较熟，老龅说，就是他，就是他，眉毛上那个刀疤烧成灰我都认得。老龅好像有点忍不住了，向我们诡秘一笑，就自以为是走过去了。没想到那个老瘸，呼啦一下站起来，差一点要跌倒的样子，朝老龅挥舞几下拐杖，那副凶相好像要打人，没想到一瘸一瘸走得很快，转眼就消失在门口。那个拐杖舞动的瞬间，我们看清楚了，老瘸比从前黑了，一脸的横肉，好像苍老了许多。我们问何苦老爸，那个跛脚佬是不是经常来喝酒。何苦老爸摇摇头，说他也是第一次见。我还是想起来，杜鹃花现在经常回家，肯定和老瘸回来有关系，小码头的老瘸是跑不掉了。

　　从小码头回来的第二天，我别有用心设了一个饭局。当然要叫上老龅、小地保，共同作为小码头的见证。我们三堂会审杜鹃花，一个红脸，一个白脸，一个黑脸，绘声绘色那个汉奸一样的老瘸，在小码头大吃大喝，简直是无法无天，万一一撞上公安局的，那不是自己讨死，自投罗网吗？我们对老瘸到底有没有枪毙，根本就不可能知道，就想听听杜鹃花的老实交代。她除了说过一次——我家那个老瘸也是个枪毙犯，后来再也没和我说过老瘸。我们信誓旦旦，上有天，下有地，中间有良心，如果我们见到的不是老瘸——我说我就不是人，小地保说他就是向阳花杀死的猪，老龅说他就是狐狸阉掉的鸡。没想到杜鹃花早在潭头混出江湖了，完全刀枪不入，一副老娘架势，你们是不是人，同我有什么关系吗？说着就完全和老瘸一样，呼啦一下站起来，差点

154

掀翻那张水缸桌上的饭局木板，一口喝下一大碗酒，摔门而去：

你们去死吧！

　　杜鹃花的泼辣，潭头土话说就是尖厉。尖厉的女人，和油炸臭豆腐一个德行，闻起来臭，吃起来香，外面硬邦邦一个壳，里面软绵绵豆腐心。大约一个星期后，在飞机场的那片毛竹林里，我终于学会老觞经常吹嘘的知青泡妞要点—— 一个正确的时点，一个正确的地点，找到女人一个正确的弱点。那天收工时，杜鹃花忽然问我回不回家。我想说我城里哪有家啊，但嘴上却说，去啊去啊，我也刚好想去城里。去城里路很多，我说往哪里走，她说往飞机场，我心里就有数，那里有一片毛竹林。那个飞机场，过江就是城，解放前就有，据说就是林彪修好，已部署了雷达部队，好像有巨大阴谋，结果变成附近农民的晒谷场。一路上，我们当然不聊狗屁天下事，更不聊什么死老癫，最多聊一下那次何苦独轮车在飞机场大坝翻下捡到几个避孕套。我们好像只是在赶路，一点都没有情深意长。我们到飞机场的时候，天已经完全黑了，我们走进了那片毛竹林。

　　林子里一片寂静，只有竹子在窃窃私语，凉风不晓得从哪里吹来，不时有什么野鸟叫几下，咕咕咕咕叫出竹林的幽深。其实我们已经很有经验了，我们已经好了好几年，一切都熟门熟路，我们好长时间没有恩爱了——不好意思，对我们知青之恋，我只能选择恩爱这个老掉牙的没有一点档次的词汇。我们的关系，看去十分亲热，其实老气横秋，充满感恩感爱，说到底就是知青男女下乡后的一种存在方式——一种恋爱互助组，一种恋情合作社，一种恋人公社。

　　那天我们很恩爱，我们像疯了一样，在竹林里滚来滚去。我们把毛竹撞得梆梆直响，直到露水打湿我们全身，苟延残喘到浑身鸡皮疙瘩，杜鹃花抽抽泣泣开始说老瘌了。杜鹃花说，她就讨厌在老瘌小地保他们面前说她哥，他们两个的嘴巴粪缸一样臭，杀人之心不可有，防人之心不可无。原来如此，我就说，这种说法，说说而已，你还真有这种想法啊，她说，知青当然要有，大家都想回去，人人都是对手，你没有这种想法你还回得去吗？杜鹃花说，她爸她妈一生最疼的就是她哥，小儿麻痹症就没少担心，长大又是一个枪毙鬼，让他们怎么去做人，居委会都会经常上门……不晓得怎么回事，杜鹃花好像还没有说完，我们的恩爱又开始了，而且感觉愈发强烈，枪毙鬼好像从天而降，一提枪毙鬼，我们就冲动。那天我们在毛竹林里待了一晚上，我们不晓得时间都是怎么过去的，延绵的倾诉和持续的冲动，把那个晚上碾成一段一段，场景都无法拼接，只留下体温和气息。

太阳把竹林照得满地斑驳，附近农民开始在飞机场晒谷，我把杜鹃花送到上浮桥，过桥就是城里了。她回家和父母说，一早回来，帮生产队办事，其实是我一早就赶回潭头。我们囊中空空不说，住旅馆都要介绍信，那时没有在外面开房过夜一说，说到底还是一种很正规的恩爱。不过，从那以后，就出现一种非常奇怪的现象——在我们恩爱之前，我们总会讨论枪毙鬼，枪毙鬼总是在那关键时刻，在我们眼前活灵活现，欲仙欲死，欲死欲仙，已经成为我们进入恩爱的一种前戏。最后我们不管三七二十一，大喊大叫，毙死你，毙死你……

有好几次，我们忘了，没有说枪毙鬼，大概思想不集中，大概时间不充裕，大概地点不适合，结果就很糟，一点不尽兴，甚至完全不成功，我们已经无法恩爱，我们好像已经变态了，我们不变态肯定不行了。有诗为证——为什么，人总是在床上梦见鬼。为什么，鬼总是光临人的床上。搞什么搞，恐怖怎么会是我们的快感。看什么看，狰狞怎么会是我们的高潮。人鬼情未了，浑然一体。鬼魂丛生了，都在床上……

　　我们肯定已经变态，老瘸总是在我们面前从天而降。枪毙老瘸那天，有九个枪毙鬼。押解到人民广场宣判，游街到义乌门大操场行刑，九人依次排列，从左到右，老瘸是第八个，从右到左，老瘸是第二个。老瘸是唯一拄着拐杖的枪毙鬼，无法站稳，浑身摇晃，身体天生的残缺，不晓得是否老瘸的天命。有人说就是老瘸的晃动，扰乱了行刑者的视线。有人说行刑者看到老瘸乱动，心理素质不过硬，肯定是一个新手。有人说是行刑者故意枪下留人，老百姓都说老瘸罪不该死刑。有人说老瘸仅仅是一个陪绑的，陪枪毙，假枪毙，是中国的老传统，官府的拿手好戏。有人说得更富有想象力，一声令下，枪声大作，噼里啪啦，枪毙鬼几乎同时仆地，忽然有一个人在叫喊，这个人没有死，他肯定没有死，赶快补他一枪，打他哪里都行。枪声再次响起来，老瘸终于昏死过去。不晓得过了多少时间，天已漆黑，大雨倾盆，老瘸被寒冷激醒，突然听到一个声音，娘日的，你还没有死啊，你是人还是鬼啊？老瘸好像半死，血水雨水里，眼睛睁不开，迷迷糊糊说，求求你吧，补我一枪，把我打死。那人说，啊呀妈的，我不是官家人，我是来剥鬼皮，我可以救你，你要去哪里，给我十块钱就行。剥鬼皮就是收拾枪毙鬼，干这种营生的很敬业，自古就有高度职业素养，只认钱物，不管死活。剥鬼皮的剥皮鬼是谁，后来把老瘸送到哪里，杜鹃花已经含混不清了——往往说到这里，时间也差不多了，我们的恩爱也该结束了，或者又重新开始了。

15 枪毙鬼

很长很长时间，我们没有看枪毙鬼了。

城里枪毙了多少人，多少人成为枪毙鬼，我们一点也不知道，想起来真让人扼腕叹息，城乡差别怎么就这么大呢。我们怀念枪毙鬼老瘸，更多是怀念枪毙老瘸的大会，是怀念枪毙老瘸大会的城里，是怀念城里那些枪毙人的日子。

在人民广场枪毙大会的日子，我们都会早早赶到人民广场，广场上宣判大会远远没有结束，我们就早早赶往城东的义乌门大操场，占据一个有利地形，等候行刑队的到来，那里才是真正的刑场。义乌门大操场是举行运动会的地方，不晓得什么时候就变成一个枪毙人的地方，沙土的跑道长满一人多高的茅草，周围一大片的红土高坡上，树木肃杀，阴风四起。平常这里鬼都要爬出来，我们都不敢去那里玩，但枪毙人的日子就不一样了，热闹得没法再热闹了，操场一旦变成刑场，就成为城里唯一的娱乐场。人们大喊大叫，东跑西跳，追赶着进场的枪毙大军。行刑的车队一辆接一辆，拥挤的人群一浪高一浪，不挤到最前面，根本看不见枪毙鬼。枪声过后，人头再次骚动，骚成一堆一堆，起码七七四十九九九八十一堆，团团围住那些亲眼目睹者，看他们嘴巴唾沫四溅，听他们声音铺天盖地。枪毙鬼久久不肯散去，很快又出现在满城从天而降的饭桌上。一时间，满城尽是枪毙鬼，在大街小巷到处游荡。有活人变成枪毙鬼，枪毙鬼在向活人频频招手，无疑是无数活人还要活下去的狂欢节。

我们终于也等到潭头枪毙鬼了，好不容易又看到枪毙鬼了——他活得太长了，他活得太骚了，他骚成老流氓了，那个老中医朱伯仲要骚成枪毙鬼的那天，无疑就成为潭头人民的狂欢节了。

天还蒙蒙亮的时候，村里就热闹起来了。

热闹是从弄堂开始的，一条连一条的弄堂，弄堂里一家一家房屋门口，刷牙的刷牙，喊人的喊人，喂鸡的喂鸡，锅灶弄得叮叮咣咣响。

曙光在屋顶洋洋洒洒，整个村的狗都跟着人流跑到了村外。

狗们训练有素，集体观念很强，一狗带头，全体狂吠，欢送人们前所未有的隆重外出。

从樟树下看去，门前洞往城里去的土路，长蛇阵一样望不到头。

男人好像去赶集，女人好像去走亲，小孩好像去踏青。

进仓的手扶拖拉机，听说前一天就客满了。

拖拉机冒出黑烟，突突突准备从祠堂前出发的时候，大家发现都是癞头干部和他们的家人，很自豪地站在上面，好像一辆去看枪毙鬼的专列。

按理，开拖拉机的进仓是枪毙鬼的孙子，枪毙自己的爷爷，不应该去啊，眼睁睁看亲人枪毙，那不是生离死别吗，还要不要活下去了啊。

为此，癞头贵专门做过进仓的思想工作，你家其他人不去，我们也不管了，你是一个团员，还是支部对象，立场要坚定，态度要端正。再说枪毙鬼的家属，一个不去也不行的，一定要有一个代表的，区上和公社都强调过的。这个枪毙鬼，身价确实高，号称全县第一大案，杀鸡儆猴的规格就要提高，从雅畈区升级到人民广场，全区都生产队以上干部去，潭头大队全体人民包括膨胀花带领小学生都要去，潭头为此定下前所未有的杀鸡儆猴标准——去看枪毙的劳动力都记误工，人人有一角钱包括小学生在内的午餐费。

潭头人喜笑颜开，娘日的，老子今天终于到城里去上一天班了。

天降一个枪毙鬼，我们下乡多年的知青，终于以潭头人的身份，喜出望外回城去，人民广场多年不见的革命标语，最吸引大家的无疑就是：

打倒中国第一强奸犯朱伯仲！

打倒中国最大的老流氓朱伯仲！

朱伯仲被押上主席台的时候，广场一阵骚动，本来还算整齐的队形一下子乱套了。喇叭再大声也无济于事，那些举着红旗的人都忘记自己干什么了，红海洋一片散乱往枪毙鬼飘过去了。就像天安门接受检阅的红卫兵，激情满怀，激动万分，都想挤到最前面，亲眼看一看那个被大家瞻仰的枪毙鬼——

一个91岁的老不死，把两个19岁的小姑娘肚子都搞大啦！

连城里人都惊叹不已，农民真是不可小看啊，搞起那种事太牛逼了，城里人没有一个吃得消，谁能比得上啊！那个叫什么潭头村的，离城里很近的小村子，听说分红不到三角钱，穷得嗒嗒滴，饭都没得吃，饿都要饿死，弄逼还很牛逼，那个最牛逼的弄逼货，这么大一把年纪了，还能一口气把两个小姑娘肚子弄大！有人朝主席台上看着看着，忽然惊呼，这种弄逼鬼不枪毙，我们弄逼都没法弄啦！

我们看着台上的枪毙鬼朱伯仲，长须髯髯，鹤发童颜，一块大纸牌在胸前晃来晃去，眼光很不老实地溜来溜去，一个瞬间好像看见我们，居然露出一丝微笑。纸牌上写着老流氓，站在那里下流透顶，看去就是个老中医，气宇轩昂在给大家看毛病。我们见过他不晓得多少次，我们当然没见过这家伙弄逼，我们甚至有点后悔，早知道有这样的好戏，应该多去几趟雅畈那个小诊所啊。老中医固然一个好玩的老顽童，对我们最有诱惑力的，当然是徐小天徐小仙。两位天仙女，原来也是知青，也是初中毕业，怎么就不下乡呢，天天跟着老中医，嗲声嗲气学中医，这个真让我们眼红不已。朱伯仲那个老不正经，当然也很对我们胃口，与我们臭味相投，看见我们就眯眼，就扔我们香烟，就叫天仙泡茶，就嘻嘻哈哈说几句我们一直牢记的名言：

忘年交，忘年交，我就喜欢你们这些真后生。

你们又来啦，好天气，好天气，奴才打皇帝！

天下只有三样味，屙屎、生儿、拜天地！

可我们这些真后生，一点不懂天下味道，从来没有发现诊所还有一间里屋，还有一张可以把肚子搞大的小床，我们真是不会玩，我们太不会玩了，哪怕去观察一眼也好啊。连老龅那个老骚货，也没有一点感觉，就喜欢和仙女吹牛，不晓得她们比他还牛。就是在那种床上，那个枪毙鬼的老中医，向两个女弟子，小天和小仙，传授什么阴阳双修功——一男一女，盘坐床上，一人一头，裸体相向，念念有词，手舞足蹈，如此这般，渐入仙境。后来我们从进仓那里看过朱伯仲的狱中遗笔，没有写完的《阴阳双修功》，经常会互相讨论，其实是自己想象——老中医脱光衣服，小天小仙脱光衣服，一个先看，一个先干，老中医和小天仙，光对光，面对面，一个发功，一个接功，一个送功，一个回功，男女一起用功，阴阳共同精工，是一种什么情况，那真是一种人间最美妙的时光吧。

结果就变作老流氓。流氓的结果，徐小天的肚子，徐小仙的肚子，一起大起来了，一天一天大起来了。徐氏的天仙，是非同一般的双胞胎，长相一模一样，肚子大得却很不一样。她们的母亲，那个书记夫人，神不知鬼不觉将要成为外婆，甚至将成为比老流氓还要老一辈的岳母大人，心有余悸检查两个爱女突然长大日渐隆起的肚子—— 一个上面圆、下面尖，一个上面尖、下面圆。检查的结果，让徐夫人大惊失色，哎呀，难怪啊，两个一千金，一个喜欢吃酸，一个喜欢吃甜。有经验的人都知道，怀孕性别不同，肚子形状不同，怀孕反应不同，胎儿绝对不同，一个是男胎，一个是女胎，老中医居然能把两个天仙搞出一对龙凤胎。检查归检查，姐妹俩好像没事情一样，同时拍拍肚子，同时对母亲吐一下舌头，然后勾肩搭背，蹦蹦跳跳去诊所上班，回家进门就喊，一个喊要吃酸，一个喊要吃甜。形势已经很严峻，徐氏夫妇夜审徐氏天仙，小天和小仙，结果是一样，都是逃避上山下乡，造成现在严重后果——岂止是肚子搞大，简直是人生毁灭。原先自以为有眼光，跟着老中医，学点老文化，竟送天仙去了魔窟，怪只怪自己有眼无珠，悔只悔当初晕头转向，真应该革命到底去广阔天地，现在大有作为的都可以胜利回城。小半夜过去，天仙们有孕在身，已经受不了折腾，一个喊肚皮痛，一个喊脑袋痛。徐夫人就心绞痛，徐书记就痛下命令，现在马上去睡觉，明天不准去上班。徐氏夫妇接着密谋到大半夜，母亲一口气难咽，去医院灌氧气，父亲一口气还在，转为勃然大怒——第二天一早就去县上报案。县公安一听区委书记报告，马上严打，立刻行动，当天就抓走雅畈街上人山人海人面兽心的老中医。借中医之名，行色鬼之实，借阴阳功之名，行强奸犯之实，这个老流氓罪大恶极，不杀不足以平民愤，当然更不足以平官愤。

那天宣判大会后，也许下放关系，也许已是潭头人，我们没有再去义乌门大操场。枪毙朱伯仲老人家，活人变成死鬼，我们不想去看，也没兴趣去看。潭头不去看的好像也不少，我们都在小码头大众饭店碰头了，那天那里好像是潭头人的盛大酒宴。喝酒从来不需要理由，喜事要喝，丧事要喝，有事要喝，没事要喝，笑也喝，哭也喝，活也喝，死也喝，杀鸡儆猴不喝点酒，就算不上潭头人的狂欢节了。

回来后已是傍晚。本来我们很想问问进仓，朱伯仲枪毙的细节，打了几枪，打在哪里，怎么样倒下，好死不好死，和我们从前看的枪毙鬼一样不一样。结果没法开口，再开口就不是朋友了，我们只能安慰进仓，请他喝点还魂酒。当然也有怀念和报答的意思，朱伯仲算不算同志不管，流氓归流氓，枪毙归枪毙，我们也算忘年交，进仓这些年又一直是我们吃饭的柴油提供者，算是我们最好的潭头之交。席间，进仓虽然情绪低落，但对我们的朋友举动十分感动，最后喝得醉醺醺说，爷爷临死前一再请求政府，说他已幡然悔悟，让他把《阴阳双修功》写出来，毕一生之功，作为遗产，贡献祖国，造福后人，然后再枪毙不迟。事实上朱伯仲已经日以继夜，奋不顾身，在牢里写出了两章。第三章动笔的那天清晨，枪毙大会如期举行，老中医脚镣手铐，走出铁窗，长须髯髯望一眼太阳，仰天长叹道，天灭我也！

我们就很认真，帮进仓分析形势——你爷爷厉害啊，有阴阳功不说，真正是潭头天上人，大限已经临头，还要狱中写书。这种一厢情愿，尽管经常在大牢发生，显然很荒唐，阶级敌人还想名垂青史，企图把封资修流传下来，真是人还在心不死啊！进仓说，爷爷一生都毁在阴阳功上了，阴阳之界，不过一颗子弹，几张不值钱的废纸，但毕竟是爷爷的亲笔，就算我们的家传了。进仓人小鬼大，贿赂狱警，买通牢头，把爷爷最后的遗产，《阴阳双修功》遗稿抢救出来了。进仓去探监时，老中医说什么都不要，就要毛笔、墨汁、毛边纸。进仓说，遗稿现在就藏在他家的谷柜里。我们心中一阵窃喜，这种天上掉下来的黄书，不看白不看啊，我们看黄书的机会少得可怜，秘传的手抄本就那么几本，貌似黄色的外国名著更是很难搞到，说到底我们上学也好下乡也好我们根本就没有看过什么黄书。我们扶着跟跟跄跄的进仓，去他家翻箱倒柜，终于收缴了一本老流氓的黄书真迹。深夜时分，我们比去义乌门大操场看枪毙更激动，我们好像进入另一个刑场——知青屋窗上挂草席，门后用衣服遮盖缝隙，连灯泡都用报纸罩住，我们开始如临大敌。我们一人一页，火眼金睛，心跳不止，直到黎明才恍然发现，朱郎中的那一笔颜体，写得真是让人叹为观止——

阴阳双修功

朱郎中（狱中遗笔）

序言

（请求写书赎罪，发扬中华文化，云云。说了白说，故略。作者注）

第一章 基本功

（气功的大路货，故略。作者注）

第二章 阴阳修持之一

阴阳互根，不可禁欲。阴阳和谐，天下和谐。

人本为天地阴阳之产物，脱离阴阳则如脱离天地。

将整个男女房事生活，化为高级阴阳修炼，使阴阳之气交合，让双方产生强烈精力，冲刷全身，令疾病消除，精力充沛，有驻颜功效。同时可进一步，修持定力，产生性力，还精补脑，积气大脑。本法主要采用男子不泄精，从而产生强盛的情欲精力，化入周身，刺激元神，从而强壮五脏六腑，产生强大内气外气，激发天眼法眼功能。

晚上必须8点开始修炼，男女双方裸体面对盘坐。男女均左手手心向上，放在自己膝盖上，右手均手心向下，放在对方左手上。（约十分钟）

然后，微闭双眼，双方同时想象对方，浑身洁白光洁晶莹，无比美好，无限光明。（约十分钟）

再意想对方呈透明状态，想象天眼打开，观看对方五脏，肾、肝、心、胃、肺，并散布出诱人香味，在眼前要奔腾怒放。（约十分钟）。

上述过程完成后，双方按平时的过程，抚摸、亲吻、倾诉爱慕，发挥激情。让自己大冲动，调动对方深情，使阴阳之气同生。须持男子阳物受情，充分出现热、坚、挺，女子受情，全身热，乳头挺，阴液流淌时，才正式交接行动。否则，不仅影响功效，而且容易使男女双方致病，所以必须男女双方出现上述现象才可行交接。（无时间要求，按自己表现）。

阴阳交接是一种享受，同时更要把它看成是，养生长寿，疗疾长功，驻颜长容，激情长胆，探索人体潜能的一种修炼技术。为调动情欲，产生强大精力，表面上可放纵自己，内心要静定，情绪要淡定，意念阳物雄壮，不受外界影响。交接要求，细细道来……（性交细节，字数太多，非本书重点，故略。作者注）

……

这个道，非常道。

性命根，生死窍。

说着丑，行着妙。

人人憎，人人笑。

朱郎中的下文，除了最后几句非常道，其他肯定还没有完道。

也不晓得最出名的朱伯仲为什么喜欢署名最普通的朱郎中。

天已大亮，我们开门开窗，阳光充满霸气，洒落一地烟头。

小地保屋里烟味，沸沸扬扬消散出去，在潭头村雾气腾腾的清晨，整个知青屋人都昏昏欲睡。我们几个毛头小鬼，幻想纸上什么双修，一夜过去，晕头转向，一点不得要领，反而一个个满脸菜色。唯一精神焕发的就是老鲍，这家伙半夜里经常出去小便，不晓得多少次了，回来就对我们说，妈的又硬起来了，这个书真他妈牛逼。我们后来一致认为，老鲍之所以成为潭头操逼高手，和这本双修肯定有很大关系，他不但超过潭头第一骚货癞头奎，而且非常具有贫下中农教育出来的骚人气魄。不说也罢——知青在男女关系上，失败者好像大多数，别人就不去说他们了，我就是一个典型的倒霉蛋。老实地说，男女大事，我们一直没搞懂，我们也不可能搞懂，老鲍那晚学了朱伯仲的枪毙书，就对我们进行过严厉的教导——操逼不难，操什么逼都不难，知青要操逼，那就难上加难。

那天老鲍对阴阳双修，讲起来就显得很专业。他最后说，朱伯仲的遗书中，肯定还有"之三"，这么多省略号，肯定已经升天了，永远在人间消失了。"序言"写得怕死，估计是临死的急就章，最后简直有点语无伦次。咱们雅畈去了这么多次，怎么就没和朱老先生谈谈中医学呢，多学一点现在说不定也是老中医了！只知道和那两个小妖精开玩笑了，真他妈的不景气啊，知青真是没有出息！后来我们也在想，这个91岁的老家伙，能搞大两个19岁姑娘的肚子，肯定是中国最牛逼的老骚货，生育方面弄不好就是全国冠军，弄逼也说不定是天下老冠军，完全可以进入吉尼斯世界纪录，那潭头就出大名了，比向阳花杀猪之类出名要牛逼多了，完全不是一个档次了。还有一点，这个91岁的死刑犯，肯定是中国年纪最大的枪毙鬼，也可能是世界上年纪最大的被枪毙者，也完全可以进入吉尼斯世界纪录，那潭头也出大名了，也不一定要天天在田畈上，搞什么一点也不正经的田头评论，人人讨论什么倒蛋、倒霉、倒阁、倒台、倒灶、倒塌、倒运、倒毙……倒来倒去倒胃口，一点上进心都没有，把我们都倒腾成一帮穷光蛋。

我们只能是遗憾，传说中的潭头阴阳功仅留下一点残存，被五角钱一粒子弹，陪伴朱郎中枪毙鬼去了。后来我离开潭头时，进仓就把这十几页皱巴巴的毛边纸送我作纪念了。这位潭头哲学家，不愧枪毙鬼朱郎中的后代，他预言说，你这个情书专家，或许还用得上。我把毛边纸装裱后束之高阁，直到我上小学的儿子练书法时，临摹什么字帖都没有耐心，我拿出朱郎中这份枪毙鬼颜体，没想到他从此爱不释手。

16　门　前　洞

　　如同迷信凶宅，村人都说门前洞是一块凶地。

　　大家刚从门前洞去城里看过枪毙鬼，不知道是不是鬼魂不散，我们很快又看见癞头奎在门前洞变成劳改犯。田头评论马上就有人算账，什么鬼地方，前年两个小人在门前洞的塘里淹死，癞头贵三只鸡在门前洞田里被人杀掉，去年四个老人在门前洞的田里干活干死，癞头贵又五只鸭在门前洞神秘飞走，今年说不定哪泡怂还要在门前洞倒霉，门前洞真他妈无底洞。大家还在嘻嘻哈哈，倒霉蛋说到就到，这回轮到知青了。先是小地保，那晚黑漆漆，明明去门前洞准备吃一个西瓜，被人发现他正在大口咬一个冬瓜，偷吃西瓜倒没事，偷吃冬瓜就是一个奇人怪事了，而且这种变态的事，在乡下只有知青会干，小地保差一点就被村人笑死。这家伙聪明一世，懵懂一时，就没想到半夜三更，冬瓜就很有可能会变成西瓜，半夜三更吃什么瓜，都是傻瓜！门前洞什么事都会发生，癞头奎的牢狱之灾，肯定也想不到自己会倒霉在门前洞的一条牛上。

牛是生产资料。那天癞头奎就牵了一条生产资料，到了另一条生产资料跟前，而且还是笑眯眯，一点感觉都没有。

问题就是两个生产资料，在门前洞这块凶地上偶然相遇了。

这两位生产资料，是真正的公牛，一条黄牯，一条黑牯。两位天生冤家，生来就有仇，见面就打架，打得了就打，打不了就跑。潭头的田畈上，牛也不多，都在耕地，都老实巴交，长相也一般。只要看见牛像马一样，四蹄撒欢在狂奔，不是黄牯，就是黑牯，这是小孩子都知道的事情。它们打了有年头了，在什么地方都打过，也没有什么输赢，在门前洞倒是第一次，不但一打就胜负分明，把癞头奎都打到比门前洞更邪门的劳改农场去了。

开始大家看得很开心，癞头奎牵来的黄牯生产资料，围着另一条黑牯生产资料一个劲走圆圈，牛步走得像打太极拳，仔细看去又像醉拳的路数。这种新战术，大家从来没见过，不晓得是不是新战场的缘故。有懂行的观众评论说，这个死黄牯，酒喝多啦！小地保好像比贫下中农更精通，当场充满激情解说——地方不一样，地气就不一样，磁场就不一样，情绪就不一样，这是地理知识，也是物理现象，更包含心理学道理。

癞头奎的生产资料，圆圈走得十分耐心，好像老拳师不打第一拳，解放军不开第一枪。圆圈里面的生产资料，就有点受不了了，跟着癞头奎的生产资料原地绕圈子，牛眼睁得很大，警惕性很高。一个移一步，一个也移一步，一个突然跳三步，一个也突然跳三步，最后还哞——哞，叫了两声。

那烦躁不安的叫声，好像在问癞头奎的生产资料，你它妈虚晃一枪，围着我转干吗啊，要打就打啊，不要耍花枪！圈中的生产资料大叫之后，两脚腾空，像战马一样前冲，牛角大大方方牴到圈外生产资料的屁股上去了。

大家看见，癞头奎的生产资料依旧按兵不动，头低得不能再低，尾巴藏得很好，本来就撅着的屁股，放了一个扬眉吐气的屁，偌大一块水田，好像微风吹过，泛起层层涟漪。

那天所有围观的人，足足有五六十人，都亲眼看见的，都在热烈欢呼，打起来了，打起来了，一不怕苦，二不怕死。但是，牛和人是不一样的，牛是大名鼎鼎的生产资料，是受法律保护的。具体到今天的生产资料，法律就很简单，不死是好看的，死了是反动的——破坏耕牛——破坏生产资料——破坏集体财产——破坏社会主义。

其实那天两条生产资料，打过来打过去，牛角牴来牴去，最后癞头奎的生产资料怎么把非癞头奎的生产资料，抵在自己牛角之下，把它的脖子戳开一个大洞，血把门前洞那块水田都染红了，大家好像都看得忘乎所以了。

大家看清楚的是，癞头奎早就跑到水田里，死劲拉自己的生产资料，又抓牛角，又拧牛头，又抗下巴，又别脖子，一忽儿左，一忽儿右，跳过来跳过去，癞头奎什么招数都用上了，整个人都沾满泥浆，浑身逆光四射了。拿小田的话说，这泡怂，弄逼生儿子的力气都用出来了。

问题是癞头奎虽然在潭头睡了很多女人，从来没有睡出一个自己名分下的儿子，所以他的用力还是没有什么花头的。再说，那条非癞头奎的生产资料，铁心要去死，谁也拦不住的。小田说，黑牯已经老啦。小奶说，黑牯正在感冒呢。也有人在诉说黑牯当年的勇猛，一支烟的工夫，点都没有点着，就把那条花牯操得满田畈乱跑。

不管怎么说，黑牯终于死在战场上，而且死得很壮烈，让许多人心服口服。兴标就说，啊呀，总要死的，总比一辈子耕田，一生都要挨鞭子，最后成为人们嘴巴里的俎上肉要好。昌福老爹接过兴标的话题，牛生来就喜欢斗，朱元璋年间就有，从前潭头的斗牛节，比杀猪节，比狗肉节，比都不要比。那斗牛出场的威风，嗨嗨，好比台上大元帅亮相，身披战袍，背插彩旗，鸣锣开道，鼓乐齐鸣，嗨嗨，那时候门前洞人都看不到头，连大岩头上都站满了人，现在嗨嗨，牛都一代不如一代啦！

我们听说，斗牛节在解放后就被废除了。社会主义的生产资料，怎么可以成为娱乐活动呢，这个道理简单得不能再简单了。只是大家都没想到，明朝潜伏下来的斗牛基因，牛也有，人也有，人和牛，一个样，人们好像盼望多年，黄牯和黑牯的斗牛狂欢，终于在门前洞重新出现。我们看见，那条黑牯翻倒在水田里，开始还动了几下，最后呼哧呼哧，身子一硬，四脚朝天了。

那堆用来堵黑牯血洞的新鲜牛粪，已经变成一团血光。

癞头奎为什么要牵来那头牛，为什么要牵到门前洞来斗一斗，这是很多人事后都在田头评论的问题。牵牛就牵牛，哪有什么理由，牵牛天天要牵，哪里有活，往哪里牵，就像你随地撒一泡尿，还要什么撒尿的理由吗？有人甚至反问道，就问问你，早不弄，晚不弄，为什么偏偏昨天晚上要弄逼？

这是谁也回答不了的问题。

癞头奎终于撞上癞头贵。和癞头贵的女人睡觉，不是厚着脸皮去敲锣，报告全村人民就了事的。就像狐狸的姐姐丁香花，不嫁给癞头贵儿子朱抗美，跑到外面去代课就了事的。癞头奎这个基干民兵连长，押解过狐狸在内的无数阶级敌人，最后也终于自己成为阶级敌人，被自己手下的民兵押解到公社里，又由公社的民兵押解到县上大牢里。

我们眼前不变的，眼光一览无余的，只有门前洞。

小麦，大麦，早稻，晚稻，粮食一种，公粮一送，一年就过去了。

吃饭，睡觉，起床，出工，工分一记，年终没钱，一年就过去了。

我们一年等于白过，癞头奎一年就回来了。

我们看见，这家伙好像换了一个人，皮肤比从前白了，人也比从前胖了，笑嘻嘻好像出了一趟远门。

癞头奎逢人就递烟，说要谢谢癞头贵那泡怂，全靠他看得起他，让他到农场里休养了一年。龙游那个劳改农场，政治犯太多了，管都管不过来，他们这些小打小闹，偷鸡摸狗死牛，简直不是罪犯，好像都是客人。这个客人，好像在宣传劳改，说在那个里面，干活没有生产队累，吃的要比自己家好，每个礼拜还有电影看。自己有本事的话，偷偷到附近村子，去弄个专门吃监狱饭的乡逼，也不是什么困难的事情，简直是经常性的。

不管潭头人信不信，癞头奎的气色确实让大家都傻眼。进仓这个枪毙鬼的孝子贤孙，本来思想很进步的，现在也变得很落后，一脸后悔说：

娘日的，本来那天的牛是我去牵的，癞头奎说他刚好顺路，就帮我去牵了。这一顺路，好日子就被他顺走啦！

癞头富当然又要教训癞头奎，抽着癞头奎的烟，还要对癞头奎说：

好了，好了，不要野猫不晓得自己脸花，不要提了裤子不认账，你牛逼什么啊？牛逼牛逼，就是牛和逼，连在一起的，你的牛就和你的逼，撞在一起了，就该去坐牢了！以后不要去瞎搞，我们潭头就有一句老古话，你又不是不晓得——打狗看主人，弄逼看房门！

癞头奎坐牢回来，好像当兵回来，衣锦还乡了，见多识广了。坐过牢的癞头奎开始教育癞头富了：

潭头还有一句老话，革命群众都经常说的——癞头癞头，火车龙头。开到龙游，买瓶桐油。搭搭癞头，癞头开花。砰的一枪，打死癞头！

癞头奎回村的当天晚上，就理直气壮走进了鸡冠花的家。

癞头奎和我们的老鲍，都是鸡冠花的老客户。老客户对老客户，老鲍说癞头奎去了，癞头奎说老鲍去了，情报都是可靠的。客户比较多了，就需要情报了，总不能像非客户，偷偷摸摸去排队吧。

鸡冠花的乳房，大家都知道的，鸡冠花是花癫，大家也知道的。老公是一位智障，潭头人都叫"倒傻货"。这个倒傻货，好像是癞头贵家的一个亲戚，当年就是癞头贵开会决定花癫货只能嫁给倒傻货。癞头贵说，朱郎中已看过鸡冠花，说这种病根本没法治，但也算不了疑难杂症，只要早点嫁人就好啦。朱郎中专门交代，花癫就是花痴，如花似玉涌现，中医叫性欲亢进，无论白天晚上，都有强烈欲望，远远超过正常人，嫁给倒傻货就没事啦。

潭头贫下中农都开心的事，知青当然也开心。小地保亲自在窗下蹲守去考证，老鲍亲自在床上蹲点去验证。结论是一样的，鸡冠花的骚功，确实名不虚传，潭头人叫她花癫不是白叫的。你们去试试，一碰身子，就哎哎叫，一不小心，碰到大乳房，就癫来癫去，下面的水肯定就出来了，马上就癫到床上去。事实是，这个靠花癫生活或者说治病的鸡冠花，据说和半个村男人有一腿，夸张不夸张，扩大不扩大，这个我们不知道，要收点货是肯定的，半斤米或一根油条，一碗菜一个饼一个蛋一个瓜，都可以搞定，谁都可以去。支部的决定很英明，有朱郎中医学的证明，一点点都没有私心，鸡冠花这样的花癫，天生就属于倒傻货，生活就不会有大问题——潭头男人都有份，大家都可以方便，鸡冠花的性病也就地治疗了，治病也变得方便了。

对花嫁娘充满爱心的老龅就很方便。住祠堂的时候，鸡冠花的那间披屋和祠堂就隔一堵墙，老龅和鸡冠花是隔壁邻居，当然不会放过这种天然优势。老龅从鸡冠花的披屋出来后，一点也不忌讳，一脸不屑和我们说：

见鬼啦，跟那个鸡冠花，就像老鼠尾巴搅汤罐，一点味道都没有，一斤米太不合算啦。

就我们掌握的情报，老龅完全是饱汉不知饿汉饥，去过鸡冠花那里，绝对不止一两次。不过，老龅就这个好，做了就做了，决不会含蓄。长期在潭头，生理或心理需要的东西，该解决的还是要解决，自己的事，自己解决。

事实上，我们这些没有回城的知青，男女关系已经混乱不堪了。

我和杜鹃花，大家都知道。若即若离，若明若暗，基本处于半地下状态。难得恩爱一回、叫嚣枪毙鬼一回，也是远水解不了近渴，更是近水解不了远渴——回城的梦想始终是我们的心魔。

有好几个知青，就我掌握的第一手资料，也和我差不多，甚至不如我，不敢公开谈，最多暗恋一下。比如国强，大家都起哄他和膨胀花，看膨胀花大大咧咧的样子，也有那么点意思。膨胀花虽然是潭头的教书先生，说到底一个乡下的民办老师，说起来根本比不上养蜂人家里那个镶金边的手表拐。国强堂堂一个武林高手，连一个民办老师都不敢去碰，活在这个世界上，还有什么意思。我们不晓得，这家伙，到底是不敢碰女人，还是不敢碰女知青。

小地保倒是乖巧机灵，虽然一次偷西瓜偷成冬瓜，说起来有点傻瓜，还是让人觉得人傻心不傻，还是被一户人家看上了。那家条件也不错，那家女儿也不错，该青春的地方春春，该阳光的地方阳光，该大的地方大，该小的地方小。村人田头评论都说，关键要看屁股，你看她那个盆骨，大得很哪，谁看谁中意，生他一串是稀松的。小地保大喜过望，甚至喜滋滋上门，已经送过一双白糖红枣了。结果小地保居然把相亲也当成算命，又偏偏缺乏对花嫁娘的理性认识，居然会说，没有一点共同语言。小地保恋恋不舍说，就抱一抱，就亲个嘴，就摸几下，实在也没什么意思。小地保这个态度，潭头的田头评论就对他很不利了。村人说，小地保什么东西啊，自己不过一个初中文化，人家也是一个小学文化，完全门当户对啊，还要嫌别人没文化，还要讲什么共同的话。有什么好讲的，女人嘛，电灯一关，都一个样！

老鲍可能在女知青那里名声不太好，虽然长得帅，好像也没人跟他谈。群众的眼睛是雪亮的，尤其是女群众，关键是女知青，在这方面都很有天赋，都有第六感，流氓鞋事件虽然让他躲过一劫，但流毒甚广，至今仍有人念念不忘。女同胞们心有余悸，也就怪不得她们了。这家伙经常自我吹嘘的那一套——节（屌）大不用带本钱，在村女那里什么情况不知道，在女知青那里根本就没有市场。按潭头人说法，这些女知青，都是"闷桶货"。闷桶货又是土话，我们听后研究半天，含义深刻，意义重大，和"死不响"有一曲同工之妙，不得不佩服此话是潭头人民最有科学水平最有女性能顶半边天的革命性土话——形容或者说明一个女性，对她自己的性，闷在心里，闷在身上，就像闷在一个水桶里，一个木桶里，自己偷偷摸摸骚，不敢大大方方和男人骚，好货也会变成烂货，活人也变成死鬼，这不是白白浪费吗，实在叫人可惜啊！如此这般去思考一下，老鲍他那个东西再伟大，在女知青的闷桶货那里，也是英雄无用武之地。这家伙也只能去另辟蹊径了，去走野路子了，完全像癞头奎了，天下无处不芳草了，甚至已经超过贫下中农老前辈了。他在潭头的学有所成，我们心里都有数，他不完全透露的潭头花嫁娘就有好几个。

比较光明正大的是后来的知青。向东和项西，两位如出一辙，完全不近女色，上去是第一位的，其他都可以放弃。向东经常说好男人志在四方，项西根本不和别人交流我们一说情色，不管什么色，黄色不黄色，红色不红色，去你们好色，他立刻就消失。比他们晚来一年的两位，薛仁贵和樊梨花，好像更光明，干脆就是一对，高中就是恋人，在公社就适合自产自销，完全临时相好或者旅行结婚的路子，把潭头当成继续初恋的圣地。

狐狸自从吃过向阳花的亏之后，吃一堑，长一智了，对男女关系好像已经没有兴趣了，他的心思全在癞头贵身上了。他现在长年工作的重点，就是日复一日地、永不间断地、孜孜不倦地，去统计、去观察、去审查、去精通癞头贵的鸡或鸭。一年饲养的批次、数量多少，品种怎样，鸭的放养和鸡的散步，一般性的规律，季节性的规律，早上什么时候出笼，晚上什么时候归埘，这里面的学问大得很，不是一天两天一月两月甚至一年两年就能掌握的。即便一时掌握了，也会有发展壮大，或者会半途消失，变化是无穷无尽的，道路是永无休止的，就像共产主义你有我有大家有，想想不难干起来一辈子都干不完。而且，仅仅掌握了动物，也是不全面的，还要去掌握植物，所以癞头贵的自留地，也是狐狸长期的甚至没年没月的考察对象。春夏秋冬，什么时候种什么，什么时候收什么，什么东西是给城里人种的，什么东西是给自己嘴巴种的。一般都种点什么东西，经济作物系列，蔬菜作物系列，种植的比例多少，生长的周期多少，品种怎么样，价值怎么样——狐狸忙都忙死了。

最近听说，狐狸对癞头贵门前洞靠近大岩头的那一片甘蔗地，发生了极大的兴趣。据说已经在动用知青的数学知识，在长乘宽、宽乘高了，在精确计量甘蔗的茁壮成长，估计大概的收成了。狐狸同志对甘蔗的偏爱，已远远超过我们人民广场的甘蔗水平，秋高气爽，万物归仓，我们其实都在暗中等待，狐狸万事俱备只欠东风的甘蔗自我反击战。

狐狸的志向，不在花前月下。所以，我们谈论知青的婚恋问题时，我们在谈知青恋时，我们在谈论什么呢，我们完全把狐狸排除在外了。

外村的知青，我们的同类，当然不能排除在我们的视野之外。

缸窑那个一块乌，在我们祠堂吹嘘假如生活欺骗了你，不要心急，只能打炮，打得我们永远忘不了的知青祠堂炮，尤其不能让他逍遥法外。

听说我帮他写的那封情书，一炮打响了，开花结果了，那个公社广播站的桃花已经被他追上手了。只是时间上有点出入，一块乌追到之时，恰逢桃花回城之日，真是人算不如天算。

桃花们这一类，天天在大肚黄们面前，不说那些难听，就算撒撒娇吧，一天就算一个娇，一年下来，几年下来，也不得了了，娇气就蔚为大观了，回城不指日可待，也来日不方长了。

铁打的知青，流水的知女，叹只叹，一块乌们的爱情战略，功亏一篑。

一块乌虽然属于军用品，父亲是革命军人，家庭出身没问题，但毕竟他们村有九个知青，是同一个军分区的，有官大官小的，再按他喜欢打炮的表现去分析，估计暂时也轮不到他。据说桃花回城后，给一块乌来过信，内容不得而知，一块乌亲手在梅花面前，把桃花的信一条一条撕掉，大家都幸灾乐祸听说了。梅花也不愧军用品，而且她家是北京人，不过随军到江南，逃不了下放的命，也算老知青了。所以梅花对知青太有感觉了，对一块乌这种知青恋模式——失恋再恋，前恋后恋，东恋西恋，最后一恋不恋，她就像电影中的国民党女谍报员那样笑起来，笑了又笑，笑了还笑，笑得都有点神经质了。笑过之后，一口京腔：

你以为呢，冬天过去了，春天就不远了吗？

你以为呢，桃花开过了，梅花还会再开吗？

你以为呢，梅花桃花，是一个季节的吗？

说起来，知青恋最有戏的，就是何苦同志。这家伙要么几年没有一点动静，忽然有动向，就是一个大动作，把大家吓一跳——他跟村里一个童养媳好上了。

这位童养媳，不是旧社会的童养媳，又是潭头妇女主任的童养媳，所以在村里地位很高的，名声甚至已经后来居上，超过那个手表拐了。时间一长，村人对知青花嫁娘的兴趣，好像也渐渐消失了。城里的姑娘，都是闷桶货，只能看看而已，看了也是白看，看法就完全变了。村人很自豪地说，童养媳啊，就和你们知青比吧，就和杜鹃花比吧，童养媳比杜鹃花更耐看，屁股也比杜鹃花的大，生儿育女肯定比她强。屁股大也不是最关键，你们看，童养媳那个下巴又圆又润，一副旺夫相，杜鹃花两个颧骨太高，有点克夫相，这一点你们都看不出来？

长相好，口碑好，不过地位也不是说高就高的。那一家是潭头大户人家，父亲在外地公社当干部，母亲是潭头妇女主任。当然，这里的关键，是这个干部家很会生。公社干部会生，和生产队长讨饭头会生，妇女主任会生，和讨饭老婆会生，概念是不一样的，基因也是不一样的，生出来的后代，就更不一样了。他们也生了五个儿子，一个比一个英俊，一个比一个健壮。

唯一不够称心，比不上讨饭头的，就是少一个女儿，于是就拿最小那个去邻村一个支部家换来了一个童养媳。看起来是男换女，其实两家都合算，那家捡了一个女婿，这家捡了一个媳妇，一个儿子娶了媳妇，一个女儿嫁了丈夫，终身大事早早解决不说，起码省下了不少婚礼财礼。也不是单纯的双赢问题，是人家两个家庭，在联姻这个大事上，从小就根正苗红了，以后前景一片光明了。

眼看童养媳那个看不见的乳房，在全村人眼中一天天长大，村人就一天天替大户人家着急——总要嫁人的，快要嫁人了，那嫁给谁呢，下面两个年龄不配，上面两个年龄都配，有人说给老大，有人说给老二。有人说，先割大麦，再割小麦，这是自然规律，先割小麦，再割大麦，潭头没有这样的规矩。有人就说，什么年间了，老皇历不管用了，都是自留地，想什么时候割，就什么时候割，大麦小麦一起割，也不是不可以。经常有人问妇联主任，是大麦啊还是小麦啊，主任总是笑而不答，笑得好像胸有成竹，笑得好像不在话下，笑得好像还可以继续笑下去。所以，妇女主任家童养媳的分配问题，就像潭头的大麦小麦，几乎成为田头评论永恒的话题。事实上，已经说了十几年了，大麦小麦都割了十几茬了。

那家老大朱水利在水利上，一个施工员，长年在渠道，不在东干渠道，就在南干渠道，要害不在渠道，要害在吃皇粮。每年冬天大家去修渠道，看见他不用干活，拿着一根竹竿或一把皮尺，走来走去，量来量去，摇头晃脑，指手画脚，让大家羡慕死。老二朱拖拉和进仓一样，是潭头仅此一台手扶拖拉机的两个驾驶员，潭头最吃香的技术工种。拖拉机手的权力也不可小看，能搭一段拖拉机，能帮忙带一点货，去城里或去哪里，都是很有面子的事情。有时连癞头贵和讨饭头他们，都要听机手的——今天拖拉机有毛病了，需要修理，需要保养，需要去买一个零部件，没法耕地啊，就没法耕地了。兄弟两个相貌，也各有特色，朱水利眼睛大，朱拖拉鼻梁高，说起来童养媳和哪一个都很般配，简直是天生一对，甚至是天生两对。

倒是知青何苦同志，比较起来，略输一筹，额骨头上那几道和真名何古一样的上古抬头纹，一看风水就有问题。不过，风水就是一个不好说的问题，风水的最大特点就是会变，解放前的富人，都会变成解放后的穷人，城市里的学生，也会变成乡下的农民，人都会变的，都是正常的。就童养媳来说，童养媳自己是乡下人，偏偏就喜欢城里人，童养媳就喜欢下放知青，知识青年不就是有文化吗；也可能是，童养媳帅哥见多了，童养媳兄妹混熟了，天天在一起，就没有感觉了；不管怎么说，童养媳已经偷偷摸摸和何苦好上了。童养媳在一个大户人家公然造反了，准备红杏出墙了，准备墙里开花墙外香了，真是出乎潭头所有人的意外，真是让不少潭头人喜出望外。

何苦和童养媳怎么好上的，估计也没什么戏剧性。男欢女爱，哪个少女不怀春，哪个少男不钟情，就像癞头奎牵牛一样毫无来由——世界著名情诗，和潭头童养媳，和潭头男知青，走的都是一路货。我们唯一掌握的情报，就是那个晚上，我们跟小地保去何苦屋窗下搞侦察。屋里人可能听见屋外人的动静了，本来开着的电灯忽然就关了，接着就是一阵床板的咯吱声，再接着就没有一点声音了。后来一直都没有声音，我们都觉得很没劲，全体撤退了，只有小地保一个，对这种事上瘾，坚决要留守。大约一小时后，小地保过来说，完事了，完事了，童养媳走了。我们就集体去何苦屋参观，那床棉被有点凌乱，但没有打开过的迹象，草席还是那个草席，枕头还是那个枕头，何苦屋本来就没有什么特色，没有什么好看的地方。何苦又不是老鲍那样的老手，从他一有风吹草动，就草草关灯去看，他以为灯黑了就没事，恰恰暴露这就是一个新手，后来他被妇女主任骂得狗血喷头，手脚无措，酿成大错，也就可以理解了。何苦对我们的审问有点紧张，递烟倒是大方很多，把平常不怎么露面的西湖都拿出来了，吞吞吐吐说半天，和小地保与村姑娘做的那些事也差不了多少，没有一点想象力，没有进一步突破，让我们很是失望。所以，到目前为止，我们一致认为，何苦和童养媳，一般一般，太一般了，根本没有进入实质性阶段，好事看来只能在后头啦。

事情的发展比我们想象的要快。田头评论很快天苍苍野茫茫，风吹草低见牛羊了。有人说，那天溪滩地摘桑叶，他们远离大家，站在很远一棵树下，互相喂桑葚，喂着喂着就亲嘴，搞得满嘴漆黑，又互相擦来擦去，那个腻心呦，没法看的。有人说，看见他们一前一后，走进小码头的大众饭店，何苦老爸对童养媳格外照顾，想吃什么吃什么，没有一样不白吃。有人说，那个童养媳，一到天黑了，就魂不守舍，就借口往外跑，三天两头去知青屋，黑灯瞎火不晓得搞什么名堂。甚至有人说，本来啊，自家人娶自家人，从一间屋走到另一间屋，从一张床睡到另一张床，灯都不要开的，门都不要关的，随时随地的事情，两眼一抹黑就过去了，过去了就可以生小孩了，嫁妆都可以省掉，婚礼都不要花钱，现在的局面就有点危险了，搞不好还要重新去置办嫁妆了，还要准备一大笔钱去准备将来的婚礼了。立刻就有人着急，这个事情怎么弄啊？

风声鹤唳，草木皆兵，正是潭头人最喜欢的局面。所以，为了知青何苦同志，村人兴致勃勃，分成了两派，一派挺苦，一派倒苦。

挺苦派主要言论是：新社会，新气象，和尚尼姑搞对象。恋爱自由，婚姻自由。童养媳，也是人，想嫁谁，就嫁谁。谁要包办，滚他妈蛋。童养媳啊童养媳，婚姻章程自己拿！

倒苦派主要言论是：童养媳，不容易，一把屎，一把尿，从小养到大，当然归自己。自家逼，自家弄，谁要来抢逼，跟他不客气。童养媳啊童养媳，生你是娘，养你也是娘！

两派各有各的理，天天在田头辩论。辩论这个东西，越辩越开心的，越辩越复杂的，经过"文革"的潭头人，没有一个不精通的，没有一个不要脸的。你听你听——童养媳的问题，说来说去就是一个娘的问题，娘的问题，说到底就是你从哪里来，你到哪里去的问题。谁是你的亲娘，谁是你的后娘，说起来都是你的娘，说到底都不是你的娘，你在潭头山山水水长大，潭头才是你生生死死的娘。有人马上又反驳，而且义正词严：没有共产党，就没有新中国，没有新中国，就没有性生活！潭头这个鬼地方，潭头养你还是你养潭头，你们没听过啊，童养媳她自己都在台上唱过样板戏——生我是娘，教我是党！

田头评论越来越复杂了。妇女主任从来不是吃素的，领导妇女顶半边天的，耳目通天，嘴巴尖利，就是妇女主任的两大强项。辩论刚刚有点火苗，还没擦出火花，就果断采取灭火措施，她大声在田头公开宣布——童养媳年前就要和老二完婚了！

妇女主任向广大群众，尤其向辩论主力军的妇女同志们，交心交底说，老大是国家的人，吃皇粮，拿工资，在渠道上，全区的大姑娘都要去的，铁姑娘突击队漫山遍野，已经有好几个准备倒贴上门啦。

听妇女主任的意思，老大根本不用愁的，已经主动退出和老二的竞争，其实也不能说争，亲生兄弟关系当然没问题，只能说老大让给老二，老二借老大的光，稳坐新郎官了。本来妇女主任的话很管用的，简直是非常有权威的，可这一次好像不行了，既然已经有挺苦派和倒苦派，既然两派还没有胜负之分，既然大家大麦小麦老大老二讨论了这么多年，你一点态度都没有，你威风得很，一点不理大家，现在大家有态度了，你的表态是不是有点马后炮了呢，你是不是已经落后一般性群众了呢？童养媳的问题，不是老大老二的问题，不是朱水利和朱拖拉的问题，是关系到潭头广大人民话语权的问题。所以，大家对妇女主任的决定置若罔闻，根本不去理睬，不依不饶继续讨论。看起来是妇女主任的童养媳，在没有地主没有剥削的新社会，真要说到底就是潭头广大贫下中农的童养媳。而且，既然是田头的讨论，就是大家的喜欢，就是干活的必须，没有讨论结束，没有讨论过瘾，谁也不要来烦，我们革命群众，不说到底是不行的，话都没说完，活都没干完，太阳还会下山吗！那热火朝天的场面，那认真负责的态度，那声嘶力竭的干劲，那经久不息的讨论，是我们下放以来从来没有见过的，大名鼎鼎的童养媳要嫁人的大事，比杀猪的斗牛的流氓鞋的枪毙鬼的那些算不上大事的大事，好看到哪里去好听到哪里去都不知道，潭头的田头评论，名副其实又进入了一个历史新高度。

看来知青还有戏。我们潭头知青，出现很多人物的，就像雨后春笋，人才辈出的——天才如向阳花，鬼才如小地保，干才如狐狸，英才如死不响，骚才如老鲍，口才如吴用，武才如国强，文才如鄙人。在知青界，在本大队本公社，都有一定知名度的。就连膨胀花和杜鹃花，一个教书早，一个相貌好，虽然算昙花一现，毕竟也是风光一时，现在又一点也没有老去，她们朝气蓬勃呢，她们骚气更蓬勃，她们春光无限好。何苦呢，拿村人的话说，何苦这一泡怂啊，那真是看不出来，拉粪吧，不但拉出满面粪，还能拉出避孕套，种田呢，永远种不出直线，耕田呢，永远耕不出犁路——差一点错把全才当蠢材啦！

现在我们的何苦同志，终于成为潭头风云人物，成为广大群众嘴巴里的一块香饽饽，掀起一场关于妇女主任童养媳最终往哪里去的革命大辩论。听说问题已经波及邻村了，他们也是热火朝天，那边的支部也面临一场南征北战，毕竟是自己的女儿，定好是干部的儿子，怎么可以改嫁一个知青呢，知青身份不明不说，他们的前途又在哪里呢，这个问题是要出大事的！

我们的想法，倒没大问题，有点小眼红，一般般的何苦同志，长江后浪推前浪，前浪倒在沙滩上，一下子就盖过所有知青啦。

何苦同志把知青恋搞大了。

真正出了大事，我们从南干渠道回来才知道。

上渠道也是每年板上钉钉的大事，秋收接近尾声，就是修水利鼓角齐鸣的开始。原则上知青统统要去，但今年三个人没有去，一个狐狸，一个杜鹃花，一个何苦。狐狸去不去，已经不重要了，没人会去关心。杜鹃花现在也非同一般了，已经是机米厂一把手，这个工作支部信任她，就是需要她安心在村里，喜欢看的人可以天天看当然是笑话，掌管全村粮食加工大家吃饭的大事，那是毫无疑问的。何苦有护青的差事，生产队在门前洞有一大片玉米地，和癞头贵那片甘蔗地相邻，每年玉米成熟季节，就需要有人护青，防贼防盗防畜生。畜生谈不上偷，但喜欢吃是毫无疑问，牛啊羊啊猪啊，见了玉米都不要命的。大岩头那些流窜犯一样的野猪，比强盗要厉害多了，比日本佬都凶残，所到之处，整个三光政策。其实，人也不一定就去偷，顺手牵羊是多数，不过大家都顺手一下，就和野猪差不多了。护青的工作很重要，派知青也比较合适，在村里没有裙带关系，更没有宗族倾向，大概不会睁一眼闭一眼，说起来也是讨饭头对知青的信任。假如讨饭头叫儿子去，小讨饭不见得会往家里搬，但至少自己的肚子会撑大，或者几个小讨饭肚子一起大，那就是放虎归山，黄鼠狼给鸡拜年了。所以，讨饭头在这方面，原则性很强的，很注意影响的，甚至很大公无私的，他一向大公无私的。据说只交代何苦一句话，顺便要他注意关心一下，癞头贵那块自留地的甘蔗地，支部托付过他的。

　　讨饭头为什么看中何苦，把这个好活安排给他，不同的说法有很多，群众的眼睛总是雪亮的。第一位说，讨饭头在何苦父亲上班的大众饭店，就像进自己家门，白吃公家的没事，照顾何苦就可以。第二位说，何苦已进入恋爱的关键时刻，当然自己要好好去请求的。第三位说，童养媳已经越来越离不开何苦了，何苦也越来越离不开童养媳了。第四位又回到第一位，你这话说了等于白说，他们好大家都知道的，讨饭头本来就是挺苦派，关键就是那个大众饭店。第五位说，你们都不知道，童养媳亲自去说的，虽然讨饭头和妇女主任也有矛盾，关系不是太好，但童养媳只要一笑，讨饭头就会心跳。心跳也不一定是好色，她们家确实不能小看，男的有公社干部、渠道施工员、拖拉机驾驶员，女的有妇女主任、村里最出名的花嫁娘，这些人一个都不能得罪的。听来听去，好像只有我们知青理解知青，何苦同志为什么喜欢这个差事——不用去渠道干苦力，根本不需要干活，每天背着一把打猎的铁铳，去田里转上几圈，东游游西荡荡，吓唬吓唬老百姓，晚上就睡在大岩头下，那个搭起来的茅草棚，明月松间照，清泉石上流，看看天上星星，听听地上风声，既轻松，又浪漫，只是妇女主任恐怕要当心了。

　　妇女主任家那几只羊，根本不在乎当心。每天照样很潇洒，它们溜达溜达，就溜达到了玉米地。而且，它们根本不理会何苦，目击者讨饭头的四讨饭说，何苦轰都轰不走，对那几只羊，何苦一点用都没有，一点办法都没有。主任的羊，那副吃相，那咩咩叫起来的腔调，好像还在嘲笑何苦，你童养媳都敢偷吃，我们吃一点半生不熟的玉米，有什么不行啊。何苦作为一个护青大员，当然有开枪的权力，至少打一枪吓唬一下，把它们赶走，那是天经地义的，何苦大概就是这样想的。我们分析，问题就在那几只羊，没名没姓，不打招呼，不自报家门，何苦如果知道那几只羊是妇女主任家的，打死不会开枪的，搞不好就是未来丈母娘，这点手下留情，脑筋会转弯的，都转得过来的。不过，有村人说话就不一样了，说何苦打的就是妇女主任的羊，撞到枪口上，不打白不打，平常见到童养媳这个娘，看他都好像仇人一样，看他都好像癞蛤蟆想吃天鹅肉。何苦从来没用过铁铳，护青以来也没有机会，现在机会来了，好像一切都很顺手，瞄都不要瞄，抬手一枪，羊群中的一只羊就应声倒地了，连挣扎的机会都没有。

　　那只羊躺在那里，一屁股的小钢球子弹，主要集中在肛门一带，看去就像绽放的后庭花。何苦还在看那只羊，还在看从来没见过的这么好看的后庭花，好像还没怎么看清楚，妇女主任出名的骂声，已经从老远老远的地方，一路骂过来了。

潭头的骂娘是不需要想象的，妇女主任的骂娘更没法想象了。当然要骂得很凶，整个村子都要听到，塘埠头那边洗菜洗衣服的都在看风景了，全村没有出工的妇女同志都从大街小巷赶来旁听了。妇女主任那天骂着骂着，看见人越来越多，人来疯就开始疯了，那些疯狂很多日子的田头评论，这时候就需要彻底粉碎了，要充分显示一个妇女主任善于抓住战机，要充分表达那个童养媳老娘的骂娘之功——骂东骂西，骂天骂地，骂得新仇旧恨滚滚来，骂得老账新账一起算，骂何苦十八代祖宗，骂何苦从城里到乡下讨饭吃，骂何苦天生就是一个不要脸的东西，骂何苦偷婆娘，骂何苦千刀万剐，骂何苦不得好死，骂得何苦同志慌不择路也无路可跑只能跑进茅草棚里去了。

讨饭头家那个四讨饭，有事无事喜欢在玉米地转悠，那天他始终在场，嘴巴上好像也沾着几粒玉米，心满意足在看热闹。潭头人眼睛之亮，对细节的斤斤计较，让我们自叹不如，后来很多人就是从四讨饭嘴巴上玉米的残渣余孽，怀疑讨饭头安排何苦护青的动机。

四讨饭就此成为何苦之死的唯一见证人。

四讨饭说：何苦怕死了！他跑进茅草棚，我也跑进去看了。他一句话不说，完全一个青面鬼，又往铁铳里装子弹，一铁盒的小钢珠，抓起来就往枪管里塞。装好之后，拿着铁铳，一下横，一下竖，在那里看来看去，不晓得怎么弄的，就轰的一下，打中自己胸部了，很大一个窟窿，全身都是血了。我就到外面去喊人了，我都跌倒了两次！

公社卫生院的野菊花说，何苦送来的时候，整个心脏都炸飞了。

结果就是这样，知识青年何苦同志，在潭头的凶地门前洞，先把童养媳家一只羊的屁股打成后庭花，然后眼花缭乱把自己的心脏打成血花花——知青打枪，古里古怪，算什么枪法？

村里派讨饭头向何苦老爸的交代：不慎走火身亡。

田头评论当然会有很多人去大胆推测甚至推理：幸亏何苦自杀了。不然的话，他装好子弹，肯定冲出来朝妇女主任开枪。罪过啊罪过，童养媳没戏，还受此侮辱，一个知识青年，逼急了会怎样呢，不是狗急跳墙不跳墙的事情，是一个人的脸都没地方放，今后在村里根本没法做人的事情。

护青的何苦，说不去渠道就不去渠道了，说过一枪毙死，真就死在枪下了，知青兄弟真是见鬼了，自己都会把自己搞成枪毙鬼了。期间到底发生了什么事，我们都一知半解，我们已经麻木不仁了。我们回来还听说，癞头贵那块甘蔗田，不晓得被谁杀青，什么时候杀青，到癞头贵发现时，已经全部烂根了。杀青的家伙，很凶很专业，在每根甘蔗的底部，都砍了一刀，砍得很细心，一眼看不出来，但刀刀致命。一大片田的甘蔗是要卖很长时间的，根一烂，整根毁，没法收藏，更没法出卖，盼望很久的一年收入就泡汤，这个家算是倒霉透顶了。

这些事都属于门前洞的无头案。

17 渠 道

后来我们都感叹，何苦啊何苦，再没见过女人，再没谈过女人，再没操过女人，宁可像老龅那样自己的事自己解决，也不该去碰人家的童养媳，更不能去碰妇女主任的童养媳，你以为是旧社会的童养媳呢，你以为童养媳靠你去解放呢，这么一点政治觉悟怎么都会没有呢，你知青当了这么多年也算是白当了，你就这样白死了啊，我们的何苦同志啊！

人已死了，说也没用了，就不说了。按潭头的说法，我们自己人，讲讲不要紧——童养媳从小就订好，朱拖拉或朱水利，一对很好的兄弟，和我们关系都不错的，包括何苦在内的，算不上连裆裤，也算是开裆裤，算不上朋友妻，也不能欺朋友。进仓长期给我们提供方便的拖拉机，朱拖拉也算一半的，从来睁一眼闭一眼，对我们也算很照顾了。朱水利长年在渠道，前几年在东干，这几年在南干，回村次数好像不多，基本都在渠道碰见，他对我们潭头知青，说起来也很照顾的，

192

朝中有人好鬼混，我们沾了不少光的。

渠道好干不好干，自己讲讲不要紧——东干渠道在十八里，南干渠道在蜈蚣岭，都是整个县的大项目。修完东干修南干，一到冬天就大干，所有公社大队，都有任务指标。水利大军以营为单位，一个公社一个营，一个大队一个连，一切都很正规的，待遇很高的，不是瞎干的，有革命口号的——组织军事化，行动战斗化，生活集体化。

放不完的狗屁，修不完的水利——村人骂归骂，没人不想去，年年争着去。知青当然也要去，本来无所谓去不去，现在已经不是本来，本来是接受再教育，现在是你要活下去。你要多吃饭，就要多劳动，年岁大起来，家里也养不起知青穷光蛋了。人在江湖飘，哪有不挨刀，教育我们的脑外科手术刀，已经把我们的脑瓜二流子，修理成像贫下中农的一根筋——渠道渠道，年年要到，去了可以不烧饭，省下柴火钱，去了可以吃食堂，省下米和菜，去了可以记工分，大队出误工，去了可以拿补贴，公社每天都给钱，一斤米加五角钱。这种好处，不管大队出公社出县里出，反正是公家出，癞头富算来算去把算出来的结果就教导我们说，潭头穷光蛋，水利要大干。

会干不如会算，这也是潭头老话教导。所以我们干了几天后，决定应该先去视察一下，荒山野岭，红旗飘，喇叭叫，红旗渠歌声嘹亮，渠道青年洞，埋葬帝修反，主席思想练红心，铁肩能挑一千斤，修渠架桥为革命，敢教山河日月新……我们精神焕发，讨论了一下人海战术，研究了一下渠道方术——挖土方、抬石块、挑土、打夯一类，属于苦力活；挖洞、抡锤、点火、放炮一类，属于技术活；搞宣传、分筹码、过磅秤、量土方一类，属于管理活。我们调查研究之后的结论，什么愚公移山，完全蜈蚣大战，当什么愚公，就要当蜈蚣！

蜈蚣昼伏夜出嗅觉灵敏，我们将计就计先去喝酒。小地保说，那个在营部混的小工头，就是分筹码那个很神气的三七开，天天收工后在那个小店喝酒。小店小门脸，在蜈蚣岭的村口，渠道开修后人丁兴旺，生意就很好，小工头好像每天必到，总有人请他喝一碗。黄酒一角六分半斤，半斤一碗。五分钱一个酥饼，放在看不清颜色的柜台上，一巴掌拍下去，碎片四散，碎粒滚落在脏兮兮的缝隙里，用手指去打捞上来，都是上等的下酒菜。纸包糖二分钱一颗，剥开来，黑乎乎，硬邦邦，也放在柜台上，呷一口酒，舔一口糖，滋味也是无穷。有滋有味，喝酒时间就无端延长，就那么一个柜台靠，也能靠出一场山野小店的大宴。我们几个小蜈蚣，看见渠道明星朱水利双手叉腰在眺望崇山峻岭，很有施工员的大将风度，就请他去喝点小酒。

朱水利说：怎么没看见杜鹃花，她没有上来啊？

老鲍说：她老娘住院了，听说是意大利肝炎，村里加工厂都别人在代呢。

小地保说：杜鹃花好像胖了一点，发型也变了。

我说：她家正在给她找对象，听说只要吃皇粮就好。

我们信口开河，都拿杜鹃花这个糖衣炮弹去拍朱水利马屁。早就听说朱水利也喜欢杜鹃花。那位骂人很凶的妇女主任，不骂人的时候还是很亲善的，经常笑嘻嘻穿过半个村，把一碗菜或几个清明粿，三个夏至的鸡蛋，两个端午的粽子，一路说说笑笑和人打着招呼，好像已经和杜鹃花好得很了，送到厅上的杜鹃花那里。只是后来杜鹃花惊头怪脑和马儿头好上了，妇女主任的送货上门就半途而废忍痛割爱了。我们靠着小店柜台，继续向朱水利提供一些杜鹃花的情报，小地保甚至舌绽莲花，说起了杜鹃花一件让村人惊叹不已的花毛衣，说那件花毛衣啊，谁看了都会花，花得半夜三更都会花……在朱水利喝第二碗酒的时候，三七开进来了。这家伙不过是混混，邻村的一个民兵连长，到了渠道好像很吃香。天天站在土方的高处，高高在上的样子，我们挑一担土，他发我们一个毛竹筹码，一本正经。可他见到朱水利就变，马上对店小二说，两碗酒，两个酥饼，都记在我账上。三七开确实有办法，喝酒还能赊账，估计事后就让别人付了，事实上那天就是我们结的账。朱水利开始喝第三碗也就是三七开那碗酒时，脸孔已经像关公了，说话就有点大声了，就很有老渠道气势了。朱水利对三七开说，这几个知青，都是我们潭头人，我们一个生产队的，到渠道就是响应领袖号召，水利是农业的命脉，在这个命脉上他们干得好不好，我也有很大责任哦，我这个老水利也总要给自己的老家，负点责任办点实事呵呵。三七开说，当然当然，好说好说，领导一句话，我们就照办。朱水利不愧老渠道，又专门叮嘱说，你先认识一下，这个骚相的是老鲍，这个贼相的是小地保，这个武相的是国强，这个奸相的是我们村有名的秀才，那个字写得好啊，本来我想把他安排到宣传组的，娘日大肚黄和我商量，说他想安排一个女知青。

不晓得朱水利最后那句话，是不是虚张声势，我们的渠道日子，真的像蜈蚣那样游刃自如了。我们和三七开配合得很默契，远离挑土的大队人马，他们上去，我们不上，他们回头，我们再上。上去也像地下党员接头，不声不响，不卑不亢，一担土的筹码，起码变成两个，有时一把好几个塞过来也说不定，搞得我们心头一热，三七开真是一个立竿见影的好同志。我们也知恩图报，绝不亏欠他，请他喝酒是三天两头，小店我们每天必到，天天都去柜台靠。

当然，无须我们自己掏钱。什么叫一大二公，人民公社那点经济学问题，我们还需要学习吗，早就无师自通活学活用了。多余的筹码，剩余的价值，我们不会傻乎乎都记在自己名下，我们不可能超过一个正劳力，这个马脚一露，就是自己找死。渠道上全公社劳力驾到，精英荟萃，赌鬼云集，小奶小田这些老赌棍，早已擂台高筑战鼓齐鸣，将赌博大战搞成人民战争的汪洋大海了。上级指向哪里，我们打到哪里，深山老林，如履平地，我们都是神枪手，每一颗子弹消灭一个敌人，我们都是飞行军，哪怕山高水又深，在密密的树林里，到处都安排同志们的宿营地，在高高的山冈上，有我们无数的好兄弟，没有吃，没有穿，自有那敌人送上前，没有枪，没有炮，敌人给我们造！

战歌天天广播，赌战夜夜开场，赌鬼轮番上阵，都是歼灭战，都是短平快，押宝、牌九、争上游、跑得快，哪种来钱就哪种，谁输光谁滚蛋，小奶或小田永远是老庄。筹码、工分、人民币，这三者一转换，筹码就是渠道上的硬通货，最流通的赌资——赌鬼都是经济学家。渠道战线很长，安定军心很重要，安定压倒一切，赌博简直就是慰安妇，正中干部下怀，赌博一劳永逸，干部们甚至经常亲自督战。我们则在战火纷飞中洗钱，我们有的是子弹，交给小奶小田，把筹码变现，换成见面笑，买酒买烟，满足自己，孝敬三七开或四六开。

四六开比三七开更厉害。他每天就坐在那里换筹码，就像银行的柜员，小钱换大钱，零钱换整钱，给他五十个小筹码，他可以给你七十、八十的甚至一百的大筹码。四六开是我们后来发展的地下党，渠道上我们的朋友遍天下。后来，朱水利通过公社营部，把我们调去掌握磅秤。独轮车拉石块，就要有人过秤，我们大权在握，也成了小工头，和其他小工头平起平坐，和三七开四六开一样，天天享受别人的小酒。后来我们根本不用请三七开四六开了，他们的朋友放马过来，我们就扯平了。

我们掌握的磅秤，完全按酒的数量去衡量石头的重量。少一点的五百变六百，多一点的四百变八百，没有的就公事公办，磅秤上一格是一格，实事求是了，不好意思。我们在人民公社的渠道江湖，不仅仅是什么蜈蚣岭的蜈蚣，简直摇身变成人见人爱的渠道明星了。

唯一遗憾的是，老龅还是比我们技高一筹。

我们充其量把筹码变成了赌资，老龅很牛逼地把筹码变成了嫖资。

老龅在渠道上，确实没有白去，善于苦中作乐，敢于苦中作乐，一个渠道周期，就泡了两个妞。

筹码变成见面笑，有人开心不得了，嫖资也是老龅自己说的。老龅说，泡妞和嫖妞，不都是妞吗，不就是一回事吗，一个表面不要钱，一个表面就要钱。不就是一点钱吗，钱算什么东西，生不带来，死不带去。还要说温饱思淫欲，完全是狗屁，在人民公社就一点不灵，在潭头完全胡说八道，诬蔑老百姓，再不淫欲就没法活啦，就是要贫苦思淫欲！我们就说，喂喂喂，老同志，你嫖就嫖，你开心就开心，不要扰乱我们好不好，不要污蔑贫下中农好不好！老龅说，那个鸡冠花，货真价实吧，贫下中农吧，如果大家都不去嫖，那她怎么活下去啊。

老龅好像在做好事呢，那就没错，他就在渠道上嫖过两个妞。

蜈蚣岭那个，老龅自己都不知道名字。老龅说，那天筹码太多了，口也有点干了，就去了蜈蚣岭村找一户人家讨水喝。妈的，泥瓦匠，住草房，纺织娘，没衣裳，修渠道的水都喝不上！老龅说，真是没想到，蜈蚣岭的乡风太好了，蜈蚣岭的山姑太妙了，不像潭头，都是刁民。那个蜈蚣岭山姑，一看就知道他是知青，说他们村里也有知青，名字叫什么老货，干活戴眼镜，收工吹口琴，不干活的日子，要么看书，要么唱歌，一看就是有文化的人，只是谈恋爱运气不好。这种话老龅爱听，山姑好像对知青很感兴趣，老龅就坐下来跟她聊知青。一个说知青从城里到乡下不容易，一个说知青从城里到乡下很容易，一个说你们下乡都吃苦，一个说你们乡下也吃苦，一个说老货没有结婚就把女的肚子搞大了，一个说我们也没结婚也想把女的肚子搞大啊……这家伙在潭头就喜欢和花娘们胡吹，山姑聊开心后给他泡来茉莉花茶。老龅没想到山姑泡了满满一壶，很久没有喝这样的好茶，而且迷人山姑主动端上，觉得需要感谢一下，身上也有见面笑，就给了山姑一块钱。见面笑到处流行，那山姑眼睛一亮，笑起来就很风骚。风骚是老龅说的，我们估计在加工，下面可能是真的。老龅不愧是高手，就趁机问山姑她老公去哪里了。山姑说，老公也去修渠道了，修渠道也很怪，都要到外面去，你们到我们这里修南干，我们到你们那里修东干，他去十八里乡，已经一个多月了，不晓得什么时候回来呢。老龅对我们吹牛说，老天真是有眼，蜈蚣岭真有风水，山姑想老公，知青想老婆，山姑喜欢知青，知青喜欢山姑，喝着喝着，聊着聊着，最后就聊到床上去了。蜈蚣岭的床，不像潭头小田他们那种，虚有名气的木雕花床，山姑的床是大山柚木，看起来不漂亮，用起来很舒服，时间越长越温暖，一次比一次厉害，我都有点不好意思了，临走又给了山姑一块钱。

老龅在吹，我们在想，蜈蚣岭的山姑，潭头的鸡冠花，压根不是一路货，可老龅这个家伙，就喜欢拿见面笑去开心。老龅说，你们不懂啊，那天临走时，山姑叫他再去。既然盛情邀请了，不去就不大好，对不起人家的。第二次，不但喝了茉莉花，还吃了红糖花生。潭头人都说，生花生，配红糖，抵过偷婆娘——那个味道真是好啊。花生红糖都是白吃的，最后还是一块钱，反正筹码有的是，都是渠道贡献的，他等于没花钱。

老龅最后说，修渠道真是天下好戏，蜈蚣岭真是人间天堂，美女如云啊，一个没有完，一个又出现，上帝总会安排的。知青兄弟们啊，你们没想到吧，好好活下去吧！

啥意思，这种吹牛的鼓励，听起来就不靠谱，我们只能面面相觑。知青活得好的，各有各的活法，什么榜样都有，居然还有老龅，嫖娼嫖出人间天堂！我们真是傻到底了，怎么一点点一丝丝想象力都没有呢？什么知青恋，统统都是白恋，什么知青情书，统统都是白写——谁能修渠道修出蜈蚣岭山姑，那才叫活生生天涯何处无芳草！

不过，更让我们想不到的还是膨胀花。

我们这些倒霉蛋，重返遥远的蜈蚣岭，让我们想到更倒霉的死不响，他莫名其妙就在这里消失了。膨胀花虽然还在村里教书，我们早就忘得一干二净了，这次虽然也来修渠道，和我们也没什么关系。没想到老龅这家伙，最念念不忘的竟然是没人看上眼的膨胀花。想不到啊，真想不到，老龅居然说，膨胀花就是他在渠道上最大的收获。

膨胀花大家都知道的，当年刚到潭头老龅就看不起两个女知青，一个是向阳花，一个就是膨胀花，话说的很难听的。说向阳花，那个骚逼，浑身猪臊，又开腿让我操，我都硬不起来。说膨胀花，身体胖得太肉麻，男人爬上去，不弹到床顶上，那就不是人了。真是岁月不饶人啊，现在老龅好像捡了一个大元宝。膨胀花好端端在村小教书，不知道脑子搭错了哪根筋，自告奋勇要来修渠道。她说正好放寒假，在村里也没事，闲着也是闲着，好久不劳动了，人都要变修了，修渠道，做贡献，人多力量大，还多一份补贴呢。我们听起来，有的是说给干部听的，最后一点可能是真话。闲来无事倒也没错，下乡这么多年，没见她谈过朋友，人多不是力量大，人多只是瞎起哄，膨胀花寂寞难耐了，搞不好有什么想法呢。老龅这家伙，骚货有骚运，估计他自己都没想到，膨胀花注定属于他的。

说起来，老龅真是生逢其时，天时地利人和，很适合当知青，很适合修渠道，尤其适合渠道上的生活集体化。

我们住的蜈蚣岭那个祠堂，非常适合男女同居。上百人的稻草地铺，一席一位，中间挂一排稻草帘，虚张声势分隔，这边睡男的，那边睡女的。一天劳动回来，赌博鬼不知去向，其他人就没有什么娱乐活动，连老公老婆的娱乐都没有，晚饭后统统集体化到稻草铺上去了。冬天的夜晚很漫长，开始有点闹，男人吹牛，女人私语，骚话骚来骚去，烟味飘来飘去。很快就没戏，叹口气，打呼噜，说梦话，磨牙齿，睡男睡女，竞相睡唱。不时有人起来上一次茅厕，一夜到天亮地走来走去。满祠堂一直飘浮着汗臭，脚臭，屁臭，气臭，人气一旦熏陶，臭气一旦熏天，睡觉就变成了一种折磨——人熏人，熏死人，人吵人，吵死人。

老龅就是在这样恶劣的环境下，看出了泡妞的大好时机，这家伙就是眼光独到。他本来睡在祠堂大门那边，不晓得什么时候把铺位换到了男女边界，而且换到了膨胀花身边，两床被子挤在一起，挂着的稻草帘子经常飘来荡去，不但形同虚设，反而成为掩护的幕帘。老龅说，他观察好几天了，他早就侦察好了。男铺女铺相连之处，挨着膨胀花的铺位，本来是讨饭头的二讨饭，见有人要换偏偏就不肯，老龅掏出一把筹码，让二讨饭见钱眼开，才把大好河山拱手相让。老龅说，开始时，他只是试探性进攻，手伸进膨胀花被窝，捣糨糊一样，路漫漫其修远兮，吾将上下而求索，如果遭遇抵抗，就算是梦游了，不晓得游哪里去了，大不了说一声对不起。没想到膨胀花，开始就不松手，接着也不松手，后来身体就扭来扭去，再后来变成她主动牵引，再再后来就开始大举反攻，反戈一击把手伸到老鲍被窝。被窝之战，就此开始，敌进我退，我进敌退，胜者为王，败者为寇。膨胀花性欲太强大了，人不钻过去都不行啦。老鲍说，第一次，还不敢太早过去，祠堂里大家貌似睡觉，毕竟上百人济济一堂，失眠者很难防范，半夜鬼肯定会有。后来祠堂鼾声如雷，形势经常一片大好，东风吹，战鼓雷，这个世界谁怕谁，黑暗终将过去，黎明就在眼前，老鲍就是在那个时刻，战鼓隆隆，骚劲鼓鼓，攀登上膨胀花青春彻底膨胀的巅峰。

老鲍无限感慨地说：渠道真是一个放炮打炮的好地方啊！

小地保听得目瞪口呆，忍不住问：祠堂那盏汽灯，长明灯一样，虽然不大亮，也不会黑暗，你就不怕有人发现？

老鲍笑起来：大家白天干活这么吃力，晚上睡得像死人一样，你们不也在场吗，你们发现了没有，我不说出来，你们晓得个屁！你们不懂啊，世上无难事，只要肯登攀！

老鲍还说一句：暴露了，也没事，怕什么啊，不就男女一点事吗，发现的也没人当场敢叫，大不了有人说，都来——看，都来——看！

这家伙不但想好梦游，连梦碎了都不在话下，修渠道真修出了无限梦境。

我还是有疑问：你白天山姑，晚上膨胀花，白天一个，晚上一个，一天要搞多少次啊，你怎么吃得消啊？

老鲍说：你好像没和女人睡过一样，你真不知道还假不知道！杜鹃花我就不说了，那次一块乌打炮你也在吧，说到底，你我下放后不是吃不吃得消的问题，是有没有地方流放出去的问题！

真没想到，这家伙对这种事，记性就有这么好，我只能心跳了，可能我心理有问题了。

国强就说：老龅就是会吹牛，说说笑笑地，实在没有地，你不讲老实话，我就去问膨胀花！

老龅说：呵呵，你尽管问，大胆去问，她要敢说，我无所谓！不过啊，你肯定不敢去问，以前你敢爱她的话，就没有我的夜戏啦。

大家就笑国强了：先下手为强，后下手更强，还是老龅眼睛亮，天黑就会看到膨胀花。

老龅说了还不算，这家伙为了证明，从衣服里面口袋，拿出一样东西，把大家都看傻了眼——一块手帕，叠得很细心，一层一层打开，最里面居然是一大摊血迹，好像还散发出一片老龅加进去的香味。

老龅说：看见了吧，这就是收获。真没想到，平常打着灯笼都找不到，膨胀花居然还是一个处女啊！

这家伙难以想象，还会有这种怪僻，还会好好珍藏，还会公开展示，你不服都不行，不眼红更不行。

处女同志膨胀花说到就到。屁股扭来扭去，眼睛看来看去，没有和我们笑，只有和老龅笑，笑嘻嘻说：

今天下雪了，癞头富说今天渠道不开工了。你不是和我说过吗，有空要去拜访拜访蜈蚣岭一个很出名的知青。今天就可以去了啊？

他们相好如此之快，已经上升到约会了。

难怪老龅说，女人一上手，根本扔不掉。

老龅看我们怪怪地盯着膨胀花，就叫我们一起去，说那个知青老兄，唱歌唱得很牛，听说非常厉害，今天就去拜访一下，反正知青都是兄弟。这个谁不知道，知青见面不用打招呼，随便到哪里都是兄弟，好像天生就有个约定：

一起下过乡，一起扛过枪，一起同过窗，一起分过赃，一起嫖过娼。

雪下得很大，蜈蚣岭不愧深山老林，雪都下得天地混杂。我们找到蜈蚣岭的知青屋，五间房子，四间锁门，一间不锁的也没人。一个满身雪花的小孩说，这么好的雪，那个老货肯定去钓鱼了，就在村口小店那里的小溪。我们走到那里，溪流大雪茂密，孤独的木桥上，竖着一把伞，放着一把椅，坐着一个人，一看就是老货了。这家伙很浪漫，钓竿在脚下，鱼钩在水中，吉他在胸前，口琴在嘴上，手动人动，天动地动，歌声在大雪中飞扬：

> 人们说，你就要离开村庄，
> 要离开热爱你的姑娘。
> 为什么不让她和你同去，
> 为什么把她留在村庄。
>
> 你可会想到你的故乡，
> 多么寂寞多么凄凉。
> 想一想你走后我的痛苦，
> 想一想留给我的悲伤。
> ……

万径人踪灭，独钓寒江雪。小地保好像触景生情，装模作样在背诵他老爸强迫要他学的古诗。老鲍和膨胀花，雪飞雪，肩并肩，当然不敢当众拥抱，看去在遥望雪天大好风光。国强在打雪拳，已经打出一个雪人。我对音乐什么红歌黄歌黑歌白歌，一贯搞不清楚，听了也是白听，老货雪中狂吼，很像鬼哭狼嚎。我们听了好长时间，后来见面才知道，这首《红河谷》，老货最迷恋，一直在怀念山茶花，不断在指责自己，做渠道怎么会不要命了，让山茶花一个人待在蜈蚣岭，把他和山茶花结晶的知青后代都贡献给蜈蚣岭了。

那个夏天，山茶花已经怀孕。生产队长可能不知道，也可能觉得乡下人怀孕，和干活是一回事情，正常得不能再正常了。乡下人大着肚子经常干活干到要生，田边任何地方一躺就呱呱乱叫，把小孩送回家之后又回来赚工分，那天就安排山茶花去棉花田打农药。山茶花干活一向认真，背了一天手动喷雾器，浑身散布剧毒农药，不晓得是1065还是1059。结果她头也昏，胸也闷，腹下也隐痛。她还以为肚子疼，在田畈干活最近经常这样，为未来小孩吃点苦也很正常。她打农药还很开心，还和队长说了一句队长也回答不了的几十年后老百姓才恍然大悟吓得要死的食物中毒论——队长啊，专门打农药，棉花不要紧，水稻和蔬菜，不都有毒了吗，也不和别人说，大家怎么吃啊。这么一个有思想觉悟的知青，脑子也不笨，吃晚饭之后，腹部越痛越厉害，她就去找赤脚医生赤脚花。赤脚花说，你这个知青啊，吃东西要有节制，吃太多胃肯定受不了，当然就会疼起来的。说完后赤脚花开始给山茶花治病，发现山茶花肚皮有点涨，就给了她一点胃舒平。山茶花吃完药后，疼痛果然好了点，回去就睡了。可是睡到半夜，肚子突然又激烈疼痛，山茶花只能再去找赤脚花。半夜三更，跌跌撞撞，走到赤脚花家，脸色苍白，浑身流汗，把赤脚花吓了一跳。赤脚花梦醒了之后就说，你今天用了农药吧，很可能是农药中毒啊，说完马上给山茶花打了一支阿托品。打完针后，山茶花疼痛的感觉果然好像又没有了，只觉得昏昏沉沉。赤脚花就说，头昏正常，问题不大，等到明天吧，去公社卫生院检查一下。到了第二天，山茶花没有去，没钱也去不了，全身软绵绵，一点劲都没有，也不可能自己去，也没有人送她去，赤脚花也只是告诉她，公社卫生院有十几里山路。山茶花睡到晚上，腹部又开始剧痛，如针刺，如刀绞，也可能是那三四个月的小宝贝在决裂造反。山茶花实在忍不住了，先是大叫后来大哭。问题是叫也白叫哭也白哭，老货听不到叫声更听不到哭声。老货不在村里，在遥远的东干渠道。蜈蚣岭属于山村，农忙季节和平原不一样，他们一年到头都有人去修渠道，老货说到渠道多赚工分就是为了孕育知青后代的山茶花。好在隔壁还有一个男知青，半夜听到山茶花的哭声，听了半天也听不到头，觉得再不去看看已经不行。跑过去一看，发现问题很大，又跑到一个山姑家。这山姑不晓得是不是老鲍那位，一向喜欢把茉莉花茶送给知青，知青有事都会去找她。那山姑听说女知青生病，马上从家里掏出一块木板，和男知青一起去抬山茶花，连夜翻山越岭气喘吁吁什么鬼哭狼嚎都不在话下。赶到公社卫生院差不多凌晨4点，医生仔细一查，山茶花已经花开蒂落了。医生说，病人是阑尾炎，一般不太可能会死，关键没有及时治疗，最后就变成肠穿孔，只要早来一小时，都不大可能会死。医生的结论，其实很有道理，倒是吓死两个半夜三更送死人的人，那个山姑立刻就晕过去了，那个知青跌跌撞撞跑回村里，在蜈蚣岭骂天骂地鬼来了鬼来了从此就不晓得跑到什么地方去了。

那天我们在听老货唱《红河谷》，老货最后唱成雪人，我们最后听成雪人，膨胀花就开始叫老货，老货回头一看马上就叫膨胀花，我们才知道他们原来是二中同学，在蜈蚣岭从天而降的红河谷意外相遇。同学见同学，两眼笑汪汪，不握手，不拥抱，一起到乡村小店去喝点酒，就是知青最开心的见面了。老龅喝着问着，老货喝着聊着，我们喝着听着，膨胀花就开始流眼泪。大概是想到山茶花和老货下放蜈蚣岭，惨死于常见的阑尾炎，自己没有见到就永远拜拜了。膨胀花哭得睁不开眼，一边哭，一边叫，山茶花啊山茶花，你们在一起多好啊，都是学校红卫兵，都是学校红宣队，老货演胡司令，你演阿庆嫂，真是一对好夫妻，你唱《沙家浜》唱得活灵活现，怎么在蜈蚣岭就死气沉沉，你还没有结婚，你还没有生儿，你还没有做母亲，你还没有做奶奶，你还没有做外婆，怎么这么早就走了，走得也太早了啊，呜呜呜呜……那语无伦次的叫声，那无边无际的哭声，听起来怎么全是潭头死人送葬那一套，让我们看着都发呆。老货已一个劲在劝，老龅也一个劲在劝，一个过去难忘的同学在劝她，一个现在吹嘘的嫖客在劝她，两个男的劝来劝去，劝了半天，一点效果都没有。我们一边看，一边想，这个样板戏书记的女儿，对样板戏情有独钟，下乡后又顺利教书，教育小孩读语录唱语录，摇头晃脑，哇啦哇啦，村上天天听到，村民人人说好，好像天生就是一个知青人才。不过，我们都知道，潭头知青里，人才最会变鬼才，女鬼才更容易天翻地覆慨而慷，刚刚经历嫖客的半夜鬼混，突然遇见同学的痛苦怀念，肯定感到人生怎么一下子就变幻无穷呢，痛哭一场，发疯一场，不管怎么说，我们都可以理解膨胀花。

18　潭头泻

　　你可会想到你的故乡，多么寂寞多么凄凉，想一想你走后我的痛苦，想一想留给我的悲伤……老货又好听又倒霉的《红河谷》，很快从蜈蚣岭流传到潭头，从此成为大家的口头禅，知青屋连做梦都有疯子在唱，好像就是知青的神歌，最后终于变成了我的墓志铭。

　　杜鹃花的回城，我不可能不想到，她肯定更加会想到，虽然什么时候不知道。我们所谓知青恋，大家心里都知道，迟早有一天会树倒猢狲散滚他妈的蛋。不倒不散不滚蛋，当然也不是没可能，那就是一个结果，两个人一起回城，或者两个人一起不回城。不过这两种可能性，至少我和杜鹃花已经不可能存在了。如果说，杜鹃花走，我没有走，杜鹃花在城里，我还是在乡下，我们依旧结婚，甚至生育后代，那我们的恩爱就牛逼了，我们就要唱一辈子的《红河谷》了。

　　杜鹃花要走的那天，就是我们恩爱的最后一天。

　　那天晚上，我们避开知青屋，一起到了潭头泻。

在潭头这么多年，我们其实很少去潭头泻。潭头两个水潭，另一个是潭头陉，村人叫起来我们听起来是潭头 xing。村人都会叫名字，发音都很准确，可没人会说怎么写。知青也不懂，其实更不懂。进仓就笑我们，知青都不懂啊，我爷爷说，陉就是山脉的水，潭头陉就在大岩头下。潭头泻，就不一样了，来自江水，奔腾不止，一泻千里，村子就名正言顺啦。看来潭头还是有文化，关于乡下很重要的用水问题，我们知青充其量不过是混迹其中的水鬼。潭头陉那口池塘很大，边上有一长溜石板埠头，东边洗衣，西边洗菜，看去泾渭分明，暗中同流合污。二十米开外有一口蓄水池，水也是潭头陉地下过来，青砖彻就，家家挑水，是村里的食用水源，潭头人一代一代都喝这里的水。我们从来不会去挑水，用脸盆带回一点，要烧就烧，不烧拉倒。早晨起来就去那里洗漱，傍晚收工回来也在那里洗洗刷刷。潭头陉在村北，潭头泻在村南，水的来源无疑是李清照蚱蜢舟的双溪。潭头泻我们就不大去，离村里有点路，离丁村倒不远，只会天气好偶尔去洗澡。那水倒有点神奇，冬天冒热气，夏天冒凉风，常年抽水机轰鸣，永远泽润田地，不抽水也从不溢出，永远保持一个水位。潭边有一间小屋，是村碾米加工厂，村民的稻子麦子，都在这里加工成稻米麦粉。这里也是村配电房，大队电工老栾皮，负责为村里配电，最关键是偷电，一根大头针在某要害部位一搭，农用电就变为民用电，价格就减去不少，既然是贫下中农，便宜就是好事，省钱就是大事，所有村民都得到实惠，所以这个工作很重要，大队有固定工分补贴电工。这个加工厂，后来添了一个徒弟，那就是支部安排的杜鹃花，师傅专门管电，杜鹃花从此就是加工一把手，算是不要去田畈干活的老牌知青花嫁娘了。不过，这个老牌知青花嫁娘，加工一把手明天也要回城了，那把来之不易的加工厂钥匙，也要功成名就还给支部了。

那天去潭头泻，在加工厂过夜，是杜鹃花说的。这家伙第二天要走，最后一天当然就有发言权，肯定会有一点什么想法。

我无所谓了，我的漫长初恋，早已变成恩爱，终于到最后一晚，到哪里去混一下，分个手也罢，告个别也罢，算个纪念也罢，留个想念也罢，这个夜总是要到来，一个夜很快就天亮了。

只是这个潭头泻的小屋，墙后面是潭水，墙前面是田野，一条泥巴路，一栓木头门，一个窗子，一张桌子，一个电网，一台手风车，一台碾米机连着一台磨粉机，算是一个机房了。满地都是灰尘，睡都没地方睡。

晚上9点多了，田野一片漆黑，我们一前一后走到，一前一后从窗口进去，门外依旧挂着锁。春夏季节不冷也不热，只有无数看不见的青蛙，在四周的田野里拼命轰鸣。最可怕的是蚊子，田畈的蚊子成群结队，飞过来飞过去，所到之处铺天盖地，表面不会孤单咬你，喜欢集体侵略你的全身，让你一下子晕倒。多少年了，我们去过潭头无数黑暗的地方鬼混，经验不但很丰富而且已经很丰满，就是没有到过潭头泻的孤独黑屋。

我跳进黑房就问：黑漆漆的，怎么睡啊？

杜鹃花在黑屋里说：磨粉机下的木板仓里，开机后堆积大量麦粉，就是一个好睡的床啊。地方是拥挤一点，睡进去关紧以后，外面一点声音听不见，我已经铺好稻草了。

真没想到，杜鹃花还会有这种秘密根据地。看来女知青要回城，真的比男知青放荡。

我就说：那小便怎么办？

杜鹃花说：小便怕什么，随便那里都行，窗里窗外，墙上墙下，睁一眼，闭一眼，管它呢！

杜鹃花已经比男知青潇洒，我们简直不可同日而语了。

我还是要问：你怎么会想到这么一个好地方，你在加工厂混出感情来了吧？

杜鹃花说：知青屋你又不是不知道。今天不一样，就要换地方。

我说：那鬼地方就不说了。为什么要换地方？

杜鹃花说：最后这一天，我必须要做一件事。

我笑笑说：你要我不要。

杜鹃花说：你不要我要。

男女鬼混，就一件事，不要是假的，不要不是人。

杜鹃花很快就把自已衣服脱光，接着又把我的衣服脱光，好像这里就是她的管辖之地。一男一女，两个裸体，抱在一起很容易，话都不要说一句。只是感觉有点怪，不知在搞什么鬼，一男一女在加工厂里加工，两个裸体在磨粉机里磨粉，浑身是电，全身是粉，大汗淋漓，汹涌澎湃。漆黑一团里，肉眼凡胎中，全身已经完全蜕变，好像正在加工的杂交稻，更像正在交配的杂交猪。我们的所谓性交，完全是一种植物动物在疯狂杂交。最后太阳快要升起来了，青蛙已经一片安静，加工厂门口已经有人在赶早走路，我们还拼命在加工杂交。

我们到底怎么样杂交，杂交的速度和进度，现在已经模糊不清，没想到这么多年过去，居然还有人重新说起来，而且还不止一个人在说，还说得有声有色，好像都记忆犹新，看来知青还真是阴魂不散，我的个人隐私已无法暗藏。

想起来就有点好玩了，说起来恐怕就难听了。

就是我和吴用心血来潮重返潭头那天，吴用在车上就说，一定要去看一下知青屋。陪我们看的进仓说，你们知青走光后，很多人家在这里养猪，没想到这里经常闹猪瘟，说知青屋就是风水不好，从此就成为一片废墟。本来早就要拆了，土地关系复杂，分配搞不均匀，宁可让它空着。我们边听边看，吴用看得很认真，不晓得在想什么，我是看得没感觉，就像一个老同志去看儿童时的一个幼儿园，你说会有什么感觉呢？那些知青屋，记忆还是有，好像比从前小，一间一间，破破烂烂，周围都是野草地了。进仓说，现在马上就要拆，造一些住宅，卖给城里人，没有房产证，还是属于潭头。你们这些老知青，现在倒是可以在潭头买房子，这辈子算是真正的潭头人啦。吴用是房地产商，对这一类宅基地，显然没有一点兴趣，倒是以房地产眼光，一直在看从前的知青屋，从门前走来走去，从窗外看来看去，最后站在那里，笑眯眯对我说：

　　没错，没错。这一间，就是你住的。这一间，就是杜鹃花住的。你们的人生第一次，肯定就在这里啦，这里是你们的性交发源地啊！

　　我笑了笑，无话可说。

　　老同志被幼儿园搞晕。

　　不过可以肯定，我们的第一次，绝对不会在知青屋。也不可能在初恋诞生的稻桶，不在她从前住过的厅上，不在我从前住过的祠堂。我们肯定是在村外，东西南北的田野，稻草垛啊，甘蔗地啊，玉米秸啊，草籽田啊，都是一些没人看得见的杂交之地。当然也不会在那个飞机场的毛竹林，那里让我们终生难忘，从此有了彻底变态。更不可能在潭头泻的加工厂，那里宣告我们的杂交彻底结束。

　　还有一点，我很清楚，从来不会忘记，这个非常关键：

我根本没有和杜鹃花产生真正的性交。

这是我知青生涯，唯一的人生大事，不晓得是丑事还是好事，只能守口如瓶——我的生殖器从来没有插入杜鹃花的生殖器。也可以这样说——阴茎没有插入阴道，老巴没有操过老逼。

开始插不进，其实很正常，很多年轻人，第一次做爱都有这种情况。我们的不一样，不过在时间问题。人家可能，一次两次，或者很多次，或者很多天，没有几个月吧，更没有好几年吧，绝不可能有我们现在想起来大约六七年吧。开始这样，很正常的，我的阴茎勃起之后，当然要插入杜鹃花，她也很兴奋的样子。眼看我的东西，在外面很坚强，完全可以插进去了，而且在阴道口猖狂起来，上上下下活动，很快就要深入进去了，其实已经在她那个口上了。那口也很漂亮，红彤彤的在欢迎了。这时候她叫起来了，而且声音有点大，痛啊，痛啊……后来几次也这样，一次一次都喊痛，就是在几次喊痛之后，有一天她看我脸色发红，就很郑重对我说：

你说，你说，我开过苞没有？

她强调是个处女，我肯定也是处男。我甚至傻乎乎地很开心，不断和她吹牛说，我就是个大鸡巴，你就是个小逼逼，上帝在安排，天生就一对。我们的经历，确实也这样，不插也没事，两人相爱，怎么都行。见面就好，拥抱更好，轻吻好上好，杂交就算好到一塌糊涂了。我们一起性幻想，我们一起性冲动，我们一起性发狂——是不是性虐待，是不是性恐惧，是不是性冷淡，这些我们当然都不知道。我们从来没有插进去，我们就手淫，我们就嘴淫，我们就淫乱，我们就淫荡，我们全身都淫欲，最后我们一起达到性高潮。那些性高潮好日子，她没有再叫痛了，也不可能再痛了，我也没有再插了。插不插也一样了，插不插根本就不是问题了，我们都觉得好得不能再好了，问题就是需要永远要好下去了。她说是处女，也让我想到，没有插过，不插进去，就是处女——那我就不插了。知青现在结不了婚，知青不可能就结婚，以后万一不可能结婚，那不是毁了她处女吗。她从此没有再叫痛，是不是就这个意思，现在我也无法想象了。有一点倒可以肯定，她喜欢要处女再嫁人，就像很多男孩要娶处女一样，至少潭头男女青年都有这种想法，一贯在田头评论津津乐道。知青就更有可能了，原因也更简单，知青根本不可能结婚，也几乎没有人想到结婚，嫁人和娶人好像还很遥远。当然，我们都不可能想到，我们命中的知青生涯，在潭头待了这么多年。我们相好或相爱——也就是那种恩爱，这么多年了，没谈过钱，没谈过房，没谈过生儿育女，没谈过养家糊口，没谈过婚礼，没谈过蜜月，没谈过新娘穿什么衣裳，没谈过新郎剃什么发型，没谈过结婚照，没谈过吃喜糖，这叫什么恋爱，天下有这样的爱吗？只有我们知青在瞎搞。也不能说瞎搞，那么多年了，不知多少次，没有用过一个避孕套，再也没有比这个最实在的回忆了。

那天听吴用讲起杜鹃花，进仓听了也和我一样，看了那些破房子，也笑起来了。不过，我笑笑就无说可话，他笑起来就会说话。

第一句是：小禾睡不睡，大家都知道，好了这么多年了，不睡是不可能的，天下没有不睡的。

第二句是：杜鹃花和癞头贵都睡过，大家也都知道的。

有一段时间没话，不晓得大家在想什么。

他们一定不知道天下还有我这样睡的大傻瓜。

最后吴用说：我走得早啊，潭头都不知道了，癞头贵和杜鹃花，还有风流往事啊？

进仓对吴用说：你可能不知道，潭头人都知道。杜鹃花到加工厂，又招工到印染厂，靠的都是癞头贵，知青有好处，都靠书记啊。你们都走后，书记自己都说过的，说起来那种眉飞色舞，村里人谁不知道谁就是装逼了。

吴用就说：妈的，女知青都要献身，大队的公社的区上的，那些年乡下干部都疯了吧，把知青下乡搞成农村文化大革命了吧。小禾哈，你当时就知道杜鹃花献身了吧。

进仓笑起来：小禾怎么会不知道杜鹃花献身癞头贵呢？杜鹃花一回城，他不就和她分手了吗。没有这种倒霉事，他们还会分手啊！

我确实是不知道，我也是第一次听说。

如果你们相信，现在向领袖保证还有效的话。

我倒是知道，我们刚恋爱的时候杜鹃花就和我说过，有一次癞头贵找她谈什么事，最后要把他的嘴巴说到她的嘴巴上，面孔绯红绯红，牙齿漆黑漆黑，她当然避开了，当然也笑了。这种事在潭头，群众都流行，支部更是拿手好戏，她向我报告一下，无非就是说明，你看吧，我好吧，干部喜欢她，她是喜欢我。那时还没到献身，这个是可以肯定。

不过知道了更没法说，我也只能继续笑下去。

我当然还知道，吴用说杜鹃花献身，肯定想起他老婆野菊花献身了。这个我们知青里唯一的亿万富翁，听说吃了野菊花不少苦头。他们早就离婚了，有一个女儿归父亲，是我们潭头知青中第一对离婚夫妻。我们曾经感叹，知青婚姻，畸形变态，患难之交，形同虚设。开始大家以为吴用赚钱了，聒噪了，陈世美了，鸟枪换炮了。不料吴用离婚官司打得满脸倦容，人也瘦了一大截，据说野菊花和丈母娘一起跪在他面前，他也毫不动摇，钱财无所谓，他已经死心塌地了。我们这才知道，有一个公开的秘密，除吴用不知道，所有人都知道。野菊花的公社卫生员生涯，用吴用后来终于知道的悲惨说法，那么多公社干部，不是一个两个，好像人人都有，野菊花的房门钥匙——野菊花就是公社干部的公共厕所，你们说吓人不吓人。我们认为，好像人人都有，表述上肯定夸张，可能数量不少，可能有点过量，无非就是大肚黄他们那几个老色鬼罢了（不过按现在说法，贪官都有二奶，也算不上夸张，只能说二奶从知青开始，源远流长）。不过，吴用同志修养还是不错的，说起他们离婚，没有一句话谴责公社干部，而是说自己老婆——野菊花太厉害了，一下骚起来，把公社干部统统拿下，天天晚上都要的！吴用说，他也搞不懂，不晓得什么情况，性欲强就性欲强，也不可能天天有，除非是性变态，对付干部，性欲统治——性欲还有统治，谁统治谁啊，这个我们就不理解了。据我们长期观察，女知青一到公社去，当医生、当播音、当老师、当干部、不管当什么，都是人民公社的好货，都是公社干部的私货，这是男知青们的共识，以后我们还怎么好啊，一想起来就浑身没劲。吴用说，他的神经官能症，就是这样得来的，一到晚上，一到床上，神经立马紧张，恍恍惚惚好像官员一个一个在野菊花身上出现，能上能下，症候非凡。看来就怪不得吴用了，病是要治的，气是要出的，最好的办法，就是以毒攻毒，以其人之道，还治其人之身。他那段日子我们都知道，小朋友一个接一个，夜夜把自己搞成新郎，最后终于变成捡回青春的知青老男人——看你野菊花及其丈母娘之流，离不离婚？当然，那时候吴用已经有强大的经济基础了，已经成为本地最大的一百公司大老板了。

　　其实，想什么想，傻逼才会去回忆，那种遥远的知青恋。

下乡知青男女事，我一个傻帽知青，肯定不如一个癞头贵，先操好，再送好，我有发言权吗，心里不感谢一下，已经没有人性了。所以也不能怪别人，事实上也没人告状，可能不想告，告就没良心，可能不敢告，告就没前途，可能有人告，告了也白告。终于有个知青老爸，帮儿子告状，从县里告到省里，果然没人理他，最后就"告御状"，当然主要是说吃饭问题，说他儿子下乡后一直没饭吃，老天有眼啊，领袖看了御状，据说就看天了，好像就流泪了，回了一封信——寄上三百元，聊补无米之炊，全国此类事甚多，容当统筹解决。知青们学习传达告御状，激动万分，高呼万岁，人人奔走相告，告状从知青吃饭大事，上升到乡下干部兵团领导强奸女知青汹涌澎湃的大事了。结果吓死人，日军占领南京时奸污了两万多妇女，告状被强奸的女知青人数超过南京大屠杀。不过呢，我们公社，我们潭头，没有告状，更没有枪毙，那就不是什么强奸，那是城乡结合，那是取长补短——临行喝爸一碗酒，浑身是胆雄起起。

我还是想起来了，杜鹃花离开我的最后一天，为什么要去潭头泻。

潭头人还真会起名字，不愧潭头泻，一泻就千里。

19 台风

  重返破烂的知青屋，谈起从前风流往事，我们都兵败如山倒，简直是无地自容。当然也有成功人士，老龅就善于脱离困境，没有失败一说的知青恋。

  还是潭头老话，台风年年有，今年大大地，龙王又造反。那个夏天的强台风，半夜三更袭击潭头，我们都睡了，估计大家都吓醒了。知青屋处于村口，狂风暴雨一点不打招呼，先横扫电线，又掀翻屋顶，那一片漆黑架势，显然要把我们扫地出门。雷电很耀眼，我发现靠窗的墙已经出现裂缝，屋外已经有吓人的叫声，知青好像都跑出来了，好像和我一样聪明，头罩脸盆，身穿蓑衣，只是没有雷声就昏天黑地，根本看不清是谁，基本各自为战。本来散兵游勇，天灾人祸一到，人人暴露无遗，早就一盘散沙了。有人跑着在叫，砸伤了，砸伤了。有人跑着在笑，见鬼了，见鬼了。后来听说，有女的乳房荡漾跑到大岩头，有男的赤身裸体抱住大樟树。这么好的风光，我怎么就看不见呢，竟然还一直在门口傻乎乎大喊，有人吗，有人在吗，知青同志们，你们在哪里？

　　暴风骤雨中我还在知青屋门口傻想，其实比我们晚来好几年的都走了，剩下都是成分不好或没有门路的烂稻草，这帮家伙混在一起，保住自己已不错啦。向东去当兵了，把潭头只有一个名额都拿下，知青打败农青，这个胜利说明什么呢，让我们惊叹氨水的伟大，说到底就是伟大的氨水革命，在乡下田畈所向无敌。项西去读工农兵医学院了，把公社只有一个名额都拿下，这个胜利又说明什么呢，只能说明项西父亲或母亲的官位，革命级别要比向东父母更伟大。连最晚来的那一对薛仁贵和樊梨花双双都失踪了，这个就没有什么说明了，只能证明他们属于革命的逃兵了。国强、老寿他们，也有自己一套，接父母的班，顶他们的责，龙生龙凤生凤，一个在汽修厂，一个在炼钢厂，他们倒还记挂我们，回潭头来探望过知青战友，老鼠生儿还在继续打地洞。他们安慰我们，我们心里有数，回不回城，无所谓了。小地保的算命思维，又自作多情阿Q精神，呵呵，我们在乡下还算得上一千零一夜的皇帝新衣，你们回城又成为工人阶级的硬骨头光屁股啦！国强就说，对啊对啊，回到城里，知青又是学徒工，第一年二十四，第二年二十六，第三年二十八，这么多年知青算是白当了。还是在乡下好玩，自由自在，活灵活现，七八颗星天外，两三点雨山前，到处都是狐朋狗友，每天都是醉生梦死，醒来大喊一声，天生我材必有用！一句话，城里不好玩。没想到，话出有音，拳王大师回去就参加县城武斗，最后叫战友们撤退，自己一人抵抗保驾，终于被无数乱棍打死——潭头人早就说他苦相，他也实现自己的预言。小地保就说，我从大岩头往下看知青屋风水，这个罗盘上的指针跳个不停，说明非常不吉利，一看就是墓地啊，你们看你们看，知青兄弟家，死鬼按时到，乡下不死回城死，城里不死乡下死！

台风还在咆哮，好像越来越猖狂，非要把知青房搞掉不可了。我站在门口想，可能真要出大事了，这时就听见小地保在叫我。他就住在我对面，这家伙不晓得躲在什么地方。他叫我快去看看膨胀花，赤裸裸站在房里，好像还在哭呢。膨胀花就在小地保隔壁，我说你为什么不去看，他说他已看过了，他还叫过老鮑，那家伙好像没声音。我走过去，这才发现，房门开着，膨胀花好像站着，看不清什么赤裸裸，也没有什么哭声，小地保在开玩笑吧。不过，开着门，不出来，人实在太胖，桌下钻不进，床下更钻不进，戴着胸罩，肉腿如柱，双手举起水缸盖，顶在头上，很神勇的样子。什么状态啊，难道要与知青屋同生共死吗？我说，你没事吧，赶紧穿衣服，快点跑出来，房屋要塌你不怕啊。我刚说完，才发现屋里好像有老鮑，不知道从哪里钻出来，不晓得是台风前就在过夜，还是台风后进来保驾。奇怪的是，老鮑的手电光芒一下照耀，膨胀花马上就轰然倒地了。

朱抗美就是在这个时候，带着几个基干民兵来了，一群救援人物驾到，让知青们感动不已。后来听说是老鮑去叫的，看来这家伙反应还是快。人吓人吓死人，台风好像马上就小去了，这时我听见膨胀花在哭了。癞头奎坐过牢，朱抗美就是基干民兵连长，连长指挥战士，大声喊知青，一个一个进了所有的屋，最后又一个一个爬到房屋顶上，里里外外把知青屋修理到天亮。那晚老鮑就叫朱抗美去了膨胀花屋，他们好像一直在屋里清理打扫，我们也看见朱抗美专门在膨胀花的屋顶干活。老鮑和朱抗美关系一向不错，至少把他老爸国营煤球店里要凭证排队的煤球，好几次从城里免费送到支部家。最让我们啧啧称奇的是，在朱抗美结婚的时候，老鲍把最喜欢的在潭头陪伴他生活很多年的那只德国老怀表都变作婚礼，大大方方奉送给他了。

第二天因为台风问题，房屋问题，情绪问题，问题多得不得了，知青们就没有理由不回城了。关于天气问题，我们已经比农民精通，他们是瞎混，我们是专业——知青天，没有天，太阳天，无好天，下雨天，不干天，台风天，回去天，靠天吃什么饭啊，都吃城里父母饭。

小地保说他亲眼看见，有一件很激动人心的事情，中午雨过天晴知青屋没什么人的时候，老鲍锁了膨胀花的房门，就自己一个人回城了。膨胀花的房门，为什么要老鲍锁呢，小地保脑子反应就是快，马上就想到，学校放农忙假了，膨胀花要放假了，朱抗美就有好事了，他叫我们都不要回去，说肯定就会有好戏看。小地保说，事情已经很明显，他们两个还在屋里，老鲍这个幕后主持，肯定已经把膨胀花转让给朱抗美啦！什么意思，把自己相好让别人去好，潭头骚天骚地骚不胜骚，也不可能有这种骚法。

接下来几天，我们就天天去观察，膨胀花门上那把很大的锁，我们从来没见过这样好的锁，太阳照来红彤彤，一到晚上黑蒙蒙。

那把锁很安静，好看也没有用，根本没有好听的声音。我们一边看着锁，一边总是静悄悄在想，他们两位在干吗呢，他们吃什么啊，他们大小便怎么解决啊，他们怎么睡，一天睡到晚吗，一晚睡天亮吗？

我们还故意到膨胀花的门口去抽烟。我们还故意喊老鲍，老鲍老鲍，你回来了啊，你今天好开心哦。结果根本听不到屋里有声音。

窗后面当然也去过，潜伏窗外杂草丛生，是我们的拿手好戏。白天只能看见膨胀花的窗帘，她的窗帘和她穿的衣服差不多，就喜欢黑，一片漆黑，我们都是晚上去，或者半夜三更去。小地保好像凌晨都去过，结果也是哈欠连天，没有一次看见黑漆漆的窗帘里面有什么动静。

三天过去了，那三天的日日夜夜，我们好像都在知青屋膨胀花门口出工。第四天的那个傍晚，老龅终于从城里回来了。不晓得这家伙为什么还要一路唱歌，在樟树下那里就唱起那时候很流行的知青歌，而且唱得很变调，听起来喜气洋洋，跟着太阳走，伴着月亮归……走到膨胀花门口，马上就站住了，东张西望一下，很平静开了那把锁，然后就去了自己的房。他们的约好，已经避不开我们的暗藏，我们的破案马到成功，都在自己的门缝里看见——先出来朱抗美，一脸发白，前后看了几眼，就匆匆走了；后出来膨胀花，一脸发黑，门口站了一下，提着一个塑料桶，到潭头陉拎水去了。

我们服了，最精通天气的还是老龅，利用一场台风，干出人生大事。

没过多少天，不到一个月吧，明明是农忙季节，癞头贵家居然开始筹办婚礼了。支部在赤膊喇叭里大喊大叫了好几天——潭头民兵连长朱抗美，马上要娶潭头老师膨胀花，农民娶知青，知青嫁农民，就是我们潭头的天大喜事，为了庆祝我们潭头从来没有这么大的天大喜事（赤膊喇叭经常会喊一些我们听不明白的话），支部专门去邀请新娘膨胀花父亲领导的县婺剧团，到我们潭头来演出革命样板戏，要演三个晚上啊，第一天是《红灯记》，第二天是《沙家浜》，第三天是《智取威虎山》，希望大家及时通知，其他村里的亲朋好友……祠堂前的戏台已经搭好啦！

那些天，潭头的田头评论，当然又出现一个高潮，不闹翻天是不可能了。有村人说，他们谈了很久啦，这两个人太相配了，一个父亲是村党支部书记，一个父亲是县婺剧团书记，官有官相，貌有貌相，官官相护，貌貌相爱，天下再也没有这样好的书记之恋啦！也有人说，这个教书知青，教书就一脸骚相，相貌不怎么样，吃香倒是吃香。大家都晓得的，刚下放的时候，癞头奎就喜欢过，后来好像和老鲍也谈过，现在怎么又换成抗美了，会不会将来回到城里又要三心二意去换人？有人就说，你们就不要乱想啦，听说早就已经怀孕啦，还去县医院做过"逼超"，听说是个男孩呢，支部的孙子，还怕个屁啊！

我记起来了，杜鹃花和我说过，她和马儿头在大岩头谈过恋爱后，癞头贵做过杜鹃花的思想工作，好像还不止一次，要她嫁给他儿子，十个底分的朱抗美。结果大家都知道，梦想回城的杜鹃花，哪怕就和老子，也不能和儿子，城里的知青怎么可能做一辈子潭头媳妇。朱抗美从此在潭头留下一句流传甚广的后生狂言，妈的知青也是逼，马儿头都可以操，我就不可以操吗？我难道不如马儿头吗？我还真不信了——老子这辈子，非知青不娶了！

贫下中农朱抗美同志，一定要娶知青的美好理想，终于和知识青年老鲍同志，一定要离开农村的美好理想，完美结合了，比翼双飞了。

我当然还记得，大概不到半年，老鲍就顺利回城了。

老鲍的回城，比我早了一年多。这当然符合大好形势，地富反坏右确确实实人还在心不死，老鲍确确实实是可以教育好的子女，这么复杂的身份，老鲍都轻松拿下，我们当然祝福他。我们唯一遗憾的是，解放区的天是明朗的天，解放区的人民好喜欢，这好骚货一走掉，少了许多骚话，根本没有骚动，骚事跑得一干二净，老知青屋从此冷冷清清，我们的日子简直没法过啦。

我回城是1976年8月，招工已经死路一条，还是顶了母亲的职。

老娘是钢板高手，被城里中学发现，刚从农村调回城，马上就被我这个不肖子孙抢劫。老娘哭成透不过气，校长答应她留职，可以继续干下去，老娘才吐口气，给退休签下字。结果就是，老娘的身份给儿子，儿子的职务给老娘，老娘算是临时顶职，儿子才是正式职员。文化大革命说到底就是家庭大革命。天下无法预测，就像潭头的天气一样，好不容易回城，领袖就去世了，我下去上来都离不开领袖，我平生第一次可得到见面笑的工作，就是不管白天黑夜在学校礼堂为领袖守灵。接下来就更难料，高考马上就浮生了，那一天遇到初中班主任，他一本正经看着我，认为我当年考试总是第一名，虽然不是三好生，就是一个高考生，马上就可以翻身了。我不这样看，充满潭头思想，农民最讲实惠，我种了八年地，记了八年工分，回来没有一分钱，还花了老娘的钱，我太需要社会主义的见面笑了。我告诉老师，我是坚决不考了，哪怕成分好，录取没问题，我也不考了。考什么考，读什么读，我的读书生涯，在潭头已经完成啦，八年不说抗战胜利，胜利之后还要打仗，我至少也算一个潭头博士吧。

狐狸的回城，比我还要晚。我接老娘的班，不需要回城名额，狐狸没有班可接，他老爸早死，老妈没工作，上去就需要名额。也就是说，他需要潭头有招工名额，支部是同意的、批准的、推荐的，这显然就有大问题了。大家当然知道，狐狸下放到今天，除去忙天忙地，还打一场我们都打不了的持久战。没死人现场，没活人举报，潭头人只能说有鬼——村里癞头贵家最好，不但吃不到一只活鸡，连鸡蛋都无踪无影，乡下无鸡无蛋的日子，就是农民的暗无天日。那次支部会，当然不是讨论忙天忙地的暗无天日，是讨论狐狸病退回城的申请报告。报告没有多少字，医生证明一大堆，各种片子无法看，狐狸得了七七四十九种下放毛病，再不回去治病，马上就要死在潭头啦！

　　说起来真让我们感慨不已，知青为了回城，野路颠三倒四，功夫五花八门，东邪西毒，南拳北腿，用尽十八般武艺，而狐狸将死的一招，四两拨千斤。进仓说，那天支部会上，癞头富最先表态：

　　我同意，我同意。说起来，他早就该走了。我早就说过，潭头所有知青，就是狐狸最好，这么多年过来了，基本每天都出工，这样的知青，哪里还有啊！再不走的话，他要死我们管不了，这家伙要结婚生儿，潭头口粮怎么办，自留地怎么办，所有的分配怎么办，大家不是又倒霉了吗，知青走是潭头好事啊，赶紧走，赶紧走！

20 本保殿

兵败如山倒，各走各的道。除了膨胀花，我们都走了。没有人还会再去潭头，尽管距离只有十里路。这么多年过去了，我们心血来潮重返潭头，我不晓得吴用什么想法，不叫老鲍，叫我陪同，说去走一走，说去看一看，说你没忘记潭头吧。看见他笑眯眯样子，估计还是见面笑吧，又有锦绣河山了吧。我根本没有想法，潭头和我有关系吗，我早就没广阔天地了，我只对阎王爷感兴趣了。

那天我们离开知青屋，吴用就说，走走走，去看看癞头贵。吴用要见的家伙，我是不想去见了，倒让我想起一些好玩的家伙。在我印象里，进仓属于例外，算是永远交往。其他呢，记忆记忆，回想回想，可以见的，多了去了——癞头富啊，癞头奎啊，小田啊，小奶啊，某好人啊，某坏人啊，什么花什么花至少那个鸡冠花啊，说不定还有手表拐呢。

没想到的是，我也和吴用犯了同样的错误。

我以为要死的，一个没死。

我以为不死的，全都死了。

当然不是诅咒，该死不死的，就是三种人：色鬼，酒鬼，赌鬼。

排名不分先后，生命没有排名，反正都是鬼混。

看来，知青还是知青，灵魂无法改变。

或者可以这样说，只要一到潭头，立刻又是知青。

我们往村里走去。一路看到村人，进仓就打招呼。有的村人认识我们，我们不认识村人，有的我们认识村人，村人不认识我们。进仓介绍也没用，有人打量我们半天，依旧摇头，连连说，不认识了，不认识了。有人说，哎呀，想起来了，肯定就是，那次县里来的工作组。很少看到年轻人，更没有什么美女。我们问进仓，潭头怎么没小花了，怎么一个都看不到。进仓说，呵呵，这个嘛，你们不懂，我也不懂，那时你们城里年轻人都下放到农村，现在乡下年轻人都到城里去打工。中国的事没人懂，变来变去都一样。我们这才有点感觉，狗屁知青也不遥远，吴用来可能有目标，我是碰到谁就是谁，要么看一看，要么笑一笑。

进仓带路可能有意，我们见面的第一个，还是碰见癞头奎。他站在自家屋前，以前好像不是这里，一副闲云野鹤的样子，一点不见老去，简直不敢相认。

我说：哈，癞头奎，你还没死啊，你还认得我们吗？

一路上都在说癞头富已经死了，我总觉得那家伙死得有点早，满脑子都是潭头死鬼活鬼了。

癞头奎说：呵呵，我想死，死不了。知识青年哇，小禾，吴用，老龅呢？

我说：他没来，他不敢来啦，都老知青了。

其实开玩笑，不光是老龅，知青那些乌合之众，我们都很多年没见了，早就相忘江湖了。

癞头奎说：老龅好像经常来啊。那时你们狠！吴用理论一套一套，小禾和老龅两个，一边一个，围住我，要动手的样子。记不记得了？

没想到这家伙记性这么好。这么多年过去，多少人撒手西去，多少事灰飞烟灭，这个癞头奎，见面第一瞬间，第一个就问老龅，第一句话就提那件事，他一点都没忘记，太不可思议了。我已记不起，什么流氓鞋，我们曾经围住癞头奎的细节了，要动手可能是他当时的想象，也可能那时我们确实年少气盛。当年他不到40，我们不到20，望着四十年前一个死而复生的癞头，恍然我们当年还有这么一个好对手。我就笑笑，一笑无恩仇，敬他一支烟。

我说：现在我们什么事都记不起了，我只记得你两件事，一件是敲锣，一件是和很多女人睡过，这不会错的吧，现在不敲锣了吧？

癞头奎呵呵一声，笑起来居然慈眉善目：呵呵，什么年间了啊！有些事情都是大家乱念的，念念开心的，过过嘴瘾的。特别那个膨胀花，我怎么敢去睡啊，睡了要枪毙的，知识青年的逼，皇上贴过封条的！你们也知道，潭头只有癞头贵利用书记招工权力狗胆可以包天，去睡过知青，又不是神话，又不是鬼话，已经是潭头老话啦。

看来还是人话，他还会说膨胀花，还会说癞头贵睡知青，我们只能和癞头奎笑笑了。他看着身边一个后来娶的哑巴老婆，哑巴在呵呵傻笑。他们好像没有小孩，他看着自己屋前放养的七八十只鸡，鸡们在闲庭信步，他王顾左右而言他：我现在一年要酿一千斤米的酒，一年要喝两千斤米酒，屋里全是酒缸啦。去我屋里坐坐，喝点潭头最好的米酒。

我突然记起来了，这家伙喝酒一向很神秘。有一个冬天的早晨，雪下得很大，有人看见癞头奎坐在雪地里，满头是雪，满身是雪，脚都看不见，叫他不应，拉他不动，好像已经死在雪花里。最后有人把他推翻，他忽然睁开眼睛，看见有人就说，我刚喝完酒，怎么就下雪了？这个鬼天气，招呼都不打。有一个夏天的早晨，有人看见一个莲花塘里居然冒烟，好像雾气很大，天气正在变态。周围都是阳光，那里好像大雾弥漫，鬼天气也没有这种样子，那些出工的都不敢往前走。最后有胆大者发现，满塘的荷花里，好像都是癞头奎，一会儿在塘东边，一会儿在塘西边，最后出现在塘中央，全身赤身裸体，身体在水下，头脑在花上，正在那里冒气，好像满塘的酒气。他被大家搞醒，睁开眼又说，我刚喝完酒，怎么天又亮了？癞头奎就喜欢晚上喝酒，什么地方喝，喝多长时间，喝完去哪里，谁都不知道，估计都和花嫁娘有关。

这家伙，酒鬼加色鬼，一人独占两鬼，和知青关系十分密切。我们在潭头鬼混，没有羡慕死，没有被他搞死，已经很不错啦。

离开癞头奎，我们就说先去看祠堂，也算是知青的鬼混地。进仓说，早就拆啦，现在潭头，只有寺庙了，没有祠堂了。现在那里是文化活动室，都是老年人，就是见见面，打打牌，聊聊天，抽抽烟。我们记忆中的祠堂，从前的空地晒场还在，不过没有粮食可晒了，有两个篮球架，也没有人打球。文化活动室门外，靠墙的两面，有几张长椅，坐着几个老年人，男也有，女也有，坐在门口晒太阳。我马上认出一个，那个讨饭头，相貌居然一点没有变，可能是我的感觉问题。他好像也认出了我，显然是朝我笑起来。我说你还抽烟吗，准备递给他烟，他说早就不抽了。这就让我很吃惊，连烟鬼都变了，岁月已经很长了，没有什么好谈了。心里还想问问他，那几个小讨饭呢，应该都很大了吧，都讨老婆了吧，他们现在怎么样。结果莫名其妙，我问讨饭头，小田呢，小奶呢，他们在哪里。他说小田好像在里面，和癫头贵在打牌。活动室里面，几乎空空荡荡，没看见有电视机，倒有两桌人在打牌。小田看见我们，马上就站起来，两眼盯着我说，吵死鬼哈，今天什么日子啊，这么难得来转转。癫头贵坐在那里，没有一点动静，只是对吴用笑了笑，吴用叫了一声癫头贵，癫头贵也没有什么话，对我好像理都不理，不看也不笑。当然我也没叫他，我们当然不会看错，他胸口那块"抗美援朝"纪念章，依然非常清晰，主席头像五角星，依旧光芒四射。这家伙对我不打招呼，或许可以理解，和吴用都没有一句话，就有点奇怪了（现在我估计有段时间经常来的老龅肯定和他说过吴用）。这么多年都过去了，难道他还记得知青，或者已经忘了知青，会不会因为杜鹃花或者什么花的事情，或者仅仅是一次没有任何关系的见面？这个老书记，还是老样子，我们搞不懂，也无须搞懂。这家伙已经90出头了吧，活到今天已经很牛逼了。当年那个朱伯仲，算是中医色鬼，结果就毙了，今天这个癫头贵，算是支部色鬼，结果活得好，看来色鬼的学问，总是让人深不可测。

这时，小田悄悄对我说，你们来，是不是又来要土地啊，老龅那个事情？看来，吴用和老龅，确实在潭头有大事。小田肯定不知道，吴用才是老板呢。其实我也不清楚，吴用来到底干什么。我笑笑说，不是不是，你的反应，还是从前那样敏捷。我自己都没想到，我的回答居然还有从前的知青风格，知青自己的事，从来不会乱说。小田确实还是小田，曾经的大队会计，我们当年的房东。我说，小奶呢，他在哪里？小田说，他也在，刚赢了一点，现在走掉了。赌鬼的离开，或者不走掉，都是一种赌技，也是赌博学问，看来他没有变。我们走出活动室，立刻就有人叫我，一看就是小奶，潭头伟大的老赌棍。这家伙远远就看见我们，居然一副调皮相，站在我们面前，金鸡独立，手搭凉棚，居然做出孙悟空瞭望状。他一口就报出我的名字，然后笑嘻嘻说，早不来晚不来，我现在手气正好，正要去赢钱，你们这帮知青，就会打混账啊。听口气，显然在怪我们，来也不打个招呼，他好有个安排。不愧是知青的老友，四十年不见面，一见面就好玩。进仓悄悄对我说，他80多了，这把岁数了，现在还泡妞呢，那女的在蜈蚣岭，那么老远的路，他还经常去呢。记忆中，这家伙当年身体瘦小，有名的哮喘病，现在看去，短小精干，精神矍铄，几乎没有皱纹，完全不像一个老人。我们笑小奶，你的身体这么好啊，看起来很牛逼啊。小奶就很得意地说，赌博赌到老，就是脑子好，赌博就是洗脑，肯定不会脑中风！

这个小奶，赌鬼加色鬼，鬼魂双双附身，该劳动还劳动，该泡妞还泡妞，还要自己洗洗脑，活得不要太潇洒，活脱脱一个老玩家，一个我们永远学不到的贫下中农老前辈。

已经没有祠堂，又一个知青圣地没了。我们就去看看从前没有的寺庙，离这里很近，就在大岩头下面。寺庙叫本保殿，名字啥意思，我们还是搞不懂，庙主的大名，却让我们惊奇，就是那个手表拐——我们印象很骚的，村里男人都想骚的，连知青老鲍都想去骚，差一点还落网，开过批判会的。进仓说，她早已不是手表拐，什么年间了，她现在就叫潭头妈妈。名气火得很，比书记还大，方圆百公里，不但是资深老媒婆，算命准得一塌糊涂。潭头妈妈做媒，没有不成功的，天天有人来，不但很吃香，报社都来采访她。潭头妈妈的回答，一点也不炫耀，说具体做了多少媒，她自己也记不清了，有些她做媒的，孙子都有啦，会叫爷爷奶奶了。接着问下去，你这样做媒有什么好处。她很骄傲地说，有盖不完的被子，有穿不完的鞋子，有喝不完的老酒——都是潭头媒婆的老传统。如果再问下去，为什么不开一个婚姻介绍所，红娘光明正大，中介费名正言顺。潭头妈妈就会说，做媒是兴趣，为人做好事，男人女人也只有这么一种好事啊，如果要收钱，性质就变啰，阿弥陀佛，阿弥陀佛。潭头妈妈是虔诚佛教徒，潭头祠堂被村干部拆掉后，引起一帮老人极大不满，潭头妈妈就趁机出山了。带头献金，到处募捐，亲自跑到县里，统战部、宣传部、民政局，所有和宗教有关的单位，差不多跑了整整一年，盖回几十个公章，拿下批文，全权负责。亲自看准地方，亲自指挥施工，亲自取名本保殿，最后亲自掌管潭头第一个寺庙。我们拾级而上，高台如篮球场大，香炉鼎立，风格古怪，造型复杂，庙宇就耸立眼前。我们朝里面看，什么信仰都有，观音、关公、钟馗、土地神、灶王爷、弥勒佛，一应俱全，同居一殿，各就各位，各司其职。这里的香火，一年到头都旺，逢年过节更热闹，不光潭头人来，周围乡村也来，现在城里都有人赶来，那一路到潭头的公交车，就是为到本保殿算命人多加开的。本保殿平时大门紧闭，逢年过节，黄金假日，时间一到，和从前手表拐那手表一样，钥匙就挂在潭头妈妈的裤带上。

有些人体工具，历史教科书都呱呱叫的，大家一定要好好学的，伟人的扁担，伟人的草鞋，伟人的凉帽，伟人的雨伞——从前手表拐现在潭头妈妈的裤带，无疑就是潭头历史上最伟大的裤带。

听说她很忙，见面要预约，还是和从前一样，见她一面不容易。

我们当然记忆犹新，知青时代的手表拐，田头评论人气最旺的女色鬼，成为我们人生第一个崇拜偶像，从此做人鬼迷心窍，爱情永远鬼使神差，再不拜见新时代潭头妈妈，那真是对不起鬼斧神工啦。

有些人见面，是想都想不到的。

我们经过一条弄堂，进仓在一家门口说，朱拖拉家去不去？我们马上想到童养媳，毫无疑问就进去了。朱拖拉有点变老，英俊还是存在，一眼就认出我们。老妇女主任听到外面有人，也出来看我们，相貌和从前一样，没有笑，没有话，好像一时还认不出来，精神倒还是老样子。朱拖拉很客气，说去屋里坐坐啊，说童养媳去打牌了。见我们还说童养媳，朱拖拉真是聪明人，我们说再来再来，很快就出来了，童养媳既然不在，就不浪费时间了。走出门口进仓说，你们知道吗，朱水利坐牢了，我们倒是吃了一惊。我们没有问什么原因，干部无非是腐败，说到底都是为了见面笑，只是我们当年的渠道同志有点可惜。一个潭头同志的消失，让我忽然就想起那个春牛，参军后文革要招飞行员就在陆军挑，很快就成为飞行员了，后来上升到飞行团长，转业后就成为市房管局二把手，我们见过几次面。他早早就退休，比在职还要忙，听说在桂林搞房地产，一听就非常符合离开官场后最货真价实的工作。我说你还在天上飞啊，他说继续发挥余热啊。后来他就经常给我打电话。飞行员说：老同学啊，最近怎么样啊？飞行员说：到桂林来玩啊，我去飞机场接你！飞行员说：过来看看吧，看了就晓得了，哈哈！为什么要请我去玩呢，一个退休的政府官员，一个很多年前的初中同学，一个遥远的知青房东，我们之间还有什么关系吗？我想了半天，不得不承认，一个空军飞行员在天上飞过几千小时的飞行团长才能有这么大的诱惑力，我终于抵挡不住了。飞行团长在桂林城乡接合部有一套显示地位的豪宅，他一天带我去两个地方，三天听了六个单独培训课，讲课的都很有身份，各行各业资深人士，自我吹嘘都吓人一跳，我基本上已经听晕，还在不断点头微笑。我们再有想象力，也想不到鬼魂说来就来，革命生涯功成名就的飞行团长，浪迹天涯在传销见面笑。带领一帮老乡，完全军事管理，洗脑洗得一个个胸怀大志。早晨和傍晚，又带我散步，独秀峰下，漓江岸边，地下读物一望无际，发财大军前赴后继。腰板依旧笔挺的前飞行团长，很严肃地对我说，中国的改革路程，天下人都知道，就是步步为营。老邓的试验区在深圳，老江的试验区在浦东，老胡的试验区就在北海——我们和传销的本质性区别，就是我们这里叫资本化运作。第四天还要继续，出发前飞行团长进卫生间去方便时，我很方便看见他的笔记本上写着我是"新同志"——新同志鬼魂附身赶紧逃离。说起来，我们都是这个时代有身份的老同志，至少我也是一位老资格的潭头博士，不怕老爸老革命（他的前半生是老革命），不怕老爸反革命（他的后半生是反革命），也算得上战无不胜攻无不克，又北漂和老妖怪小妖精们鬼混这么多年——差一点，又要被潭头威望最高的飞行团长拿下。

接下来见到兴标以后，连想都没法想了。

进仓联系好的吃饭，在潭头现任书记的豪宅。书记不是首富也是大富，五层楼的别墅，潭头最好的地盘，面朝畈上，阳台外就是吴用梦想的锦绣家园，现在看去一片绿色茫茫。书记说，隔壁那幢就是癞头贵，我们一看也是豪宅，乡村的书记好像都一样。房子装修很豪华，一层一个卫生间，吴用看了没什么表情，我看了是羡慕不已。书记设宴招待，冷盘热菜，满满一桌。席间谈起，他是70后，大名叫兴旺，就是兴标的小儿子，我们在潭头时，他大概两三岁，对知青好像有一点记忆。我们一听，兴奋不已，连忙干杯。难怪叫兴旺，兴标的后代，就是基因好，投机倒把就会遗传，肯定要发财，发财就当官。兴旺倒是很有分寸，不乱说，不吹牛，笑而不答，拿起苹果手机，对老爸兴标说，老朋友看你来了，生产队的老知青，一起来喝个酒吧，你们可以聊聊天。兴标要来，我很开心，吴用好像有点沉默，他和兴旺的谈事，有人来就不方便。兴标说来就来，他一点也不见老，身体还是矮墩墩，脸色还是红彤彤，我们聊起当年，很感兴趣问他，铁路大动脉，就是为你开，生财之道啊，现在还去不去火车站了？你这个老投机倒把，当年就赚大钱啦！兴标还是老样子，喝着酒，笑眯眯，看看兴旺，看看我们，不说还去，也不说不去，说，做生意啊，其实就是赌，投机倒把那更是赌，说不定哪天批判，坐牢都是正常的。做人就是赌一辈子，做什么事情都是赌，种田是赌，当官是赌，你们那时候当知青，到潭头也算一种赌，城里没饭吃，就到潭头吃，总算活下来，国家的事，就是大赌。兴标好像对赌很有研究似的，我们一边喝酒一边笑，兴旺一边给我们敬酒一边对兴标说，呵呵，你酒喝多了吧，你这个老赌鬼，三句不离本啊。

吃完饭，吴用看来要和书记谈事，我就说要和兴标去他家。

兴标还是住在村中央的老宅。村人的新房都盖在村外，四面八方，包围老村。村中央的老宅就像一座孤岛，断壁残垣，破败不堪，许多门上都挂着一把锈迹斑斑的铁锁。弄堂倒是都变成水泥地了，看去死板板千篇一律，没有从前的石子路好看。我们多年的潭头顾问进仓说，现在乡下都叫新农村，石子路石板路，变成水泥路，石板房石头房，变成水泥房，水泥毁灭石头，就是与时俱进嘛。兴标的老房和从前一样，这个书记的老爸，还是喜欢住这里。他家门口一条偏僻的小路，

237

可能是潭头唯一的石子路了。从前我肯定在这里走过，说不定和谁牵过手，夜里拥抱过也难说，老鲍那次肯定是在这里逃亡，那双流氓鞋就掉在这条路上。我看见路中间一块石头和别的石头不一样，看上去就很眼熟。兴标见我好奇，就去屋里拿来一把锄头，几下就把石头挖出来，仔细看了一下说，好东西，好东西，这是一块黄蜡石，大江里的宝石哦，你喜欢就拿走吧。这个赌鬼，投机倒把专业，什么东西都懂，也算我在潭头收获一个纪念品——说起来还是知青意识，知青们谁还有纪念品，有什么好纪念吗，还能纪念什么呢？

我就是拿着黄蜡石，谢过兴标准备开路，看见那个方大乐牵着方小乐，慢慢吞吞走过来。方大乐拉着方小乐，大乐走一步停一下，小乐跳一步停一下，那种样子就很好看，前前后后都有小孩跟着，好像在观看一种街头的表演。兴标说，这一对父子，天天要牵手，方大乐天天去自留地，现在天天去自留地也只有他了，还要天天牵着方小乐去自留地。大乐在田里干活，小乐在田边坐着，大乐一不小心，小乐就会跑走，一跑就跌倒，就满地乱叫，谁都不理睬。他已经疯掉了，这一家人算完蛋了。大乐小乐，我们知道，大乐是地主的儿子，小乐是地主的孙子。那时候小乐还小，当然没什么印象，大乐就太熟悉了，村里干活很出名，是村里最受欢迎的泥水先生和木匠老师，几乎家家要找他，村里有事也找他，批判黑五类分子那就更需要他，连向阳花杀猪杀出来的政治猪，都是方大乐一个晚上没有误工工分在支部命令下充满革命激情赶制出来的。

现在这个样子，活生生鬼哭狼嚎。有点不好意思，真的要说起来，当然不是什么向阳花了，但还是和知青有关——说起来算是老知青了。一个当然是吴用，一个当然是老鲍。他们的关系一直不错，虽然已经和丁香花离婚，一个是姐夫，一个是小舅，也没什么后遗症，两个男人管男人。当年他们在潭头，都混得各有一套，对潭头也没什么深仇大恨。吴用赚大钱后，老鮑就成为助手，说起来也不错，我们潭头知青还在长期交往的好像也不大有。不过，吴用好像从来不到潭头，到潭头出头露面的都是老鮑，和癞头贵谈判的也是老鮑。老鮑和潭头一直都有来往，这一点要说起来比潭头所有知青都有良心，当然包括本同志在内。

后来我们都知道，吴用的锦绣家园，潭头一千亩地的大项目，没有老知青老鮑和老书记癞头贵交往历史悠久，根本就不可能拿下。说起吴用这个富豪，不过初中文化水平，没学过经济学，没读过 MBA，不是政府官员，不是江湖骗子，算不上红二代，算不上黑社会，说到底不过知青时代，老红卫兵的一点理想，老知青的一点梦想，难道不是吗？罢了，罢了。别的就不说了，潭头的见面笑，一向不能轻易到手，那些刁民眼睛很亮，开始以为挣大钱，很快就发现上当，全村马上就大乱了。畈上一亩地，实际价格六万元，结果每户只拿到两万，至少有三分之二不晓得到什么地方去了，有人认定都被上上下下干部拿走了。大家这才恍然大悟，老祖宗的田地，被那些有权人剥削了，被从前的老知青骗走了。

刁民一闹事，就是要造反。色鬼酒鬼赌鬼，好像都是造反出身。那些天，潭头造反大军分成两个队伍，精心策划当然是非干部的潭头妈妈。

一批人出发进城——目标就是把事情搞大。潭头妈妈命令，一家都要去一个，队伍只能是一条，有组织有纪律，不要瞎胡闹。说大家都看过革命电视，打扮一定要和电视上一样，让城里人都喜欢看。她自己的打扮就很吸引人，完全蓬头垢面，走在队伍最前面。后面人群整齐，全身从头到脚，全部都是红布。红色队伍出发，大标语小标语，一路可以不动声色，到城里开始游行就大喊大叫。大街小街走完，就去县政府静坐，那地方不能乱叫，安安静静坐着就行。什么话都不要说，有城里人来看就好，记者来采访就更好，当官的来说话那就好上加好。

另一批人坚守畈上——目标就是不加钱不给地。潭头妈妈命令，不准房地产推土机从国道向畈上开进来，誓死保卫自己的土地。事实上，出钱是老知青吴用，给钱是老知青老龅，一亩地两万元，老龅亲自送给家家户户。毕竟是老知青，潭头非常熟悉，这场大生意做完，真一辈子吃潭头饭了。现在有的是见面笑，当然也可以见见从前的花嫁娘，说不定还有新一代的花嫁娘。有花嫁娘一看见面笑，就会很客气，客气得不得了，老龅你怎么还这么年轻，从前的事还记不记得啊，不会回城就会忘掉吧，都说你比癞头奎还厉害！有老人家一看见面笑，就会流口水，还是知青有良心啊，吃过潭头的饭，记得潭头的人，把我们当亲人了，给我们送红包呢！有些80后90后，从来不知道什么知识青年，就会东问西问，现在我们都去城里吃饭，从前他们怎么会到乡下来吃饭？有人就说，什么叫皇上，什么叫百姓，叫你上天，你就上天，叫你下地，你就下地，这一点都不懂啊，你做什么人啊，好好学着点吧。说起来，一个老知青，确实也不容易，当年在潭头混成色鬼，现在回潭头变成赌鬼，花钱乡下买地也罢，付钱农民给地也罢，推土机轰轰烈烈，看去是房地产大兵团，其实是老知青雇佣军——投在潭头畈上的赌资，要在锦绣家园赌赢大钱。

当然，老龅和吴用，一个付钱的，一个出钱的，投资商没必要也不可能亲自上阵，我们惊叹姜还是老的辣。老潭头的新土地大战，在我们眼里算是什么呢，不过是老知青和老潭头又一次鬼魂相遇，谈不上鬼怪输赢。

潭头人去城里上访——不安定，不维稳，网上也说了，电视也放了，报纸也登了，县委书记发大火，有关单位去救火，宣布锦绣家园工程暂停，终于把闹事农民送回潭头，老书记癞头贵当然就此下台，也算造反派一个意外收获。

老知青去乡下拿田——有理由，有阵势，协议签了，钱也付了，二十几辆推土机从330国道浩浩荡荡，到了潭头汻，癞头贵早已建好进村大道，畈上就在眼前，一千亩的祖宗良田，马上就是老知青的锦绣家园了。那天潭头人好像都去了，进村道路上早就人满为患，推土机轰隆轰隆开来的时候，看见很多人东躲西藏，根本就不减速，汽笛声声，勇往直前……马上就要横扫到我的我的我的那块土地啦，很多人叫，很多人骂，最后都是看热闹，分散的分散，让路的让路，稀里哗啦东倒西歪，好像他们的土地都卖掉了。只有一个家伙，不和别人鬼混，鬼迷心窍躺在老祖宗留给自家的土地上，四肢敞开，一动不动，仰望着老天，紧贴着大地，自言自语一句话，谁不加我钱，我就死这里，绝不让推土机推我土地。这个地主后代的后代，方大乐的儿子方小乐，以地主的姿态，誓死捍卫老土地。今天势必要拿下土地的推土机，跳下来许多雇佣兵，把这个又收过钱又不给地的方小乐，从田东扔到田西，从田里扔到田外，不晓得有多少次，方小乐身体好得很，三脚猫功夫也学过，滚来滚去，跳来跳去，每次都英勇回到自家的土地上。一人对抗一伙，最后的那一次，倒下不能动了。潭头农民大军这时好像出动了，和老知青雇佣大军在畈上打成一片了。挽救已经太晚，大家看护自家土地的时间太长，唯一坚守的方小乐，已经是终生残疾了。

这场城乡土地大战，结果双方打成平手——警察到场，官方出面，处理的结果是，把人打残当然要赔钱，方小乐因此得到一百八十万见面笑，土地只能按协议处理，老知青继续拥有一千亩房地产。事情远远没有就此结束，方小乐似乎有遭难遗传，方小乐老婆不甘心遭难，那个什么花，离婚很无望，某一日带上老公终身赔偿款，变成自己青春补偿款，加上自己离婚补偿款，一共是治疗花费八十万还剩下那个一百万，全部都拿走，半夜三更私奔，从此不知去向。方小乐不见老婆，每天都要寻找，天天坚持出门，就被方大乐牵着，每天跟跟跄跄在潭头游来游去，好像在找老婆，好像在看土地，好像在走潭头，成为潭头每天都会出现的新景观。

我们终身的潭头朋友进仓同志，对那场畈上土地大战，忍不住仰天长叹：

不是冤家不聚头，知青阴魂不散啊，讨债啊讨债！

那天我们准备离开潭头时，进仓还在说，吴用不说话，我只是在想，锦绣家园看去鬼怪，现在还一直没有开工，说不定房产早就卖掉了。吴用不叫老鲍了，亲自出马了，悄悄地进村，开枪的不要，和兴旺秘密交谈。经商也不容易，连我都搞不清楚，根本就没人知道。吴用鬼戏一招，有戏没戏，都很难说。

所以，我们上车前，进仓还没完：你们今天知道了吧，潭头人还是厉害吧，土地又拿不走，已经到手的钱，绝对不会松手。那个老鲍，这回真倒霉了，偷鸡不着，蚀一把米。呵呵，你们也看见了吧，什么叫本保殿，就是保本殿，农民一辈子保什么啊，保本土，保本钱，保本人！

21 老知青的农家乐

　　吴用心血来潮，要搞知青聚会，好像去过潭头，又怀念知青了。有钱出钱，没钱出力，见见面看看人，喝喝酒聊聊天，聚会也没什么意思，尤其是知青聚会——没意思就是意思。吴用和我说，你北漂鬼混了很多年，这次回来也是难得，就在农家乐聚一下，我来办，你召集，把潭头知青都叫上，不是潭头的也行哈，最好全公社都叫来。我们都知道，农家乐很吃香，江南江北都有，老板就是吴用，他也不出面，有人在管理。不仅仅是我们这里，杭州上海南京一带，至少长三角不少农家乐都是他的连锁店，这家伙不但是江南农家乐的大老板，算得上是中国农家乐的老祖宗。他说下放过潭头，才想起搞农家乐，这话真不真我们不知道，也许就是农家乐赚钱，才有后来这么多大项目，包括潭头锦绣家园。他还说，不管怎么说，知青不光是朋友，也算是中国特色——一起下过乡，一起扛过枪，一起同过窗，一起分过赃，一起嫖过娼。

我笑起来，这家伙还是知青恋。我找到了狐狸、小地保、一块乌、老寿、老货、向东、项西，把潭头我们的代表人物进仓也叫来了。向阳花、膨胀花，这些当年的知青花，也突然花里胡哨冒出来，一大批更年期，不晓得谁叫的。潭头知青聚会，几十年难得一次，估计也是最后一次了。老知青见面，确实不容易，不想来的，不要来的，不会来的，都不来了。太难得了，很陌生了，不是下岗的，就是退休的，看来都老了，头发白了，脸色花了，喝酒少了，抽烟少了，甚至不烟不酒了，都在互相傻笑，交流各自的生活。身体怎么样，胃口怎么样，儿女怎么样，老婆怎么样，住房怎么样，医疗怎么样，保险怎么样，养老怎么样，几乎没什么人谈什么下放往事了。

往事也没法谈，谈了也没人听。

牛逼吗，好玩吗，青春荣耀吗，无怨无悔吗，傻逼才会说。

傻逼吗，无聊吗，青春苦难吗，深仇大恨吗，傻瓜才会说。

潭头知青好像都不傻。岁月不饶人啊，保命最要紧啊，知青里最喜欢胡言乱语以算命为生的小地保都没什么知青模样了。只有老鮈，加上狐狸，两人凑在一起，好像还有点从前知青的样子。不过，知青已是老知青，一个就有点像老流氓，一个就有点像老顽童，两人一见面，就开始说癞头富，不晓得是不是在怀念死人，好像死人才是活人的口碑。

狐狸说：癞头富说得好，上面千条线，下面一根针，潭头就是针眼。

老鮈说：记得，记得，都记得，癞头富还说过，革命就是为了吃饭。

狐狸说：领袖自有领袖的诗意——广阔天地，大有作为。

老鮈说：农民自有农民的活法——忙天忙地，为个逼逼。

狐狸说：知青自有知青的逻辑——领袖在上，农民在下，上有天，下有地，我们就像夹在中间的傻逼。

老鲍说：哈哈就是，你不就是傻逼革命，在潭头以毒攻毒。

狐狸说：呵呵也是，你不就是革命傻逼，在乡下以骚攻骚。

老鲍说：做人忙天忙地，就是为个逼逼。

狐狸说：我就这样了，活着干，死了算。

那天只有他们两位，好像一直在滔滔不绝。他们的潭头故事，从前大家都知道，离开潭头后，就没人知道了。

谁都想不到，狐狸同志还有第五次战役。就是说潭头的知青战役，宜将剩勇追穷寇，人间正道是沧桑。狐狸进了县合成氨厂，由于在广阔天地混过，干活经验很丰富，革命经验更丰富，很快从一个锅炉工干到供销科长。经过与潭头支部的八年抗战，狐狸眼观六路，耳听八方，十面埋伏，千锤百炼，掌握面向农村的化肥供销，是知青得心应手的拿手好戏。那天狐狸正在办公室办公，看着手下忙来忙去，吆喝的吆喝，开票的开票，收钱的收钱，忙得有条不紊，又抬眼看窗外提化肥的队伍，弯弯曲曲，拥挤不堪，正在踌躇满志时，门外走进一个人。那人很精神，好像兴冲冲，手里晃着一张纸，狐狸同志，你好你好，我是潭头的，你下放过的，我们见过的，我父亲你很熟的，我有经委批条的。狐狸一看，马上回忆，不错不错，就是朱抗美，于是满面笑容，向他招招手说，过来，过来，批条我看看。朱抗美递过批条，狐狸扫了一眼说，上面写着癞头贵，你是他儿子啊？来人说，是啊，是啊，我爸是潭头的书记。说着掏出香烟，很快递上来。狐狸没有接烟，狐狸笑起来了。狐狸笑着说，书记也好，经委也好，批条也好，后门也好，都没用的，在这个地方，就是我说了算。狐狸说着说着，就把批条撕了，而且一下一下撕得慢条斯理。等那人反应过来，狐狸已经把批条撕得粉碎，向上一抛，看着飞扬的纸片说，去你妈的批条，回去告诉癞头贵，我就是潭头的狐狸，现在是供销科长，只要我在合成氨厂，他不要想在我这里提走一钱化肥（一钱是一斤的十分之一）。不过，我和你说清楚，这不是你的事，这是你那个混蛋老爸的事。我们都知道，一张经委批条，显然来之不易，在化肥紧缺的年代，比什么都珍贵。朱抗美张口结舌时，狐狸科长又对部下说，拿批条，走后门，搞不正之风，捣乱供销秩序，来来来，把这个家伙赶出去！几位手下一下就把朱抗美赶出门外，朱抗美在外面叫来叫去没人理他，最后不晓得跑到哪里去了。朱抗美在我们眼里，毕竟有个膨胀花，烟笼寒水月笼沙，隔江犹唱后庭花。没想到那个老公，怎么就会倒霉，化肥没有不说，批条都毁掉了，回家怎么向老爸交代啊，怎么去对付田里的庄稼啊。庄稼靠化肥，化肥靠国家，国家有后门，后门很复杂。这样的倒霉，已经没人知道了，他已经在回家的路上，也有一说进仓就说朱抗美是在第二天又进城去合成氨厂的路上，被一辆货车撞死了。

狐狸的战争结束，大家感叹不已，纷纷向他敬酒，喝酒，喝酒，知青的好汉，永远是好汉。其实也是起哄，知青的老故事，没人当回事，不好听不说，不吹牛不说，也不能乱说，难得的知青聚会尤其要注意——好在膨胀花不在我们这一桌，十几桌知青闹哄哄的场面正是吴用的开心之处。我们看过去，膨胀花根本就没怎么变样，可能是青春已经膨胀过，现在就不会再膨胀了吧。听完狐狸的故事，我们倒是觉得，膨胀花才真是天意，从潭头带回一个女儿，是知青罕见的潭头后代。至于现在，有没有再婚，做什么工作，女儿在干什么，我们都不晓得，也从来没见过，更不是知青聚会的话题。

膨胀花肯定是老龁叫的，不管他笑嘻嘻承不承认。我那天见面就问老龁，现在怎么样了，听说你日子过得不错，和从前大不一样了吧。我也是聚会才见面，没什么话好说，随口那么一问。他好像一听就有感觉，直奔主题，要收山了，要收山了，这个年纪，差不多了。

要收山了，什么意思？差不多了，什么意思？难道洗手不干了，就是男女大事吗？这家伙我们还是搞不懂。仅仅知道他有一个儿子、一个私生女。一个儿子我们没见过，那个私生女以前见过，他家隔壁的隔壁，一条弄堂的美女牵着的那个女孩，会叔叔叔叔乱叫。那时我们还在潭头，他很自豪地说，那女孩太像他了。应该是他的知青时代，第一个私生子后代吧，其他还有没有，我们还真不好说。果然小地保说，你们不知道啊，这家伙起码还和一个80后生过一个小后代，那个80后就是潭头人，师大毕业后在一百干销售，那次他路过西华寺叫我给他算过命呢，和老婆有没有离婚，这个他笑眯眯没有说，那个80后进仓也应该知道吧。进仓马上说，哪个80后，确实不知道，不过老龁在潭头，花嫁娘真不少，他在潭头一直红得发紫呢。老龁跟吴用干，也算是傍大款，老知青，新风骚，赚不赚钱很重要，这家伙一贯有骚运。不过，知青散伙后大家老战友或老朋友的关系也彻底泡汤，骚事都无影无踪了，不会脱口而出了，那天我们见面，他只和我说过儿子，儿子在公安，哪里哪里的警察，口气透露出自豪，我听了记不得了。不容易不容易，这才是没有白混的老龁，公安啊警察啊在他漫长的成分不好的知青日子里肯定记忆幽深——许多知青老爸老妈的理想，只能在儿女的身上实现了。当然，老龁那老地主的老爸，以前我去他家经常见，从来笑一笑不说话，看来一辈子也没有在煤球店白干，活着的话更会笑一笑，孙子也终于是个公安了。

我们想不到向阳花也会来。这个更年期同志，一贯出名的女强人，穿的当然非一般时尚，完全是电视新闻人物，依然保持当年的党报风格。国企一旦股份制，向阳花自然成为董事长，青春辉煌的潭头女屠夫，配上历史悠久的潭头两头乌，自然成为肉联厂最红的看家法宝，新品种就是砒霜火腿，大名鼎鼎，威震四方，市场好得一塌糊涂。向阳花就是向阳花，你不服是不行的，还带来一个驾驶员，兼任随行男秘书，和当年自己兼任过大肚黄替身秘书完全一个套路，有权还需要有派头，有钱更需要有派头，当然又成为市杀猪协会主席。向阳花肯定是吴用请来的，有钱对有钱，有权对有权，一切自然正常。知青聚会见面，当然更加难得，大家一见面，认识的，熟悉的，叫一叫，笑一笑，生疏的，遗忘的，就看一看，就点点头，都是老百姓那一套。潭头人最不擅长握手，所以我们已经永远不会握手，如果破例去握手，肯定是开个玩笑。只有向阳花同志，跟谁都要握手，很正规的握手，显然是一种风度，显示出一种派头，是一个有身份的人了，领导和群众见面了，起码是科长以上的领导干部。

　　大家真正感兴趣的，当然是知青的成功者。向阳花被一群女性更年期包围，吴用被一群男性更年期敬酒。向阳花说什么，我们也听不见，可以肯定的是，不会说杀猪吧。吴用说什么，估计他不会说潭头的锦绣家园，不是说这种事不适合高谈阔论，关键这帮老知青一看就知道没戏，没有一点点可能性是潭头锦绣家园的 VIP 客户。

　　吴用的锦绣家园之梦，潭头买地六千万，估计没多少知青知道，但一百公司的官司起点六个亿，这个不大不小的新闻，城里一半百姓都知道。不过，潭头知青肯定也不知道，吴用目前陷入的一百官司，已经不是潭头锦绣家园的问题了，是自己家庭生死存亡的大事了。知青里至少有两位，在吴老板的公司就业，一个大家知道是老鲍，一个我们不知道是老货，大概也是老鲍介绍的。老货在一百公司搞宣传，负责民营企业的宣传资料，表达民营老板的虚心，符合知青老板的爱好，听说跟吴用干了好多年。按老货的透露，这个轰动全城的官司，其实就是家庭财产分割，说起来源远流长。都是吴用和野菊花，两个知青里的佼佼者，不晓得他们怎么交配的，基因又是怎么分配的，生下一个知青怪胎，还要取名茉莉花，好像有什么纪念——18岁就被人把肚子搞大。

所以，吴用这个宝贝女儿，根本不像老鲍那个儿子，实现她老爸的理想，不但不实现，简直是造反。搞大茉莉花肚子的，是一百公司那个小保安，蜈蚣岭的农民工，平常一点不起眼，站在那里大家看都不多看一眼，不晓得怎么会有这么大的本事，搞大老板千金茉莉花的肚子。这个肚子，很不一般，看去已完全成功，成功得非常圆满，要想打掉都没有一丝丝的可能性。说起来，这种事情也没什么奇怪，天下多得不能再多，也不是一个不能解决的问题，解决的方案也多得不能再多，人类关于这方面的智慧总是无穷无尽。问题是，我们认识的——知青吴用、老板吴用、父亲吴用，不但不去管那个肚子，而且任其越来越大，在大得不能再大的时候，一场奉子成婚的好戏开场了。那个老牌知青吴用，婚礼前就问过两个知青朋友，一个老鲍，一个老货，说你们都知道那个蜈蚣岭，那个地方什么东西最有名？老鲍说，那还用说，当然是茉莉花，全国的茉莉花茶，最好的就是蜈蚣岭的，北京人不喜欢西湖绿茶，就喜欢蜈蚣岭的茉莉花茶，现在蜈蚣岭就靠茉莉花出大名发大财。老货说，谁都知道，蜈蚣岭的桃花，全国人民都会唱的，在那桃花盛开的地方，就是祖籍蜈蚣岭的音乐家大作，蜈蚣岭就是桃花盛开的地方，现在每年都要举行人山人海的桃花节，蜈蚣岭就靠桃花盛开的地方出大名发大财。吴用两个亲信的回答，老龅有过蜈蚣岭山姑的茉莉花茶，老货有过蜈蚣岭恋人的浪漫情歌，这种难忘的知青经历恐怕一辈子都会藏在心灵深处。老板就是老板，有红卫兵历史和老知青经历的老板，就是与众不同，吴用最后情深意长说，蜈蚣岭就是土匪的风水宝地，流芳百世的都是天下土匪啊——好像他就要用土匪去干大事赚大钱呢！笑话归笑话，结果是结果，吴用知青用知青的敦厚，吴用老板用老板的雄厚，吴用父亲用父亲的宽厚，果然举办了一场至少知青朋友从来没有见过，见过也无法想象的超级豪华婚礼，陪嫁是一座别墅豪宅，外加一辆送给乘龙快婿的法拉利跑车。事情做到这一步，旁观者大为惊奇，最多惊叹一下，或者叹息一下，也许红眼一下，也没有什么大的出格，符合中国富豪的家常便饭。让人不可思议的是，茉莉花婚礼圆满之后，茉莉花肚皮圆满之后，一百董事局主席吴用同志，又送出一份更大的礼，简直巨大无比的礼，居然把一百的股权都送出去了——女儿17%、女婿17%、女婿的哥哥17%、女婿的弟弟17%、自己留17%、余下15%，归一些零散小股东。

　　大家好像听呆了，吴用好像发疯了，天下也没有这样的老爸，天下更没有这样的老板，分给女儿当然好，分给女婿倒也罢，凭什么给女婿兄弟，兄弟三个人，已经在一百成为一帮，一旦联合起来，不是控股了吗，好像一点革命道理都不懂，简直就是奉献大好河山啊！

　　吴用说：我只有一个女儿，也没有儿子，女儿嫁给他了，他们兄弟三个，都是我的儿子一样了，女儿这辈子就有依靠了，我这辈子也就放心了，人的一辈子，图的什么呢？

我们听起来，没有一点土匪的想法，好像全是潭头的老话。

蜈蚣岭的三兄弟，形势成熟之后，终于开始下手，土匪长相露面，毫无思想准备打死都想象不到的吴用，突然面临严峻局面，官司打不打，自己看着办——1. 前小保安、现董事兼总经理的女婿，要和茉莉花离婚；2. 一离婚就意味着一百的股权要重新清算；3. 董事会已经决定，停止吴用在一百的签单权；4. 实力雄厚的香港银泰百货，准备收购一百，开价就是六个亿；5. 种种迹象表明，当年一百的创立者，即将被扫地出门。

吴用说：现在说起来，血都要喷出来！

我们听起来，又是潭头的老话。

聚会就是聚会，喝酒就是喝酒，可是这种场合，见面就会变样。大家说到底还是知青，乡下的那些老调，潭头的许多老话，稀里哗啦，胡说八道，不晓得会从哪里冒出来。不会吧，一听到见面笑，大家都会冷笑。

潭头知青，男女问题上一贯大公无私的老龅同志说：现在80后90后，不像50后60后，婚姻根本就是儿戏，哪有白头到老的事，每天都可以拜拜的。这个道理不懂，儿女等于白生。我姐我姐夫，都是倒霉蛋。

缸窑知青，后来不知在社会怎么混的一块乌同志说：离婚要遗传的，上一辈如果离婚，下一辈也要离婚，离婚是具有历史性的，父女两位一个样子，完全是知青的后遗症。

蜈蚣岭知青，老货同志说：蜈蚣岭就是土匪老巢，三兄弟就是土匪后代，一般人谁都吃不消的，中国的土匪一贯很厉害。昨天电视新闻还在说，蜈蚣岭那个水库，城里人开车去游泳，他们就要拦车收费，政府管都管不住的。

潭头知青，喜欢革命到底的狐狸同志说：谁是我们的敌人，谁是我们的朋友，这个问题是革命的首要问题。

潭头知青，复员军人、电大毕业考进工商局、成为分局领导后提前退休、喜欢在农贸市场帮潭头老乡解决一些经常发生的投机倒把、潭头人至今津津乐道的前潭头祠堂总理向东同志说：当官一蓬烟，生意六十年，种田万万年。

潭头知青，退休后专职在家管理小孙子的老寿同志说：见面笑从来没有底，谁有见面笑，谁就笑到底。

潭头知青，上工农兵医学院后抓住机会最早成为人民医院领导的项西同志说：现在怎么回事啊，人人拼命见面笑，最后谁也不会笑，在医院有人笑吗？去太平间有人笑吗？

潭头知青，和樊梨花双双失踪后来也分手、成为潭头知青唯一参加高考、最后一个人去美国留学后成为美国博士、经常回来参加当地政府的各种邀请、不晓得怎么知道知青聚会专门从国外飞回来、可能是吴用自己联系、居然对国内大事小事都非常精通的薛仁贵同志说：我回来就听说，一百是本地品牌，地处商业中心，老百姓有口皆碑，政府不会放任不管的，事实上一家人都在活动，一方找书记，一方找市长，甚至惊动省里，最后就是政治与金钱的博弈，官司打成什么结果，谁都预料不到。

潭头知青，下岗工人、天天在西华寺门口算命的小地保同志说：盘里无份，碗里无份，谁管闲事，谁多吃屁。

老货就说：不说了，不说了，我要开始唱歌了，大家都去跳舞吧。

这当然是主办人吴用的安排。农家乐今天就是知青天下，有些我们根本不认识，大家都喝得差不多了，才有人忽然想起，老货这个知青音乐家，古老的口琴，当年的黄歌，也算一种记忆。吹一个，吹一个，唱一个，唱一个，有人起哄了，灯光打到老货身上。老货接过话筒，不紧不慢说，大家见面就好，我需要汇报一下。这些年，除了养家糊口之外，我只做了一件事情，把从前的知青歌曲，全国各地的，都搜集起来，刻录两张盘，一张是我的口琴独奏，一张算是我的独唱，待会儿都会送大家，也算聚会的小小礼物。我还想说的是，这些知青歌曲，那时大家都会唱，有的还被禁，有人还被抓，现在已没人唱了，可能早就忘了，忘了就忘了，知青也没什么好记的。最后我要说的是，感谢我的老板，老知青吴用，知青音乐磁带，都是他的赞助。

好啊好啊，掌声响起，有老不正经的居然吹起口哨，大家好像一下子青春起来。卡拉OK算是真正的共产，全国人民都会唱，农民都会熟门熟路唱到春晚去，知青聚会终于走向了高潮，高潮正在远远地到来。

老货一边琴一边唱，独唱的歌声伴随独奏的琴声，一种不太常见的音乐，在农家乐的卡拉OK，忽然古怪地响起——

《革命知青之歌》

贫下中农是我们的榜样

在三大革命中百炼成钢

五洲的风雷在胸中激荡

誓为人类解放贡献力量

……

《广阔天地之歌》

晴朗的蓝天，小鹰展翅飞翔

祖国的大地，春花四处开放

一身的汗水，换来了丰收的欢乐

两手的老茧，磨炼出火红的思想

……

《南京知青之歌》

跟着太阳走

伴着月亮归

沉重的修地球

是神圣的使命，我的命运

……

《北京知青之歌》

家园校园两不见

热泪滚滚湿衣衫

团圆美酒梦中暖

醒来夜半歌声寒

……

《云南知青之歌》

白天有蚂蟥叮

晚上有蚊子咬

在这里刀耕火种

扎根在西南边疆

……

《成都知青之歌》

望断蓉城

不见妈妈的慈颜

可怜哪你的女儿呀

正在遭受那无尽的摧残

……

《东北知青之歌》

天老地荒，雪花苍凉

枯的心肠，死的魂灵

青春自己怜惜

苦难谁能知道

……

《西北知青之歌》

茫茫的黄土坡

幽幽岁月过

孤独的老知青

命运太蹉跎

……

《上海知青之歌》

我是个穷知青啊

我游荡在外滩上

谁要是敢小瞧我

梆梆就两拳头哦

……

《浙江知青之歌》

深夜村子里，四处静悄悄

偷偷溜到，队长的鸡窝旁

鸡婆莫要吵，快点进书包

在这迷人的晚上

......

《武汉知青之歌》

知青人归来，头发已花白

回想当年的往事啊，悲从心头来

走在大街无人睬，我孤寂难耐

我的小妹啊，我的小妹啊

......

《无名知青之歌》

请你忘记我

分别不是我的错

请你不要恨我

恨我我会难过

......

　　老货唱得很抒情，大家听得好像没表情，会唱的在跟着瞎起哄，不会唱的在喝酒，也没人会去跳舞，只有一帮小孩在跑来跑去，扭来扭去地跳江南 style。可能都是第三代，没有一个 80 后，80 后最不喜欢和父母去他们的饭局，知青朋友的后代，傻瓜才会跟父母来。不晓得谁在叫，知青老歌，没啥意思，不如让老麃这个老骚哥唱点老情歌，让大家情深意长一点，让大家货真价实一点，大家说，好不好啊！老鲍自己在叫，那是，当然，我要唱就唱潭头的《花嫁娘》，那个我们一下乡就听见，那个我们听了很多年，那个一唱起来，大家肯定会大骚特骚，骚得一塌糊涂，骚到今天都想骚……又有人开始起哄，大堂里空气污浊，我看小地保和一块乌好像也没唱歌跳舞的兴趣，就凑他们一起走到后面院子去透透空气。里面灯火辉煌，外面灯光暗淡。院子好像很大，夏天可以摆许多桌，场面布置也是农家乐大堂的延伸。里面满墙都是农作物，满大厅都是农村风景，可见老板的知青风格，外面倒有点真正农村老样子——两棵树冠间拉着一张破渔网，其他好像故意乱七八糟，很多玉米秆子，两个稻草垛，一架水车，一个石磨，某个角落居然还竖着一个早已在乡下消失的稻桶。

　　我们三人默默站着抽烟，也许一块乌想起了田畈里的荒唐，也许小地保想起了门前洞的瓜葛，反正我是触景生情，看着稻桶，看着稻草垛，朦朦胧胧的时候被小地保打断，你看你看，有鬼有鬼。这时候我看见一个黑影，一瘸一瘸向我们走来，越近越像那个老瘸。这个一辈子半鬼半人的家伙在我们面前站定，面目不清，有点狰狞，一眼就看准了我，你就是小禾吧？杜鹃花不止一次说起你，她今天来不了了，我想我该来会会你。气氛好像有些紧张，不会要动手打人吧？我看看小地保和一块乌，他们和我一样浑身不动。老瘸说，你们好过，我都知道，后来分手，我也知道，杜鹃花听说潭头知青要聚会，就叫我把一样东西交给你，什么意思你自己应该知道。老瘸塞给我一个木头盒子，没再多话，转身就走了。我话都没说，这种会面什么意思，简直莫名其妙。老瘸没有再进大堂，一瘸一瘸消失在农家乐的霓虹灯里。

我这才发现，这个木头盒子，红不红黑不黑，好像很面熟。没记错的话，就是杜鹃花的梳妆盒，有些东西一辈子都忘不了的，当年一直放在她床头的桌子上，似乎还散发着杜鹃花头发的气息。不会见鬼吧，可现在看去，怎么看都像一个骨灰盒——原谅我感觉不对。我想起我那老爸，专门要说杜鹃花，最近就说过，杜鹃花是乳腺癌，两个乳房先后都割掉了，好像又扩散了。几十年来，我和杜鹃花没再见过一面。以前她倒是经常去看我母亲，好像都是我不在的时候，母亲总是说杜鹃花好，她其实一直喜欢杜鹃花。后来再说好，我听起来意思就变了，好像我那正规的老婆她不喜欢，不如那个杜鹃花。母亲死后，杜鹃花更怪了，每年都会去看我老爸。父亲在青海劳改三十年，他的这一辈子，好像和这个社会，脱节了，隔离了，好像没有一个外人会来看一个老反革命，几十年过去了，没人想到他了。他当然也没想到，居然有一个未曾过门的媳妇——我的知青恋人，年复一年想起他，年复一年去看他，如此一望无际的看望，好像要一辈子看到底了。不看我，看我爸，不是偶然，而是年年，天下这种事，谁经历过吗？到底什么意思，她的有情有义不就说明我的无情无义吗？我几乎就要被她看成一个知青时代的历史罪人了。老爸这个老反革命倒是感激涕零，每次见到我，眼光就会亮，鼻涕就会流，一边咳嗽，一边傻笑，口齿不清地告诉我，杜鹃花又来了，杜鹃花又来了。

　　我在乱想，小地保说话了，说这个盒子，就是骨灰盒，我不要看的，我看得太多了，现在算命也与时俱进了，骨灰盒都有不少人拿来叫我算算命。说杜鹃花这个家伙，什么事都会干的，她可能要吓唬吓唬你，也可能要报答报答呢。一块乌就说，你这个算命的，才会把人吓死，杜鹃花无非临终忏悔，老瘸倒会做这种鬼事，刚才说的话就叫人怀疑，这个家伙一辈子就是个鬼。我估计是，你当年的那份情书，现在还给你啦，可以说是我爱你，可以说是我恨你，这个只有你自己去想象了。

小地保说：见鬼啊见鬼，算命算命，打开打开。

一块乌说：鬼魂啊鬼魂，好看好看，打开打开。

我不想说话。黑暗之中，我感到发凉，说杜鹃花来者不善，可能有点不好听，说老瘸无风不起浪，应该是明摆着的了。我双手拿着一个盒子，来历不明，成分可疑，不可能送怪物吧，不可能是炸弹吧。梳妆盒送我什么意思，骨灰盒送我什么意思，有这个必要吗，有什么意义吗？我真拿不准，要不要打开，或者干脆扔掉，看它妈个球。

人一旦百感交集，已经没有思想了。

这时候，里面的声音越来越响，外面听来好像出了什么事，一向喜欢看热闹的小地保大叫，打起来了，打起来了，有人酒一喝多，就会狗面出毛，就要刺刀见红，说着赶紧就冲了进去。没想到他马上又出来了，大声叫我们赶紧去看，说你们知道谁来了吗？你们肯定死都想不到，里面大家都在发疯呢，鬼来了，鬼来了，这回鬼真的来了！我一眼就看出来了，那个在蜈蚣岭死掉的死不响，这个死鬼怎么还活着啊，就是死不响，死不响！

附："四世同堂"的"广阔天地"

程德培（50后。文学评论家）

作者的言辞颇具特色，自创一套的言说融叙事、描摹、议论、反讽、戏仿于一炉。不仅故事，似乎语言都想进入一种"广阔天地"。事实证明，作为历史事件的"广阔天地"并不广阔——那么言辞呢？很值得阅读者细细玩味，更值得知青们细细回味。并不遥远的"广阔天地"，今天悍然无语无言，知青们的后代，他们也许不知道，可能一点不知道，父母的广阔天地，消亡的知青之恋——作者言辞犀利无不言辞凿凿。

顾建平（60后。《长篇小说选刊》主编）

从替90岁老父清理历史的《算账》，到盘点北京饭局冶游的《小妖精时代》，时序相差三十年。丁晓禾用第三部小说《广阔天地》，填补了其间巨大的叙事空窗，为他遥远的青春补唱了一首深情的骊歌。"文化革命"的时代气息和乡土风格的男女骚情荤素搭配，经由嬉笑怒骂、喷珠溅玉的丁氏语言上下翻炒，将荒诞残酷的插队生活做成了一道滋味独特、回味无穷的黑暗料理。貌似遥远的，似乎已经消失的——知青小说，由此就革新了样貌，天翻地覆慨而慷。

夏烈（70后。文学评论家）

用酒神精神做生命底气的丁晓禾，将一部知青小说写得格外酣畅。这是他的可爱之处，文如其人，正经话也透着谐趣以至于我们总觉得他无力正经，同时，也是《广阔天地》的独特性和重要性所在。谁说知青岁月不是一回酒神和缪斯合谋的演绎呢？由伟大领袖的个人意志造就的伟大运动当中，天地为局，人为棋子，具体到小说人物中，兴许连一颗棋子也算不上，只是微尘。但微尘有微尘的喜乐痛苦、浮沉生死，丁晓禾一概用他兴冲冲的、甚至显得酒精过量的"二"的节奏感描述《广阔天地》的人物故事，活生生让一部辛酸的写实小说，突兀出现代感的夸张和喜剧元素。小说在全不妨碍大众阅读前提下，整合江南一个叫潭头村的土话笑话骚话荤话，"好像就是潭头的主旋律"，在那个年代迸发的野性、野趣及其背后的生存方式、性爱方式，真正是"再教育"知青。这是某种荒唐中的意外收获，在今天语言被不断地规整与阉割的时势中，倒显现出他们本来的意志——他们曾沉沦入泥，却也如花似玉。这在老鬼的《血色黄昏》和王小波的《黄金时代》之外，挤出了一条《广阔天地》的可能性，也为已断档的"新知青小说"，续弦出神入化。

于一爽（80后。小说家。凤凰新媒体文化频道副主编）

《广阔天地》语言洪水一样泛滥，熟极而流，汹涌澎拜，带给人一种生命力，当然这种生命力主要是作家自己的，来自一群生命顽强的老知青。其实我更愿意不把它当成一部知青小说，而仅仅是丁晓禾的小说。他表现出了作家中少见的放松，这和他本人接近，不可能像很多成年人的写作一样，面对千疮百孔的世界，做无谓的悲观和虚无。他讲了一个故事，故事里的人，当时当地，而又卸去了讲述故事时必须有的责任和逻辑。对我来说，真正看懂这个小说中提供的故事，至少要读两遍以上，故事怪异，爱情异常，我依然爱读小说中那些爱情故事。有爱情有苦难，虽然对苦难的反应当是感伤和同情，但我更愿意从里面看到的是父亲那代人，也是无论哪代人，都有过最好的爱情时光，以及稀释在其中的尊严、智慧和情义。

图书在版编目 (CIP) 数据

广阔天地 / 丁晓禾著. -- 北京：中国青年出版社，2013.10

ISBN 978-7-5153-2004-5

Ⅰ．①广… Ⅱ.①丁… Ⅲ.①长篇小说-中国-当代

Ⅳ.①I247.5

中国版本图书馆 CIP 数据核字（2013）第 252932 号

出版统筹：王寒柏
责任编辑：金小凤
特约编辑：张　欢
装帧设计：韩湛宁
插图绘制：于建辉　贾旭冯

*

中国青年出版社 出版发行

社址：北京东四十二条21号　邮政编码：100708
网址：www.cyp.com.cn
编辑部电话：(010)57350404　门市部电话：(010)57350370
三河市君旺印务有限公司　新华书店经销

*

710×1000　1/16　17.25 印张　200 千字
2014 年 4 月北京第 1 版　2014 年 4 月河北第 1 次印刷
印数：1-7000 册　定价：35.00 元
本图书如有印装质量问题，请凭购书发票与质检部联系调换
联系电话：(010)57350337